哑舍 肆

The Antique Shop

玄色 / 著

【典藏版】

人民文学出版社

它们在岁月中浸染了成百上千年。

每一件，都凝聚着工匠的心血，倾注了使用者的感情。

每一件，都属于不同的主人，都拥有自己的故事。

每一件，都那么与众不同，甚至每一道裂痕和缺口都有着独特的历史。

谁还能说，古董都只是器物，都是没有生命的死物？

这是一本讲述古董故事的书，既然它们都不会说话，那就让我用文字忠实地记载下来。

欢迎来到哑舍，请噤声……

嘘——

目录

第一章	织成裙	001
第二章	玉翁仲	021
第三章	天如意	039
第四章	无背钱	061
第五章	司南杓	081
第六章	犀角印	097
第七章	菩提子	117
第八章	獬豸冠	135
第九章	屈卢矛	153
第十章	双跳脱	173
第十一章	蘅芜香	191
第十二章	涅罗盘	207
后记		222

第一章　织成裙

一

公元694年,房州。

李裹儿蹲在后院的花圃里怄气。十岁的她穿得跟个男孩子一样,粗布皂衣,头发分作左右两半,在头顶各扎成一个结,形如两个羊角,梳得也像个男孩子一般。若是旁人见了,倒会暗赞一声这娃娃生得好,像是观音大士座下的童子一般水灵有福气。

李重润寻过来时,见到的就是一个脏兮兮却又透着几分可爱的小娃娃。他不由得暗笑了一声,觉得自己这个小妹实在是有趣得紧。他自己也不过大李裹儿两岁多,但今年已经有了少年人的雏形,身材要远比李裹儿高上许多,很轻易地便把蹲在地上的小娃娃整个抱了起来。

李裹儿吓了一跳,挣扎了一下,发现是自家哥哥,便脆声唤道:"重照哥哥!"

李重润怕她摔倒,连忙松了手,扶着她在地上站好,皱眉道:"都和你说过多少次了,我改名叫李重润了。以前看你年纪小,也没太要求你。今天是你生辰,你也十岁了,以后要注意改口才是。"

李裹儿从未见过自家兄长如此严肃。李重润本就是皇子贵胄,一出生就被封为皇太孙,虽然后来和父亲一样被贬为庶人,但具有天生的皇家气度,随着年岁渐大,越发让人不敢小觑。

李重润确实是有些生气了,他知道自己若是不说重话,这个古灵精怪的小妹还会像以前那样把这话当成耳旁风。但他这脸刚绷住没多久,就发现小妹玉雪可爱的小脸蛋垮了下去。他暗叫一声"不好",果然看到那黑白分明的大眼睛立刻水汽盈然,开始吧嗒吧嗒地掉眼泪。虽然知道这十有八九是假哭,但也让他整个心都揪了起来,连忙把这个泥猴一样的小娃娃搂在怀里轻声安慰。

"重照哥哥是坏蛋……呜呜……"李裹儿今天本来就各种憋屈,这一下就像是找到了发泄的源头,拽着李重润的衣服就哭了起来。

李重润懊悔不已,拍着幼妹细稚的肩膀,叹气解释道:"小妹,你在怪爹爹和娘亲今天没给你过生辰吗?今天京里来人了,他们没有心思给你张罗。"何止是没有心思,李重润想到刚刚父亲李显一听闻京中来了使者,连出门迎接的勇气都没有,急得在屋中团团转,几乎连自尽的心都有了。每次京里来人的时候这一出戏都会上演,也亏得他娘亲那么耐心地在旁规劝,否则父亲也坚持不了这么多年。

李裹儿显然也知道"京中来人"是什么意思,哭泣声立刻小了许多,在自家兄长怀中哭哭啼啼地问道:"为什么……为什么不能叫重照哥哥?为什么要改名字呢?"

李重润一怔,随即笑了起来。也许是双亲一直疏于理会他们这些孩子,当初他改名的时候,也只是父亲随口说了一句,他应允,小仙蕙那妮子不明所以但也默默地应了,就小裹儿执拗地不改口,他倒是疏忽了,一直不曾告知她缘由。李重润不回答,却反问道:"小裹儿,为什么坚持不改口呢?你姐姐很早就改口了哦!"

李裹儿听到李重润提起李仙蕙,就更加愤然,想要从自家兄长的怀抱中挣脱开,但后者却比她力气大。李裹儿挣扎了几下后,只好乖乖地保持原来的姿势,闷闷地回道:"不要改名字,改名字就像是哥哥换了一个人一样。"

李重润哑然失笑,没想到小妹的心思如此细腻敏感,虽然心中不以为意,但依旧耐心地解释道:"为什么这样想呢?哥哥还在这里不是吗?只是换个称呼而已。"

"不一样!仙蕙姐说过,名字是父母给孩子的第一个礼物,是非常重要的存在!"李裹儿抬起头,清脆地驳斥道。她的小脸上满是泪水斑驳的痕迹,此时瞪着一双和兔子差不多的红眼睛,倒是无比的可爱。但旋即她又哭丧着脸情绪低落地说道："可是仙蕙姐的名字那么好听，我就只是唤作裹儿……重照哥哥，我是不是捡来的啊？"

原来重点在这里。李重润闻言哭笑不得，从怀里掏出手帕，低头仔仔细细地把李裹儿脸上的泪痕和泥土擦干净，郑重地说道："裹儿，你是母亲在到房州的路上出生的，当时我们连一块襁褓都没有，父亲脱下身上的衣服，亲自把你包裹起来，所以才唤你为裹儿，这其实是代表了他对你的喜爱啊！"

听着自家兄长温柔的声音，李裹儿渐渐停止了哭泣，睁着那双被泪水清洗过的分外清澈的美目，什么都没有说。

原来她果然是在不被人期待的时候出生的，她和仙蕙姐根本完全不能比……裹儿、裹儿……每次叫她的时候，父亲是不是都会想起那段窘迫悲惨的过去？

李裹儿垂下了脸，眼中的光芒慢慢地黯淡下来。

李重润并没有发现小女孩的情绪比之前还要低落，见她终于安静了下来，便牵着她的手去厢房换衣服。今天是小妹的十岁生辰，怎么也不可能让她再穿着男孩子的衣服。而且以后也不能这样，否则小妹年纪越来越大，这成何体统？

心中如此想着，李重润口中却继续前面的话题道："我改名并不是因为不尊重爹娘的礼物，而是因为我的名字和皇祖母新取的名字音重了，为了避讳而改的。"他们的皇祖母取名为曌，同音的名字自然是要改掉的。

李裹儿这回没有再提问，她虽然没见过那位皇祖母，但通过她父亲母亲的只言片语，已经深刻体会到那位皇祖母的威慑。李裹儿仔细想了一下，发现自家兄长改名字是四年前，那么就是说那位皇祖母在四年前自立为帝了。

原来女子也能当皇帝……李裹儿心中的这个念头也只是一闪而过，年纪尚幼的她还没有办法想象未来的她会离那个位置如此之近，近得几乎唾手可得。现在的她更关心的是其他事情。

李裹儿乖乖地跟着自家兄长穿过后院，这个后院中的花圃已经改为了菜园子，她娘亲也亲自下地种些青菜补贴餐食。他们住的地方就更为不堪，勉强算是可以遮风挡雨的几间破屋,就是多了两个自宫中带来的仆役。不过此时京中来了人,那两个仆役都到前面伺候着了。李重润亲自到厨房烧了壶热水,又找了件干净的衣服重新回到厢房。

他却没料到小妹的反应极大,看到他手中的衣服便迅速一扭头,冷然道:"我不穿!"

李重润耐着性子地哄道:"裹儿乖,这衣服是干净的,而且你今天也十岁了,难不成以后都穿着男孩子的衣服?你还要不要嫁人了啊?"

李裹儿咬牙切齿地低声嚷道:"我不穿别人的旧衣服!"她说完眼圈就红了,但这回却说什么都不让眼泪再掉下来,倔强地仰着头,强忍着泪意。

李重润一怔,这才反应过来,他手里拿着的是李仙蕙的衣服。他们一家人被贬房州,虽不算是被囚禁,但也不会让他们随便到外面抛头露面,自然会给他们一些银两。钱帛被有心人吞没一些之后,到手的也仅仅够糊口罢了,他们又哪里买得起新衣服。有时在酷寒的冬天,他们甚至都没有足够御寒的衣物。

李重润倒是不觉得李裹儿无理取闹。他小时候曾得过万般宠爱,高宗祖父在他满月那日就大赦天下,在他一岁的时候就亲自册封他为皇太孙,开府置官属。虽然幼时的记忆已经不太清楚,但李重润也知道自家父亲是曾经当过皇帝的,若不是皇祖母,他自己现在应该是当朝最尊贵的皇太子殿下,而他的小妹应该是他最宠爱的公主。

这个念头只生起了一瞬间,李重润就强迫自己把它重新压回了内心最深处。

不能想,人心不足蛇吞象,他们一家子现在平平安安的,比什么都强。几年前,他曾经的六伯父,废太子李贤就在巴州自尽而死,其中是否有什么隐情李重润不想知道,也完全不敢去猜想。

伸手抚摸小妹柔软的发顶,李重润暗叹自己粗心。李仙蕙只比李裹儿大一岁,有新衣服自然是给大的先穿,等不能穿了再给小的穿,但李裹儿却从来不穿李仙蕙的旧衣服,这两个小妮子就像是天生不对盘一般。李重润没想到她们在这种事情上也较真。

　　细看了下李裹儿身上的男装,李重润阴霾的情绪忽然一扫而空,勾唇笑了一下道:"裹儿,你不穿仙蕙的旧衣服,怎么就肯穿我的旧衣服啊?"他以前都没注意过,这时才发觉小妹身上的衣服极为眼熟,应是他几年前的旧衣服。

　　李裹儿立刻别扭了起来,期期艾艾地吞吐道:"重……哥哥和仙蕙姐不一样……"她这回倒是记得了要改口,没把那个字唤出口。

　　李重润满意地笑笑,润湿了帕子,把小妹的脸和手脚都洗干净。李仙蕙从小自立,但李裹儿自小都是他带大的,这些活计做得倒是熟稔。

　　待把李裹儿擦得干干净净后,李重润对她笑了笑道:"裹儿,哥哥想看你换女装的样子,穿给哥哥看行不?"

　　李裹儿抿着粉唇,气鼓鼓地看着床上那套青绿色的藕丝衫柳花裙,很久之后才勉强地点了一下头。

　　李重润无声地在心中叹了口气,心想以后定要想办法,给小裹儿弄一套最最漂亮的衣裙。

二

　　公元698年,洛阳。

　　李裹儿不安地扯了扯身上的淡黄衫碧纱裙,这身齐胸襦裙是她哥哥李重润在全家回洛阳之后,特意带着她们姐妹去洛阳最好的绣坊定制的。在这裙摆上还绣有莲花图案,花团锦簇的。足足有七八层裙摆,从内到外是从长到短,像是一层层莲花瓣一般,而且并不显得布料累赘,反而轻薄得随着行走步伐而荡出一片片涟漪,像真的步步生莲一般。而且她的双臂之上还挽着一条嫩粉色的披帛,和裙摆上的莲花颜色交相辉映,今年已经十四岁的李裹儿已经初显窈窕身姿,这下更显袅娜娉婷。

　　她从小到大,都没穿过这么漂亮的裙子,而且是新裙子!不是姐姐穿过的旧衣服!

虽然她觉得走在她前面的李仙蕙穿的半臂月青对襟郁金裙也很漂亮，但她已大大地满足了。偷眼再往前看去，就看到了自家兄长丰神俊朗的背影。李重润今日身着紫色襕衫，腰束玉带，佩蹀躞七事，头戴黑色罗沙幞头，足踏如意形乌皮六合靴，刚刚十七岁的少年玉树临风，即使走在御道之上也足以吸引所有人的目光。

李裹儿不知道自己全家被皇祖母召唤到东都洛阳是什么用意，但看自家父亲母亲皆喜气洋洋，兄长又穿上了只有皇子才能穿的品级衣衫，可见这是喜事一件。

心情放松的李裹儿开始打量起周围的宫殿来。她的皇祖母称帝之后，便把洛阳定为都城，称之为东都。东都洛阳的宫殿据说和长安大明宫一样，也是凹字形宫阙，前为明堂乾元殿，又称万象神宫；东西两侧如巨鸟羽翼一般飞扬的高大宫阙，高耸入云气势磅礴。李裹儿自从进了洛阳城之后就一直仰望着这里，今日终于进得宫来，她的眼睛就再也舍不得眨，生怕少看了一眼以后就再也看不到了。

一直注意她的李仙蕙秀眉微颦，落后了几步，凑在她耳边低声威胁道："裹儿，少做这等没出息的样子，以后我们还要住在这里呢！"言下之意是要看以后可以看个够。

李裹儿吃惊地一掩唇，微讶道："啊？以后我们就住这里？"

李仙蕙被李裹儿这蠢样气得没言语，偷偷拧了一下她的腰间软肉，微嗔道："你啊！昨晚就知道穿你这碧纱裙了，果然没把爹爹交代的话听进去。"

李裹儿极怕痒，连连告饶，两姐妹虽然从小就不对盘，吵吵闹闹是三天两头免不了上演的事情，但毕竟年龄相近，多年下来感情反而好得不得了。李重润在前面听到两姐妹的笑闹声，回头关切地看了两眼，又无奈地笑着扭回了头。

李裹儿昨晚倒不是没注意听，只是没太放在心上罢了，此时回想起来，立刻牙尖嘴利地反击道："仙蕙姐以后可不一定会住在这里哦！我记得爹爹的意思，好像是想要把你嫁给武家的儿郎哦！"

李仙蕙闻言羞红了脸，却知道这是极可能的事。而那位和她谈及定亲的武家儿郎武延基，她几日前也偷偷央求自家兄长帮相看过，得到的评价很高，她也就放了心。但李仙蕙看不惯李裹儿一脸轻松戏谑的表情，刺了回去道："裹儿你也别着急，武家的好儿郎可多着呢，爹爹定能帮你选个好的。"

　　李裹儿撇了撇嘴，并不当回事。她父亲与武氏家族联姻的用意谁都看得清清楚楚，但若是她不满意的，绝对不嫁！相信兄长也会护着她的。

　　这样嬉闹之间，众人本来严肃紧张的心情也稍微轻松了一些，穿过金碧辉煌的宫殿，来到精致的西苑上阳宫。上阳宫引洛水支流，穿宫而过，花圃中开满了娇艳名贵的花朵，据说一年四季这花圃中都不会断了颜色，就算是数九严冬时节也会剪彩为荷，更别说现在正值盛夏之时。上阳宫内造十六院中有一片人造海，海中还有仙山高出水面百余尺，假山嶙峋，令人叹为观止。在回廊顶上有扇轮摇转，将人工海中的海水送上回廊顶端，注入回廊廊脊，廊脊旁又有孔眼，水流沿廊檐直下，形成细碎滴答的人造水帘，在阳光的映照下璀璨晶莹。行走在回廊之中，耳听水滴坠落之音，嗅着沁人心脾的花香，脚踏光滑微凉的青玉石板，隔着水帘望向廊外的上阳宫风光，当真是消暑避夏的风雅之地。

　　李裹儿自幼并未见过这样奢华靡丽的景象，她呆了好半响，才发现李仙蕙也没好到哪里去，微张着粉唇目不暇接。李裹儿倒是没工夫取笑她，她这时发现，宫中的女子身穿各色女官服饰，华丽美艳，妆容精致红丹点颊，发髻繁复云鬓盛美。每当有三三两两的女官或衣着华贵的妇人经过时，都会有阵阵香风袭人，熏人欲醉。

　　从小到大，只穿过粗布住过陋室的李裹儿，觉得自己像是陷入了一场华美迷离的美梦中，连双腿都是酥软的。

　　穿过水帘回廊之后，上了水上廊桥，到了一处四面通透环水的临水阁。在缓缓飘荡而起的帷幔之中，一位尊贵的妇人坐在主位之上。李裹儿还来不及细看对方面目，便被身边的李仙蕙拉着扑通一声跪倒在地。

　　忍着膝盖的痛楚，耳朵里听到父亲正涕泪横流地和那位妇人说着什么，李裹儿便知那定是她的皇祖母。

她倒是没兴趣听他们在说什么，偷偷抬眼，便看到了那妇人脚上穿的凤头高翘式锦履，目光再稍微高一些，就看到了一件无比奢华贵气的金丝罗衣摆，上用银线勾勒出层层云雾，织纹和绣纹都针脚细密精美无匹，在微风吹拂之下，那宽大的衣摆就像是旁边人工海上粼粼的波光，荡起阵阵涟漪。

那片银色和金色的粼光，看得李裹儿只觉得眼晕，不知今夕何夕。

也许过了很久，也许只过了须臾，悠扬温和的女官声音传入了她的耳中。

"……李裹儿秀外慧中，封安乐公主……"

啊……她果然是在梦中，希望她永远都不要醒过来。

三

公元701年，洛阳。

她果然是在做梦，而且还是一场噩梦。

李裹儿不敢置信地拉着李重润的袖子，结结巴巴地问道："哥……你说……你说什么？"

李重润爱怜地摸了摸李裹儿尚未梳发髻的头顶，温柔道："以后哥哥不能照顾你了，要好好照顾自己。"被骤然下旨赐死，李重润自然是不能接受的，但他再心有不甘，却也知道自己是不能抗旨的。只能收拾好了心情，央求那些督刑的公公们，给他一些时间与小妹告别。

李裹儿呆呆地看着面前表情苦涩的兄长，想起刚刚府中混乱的情况，确定这并不是开玩笑，不禁如坠冰窖，瑟瑟发抖。她如同疯魔一般，立刻起身拉着李重润的手臂道："哥！哥！我们赶紧离开！我们回房州好不好？我不要这些！不要这些了！"她边说边把身上华丽精致的饰品往下扯，叮叮当当地摔在地上。

李重润纹丝不动，把小妹还想扯开衣衫的手拢住。也许是接受了事实，李重润反而平静了许多,甚至还扯出了一抹微笑,道:"裹儿,我们早就回不去了。"

李裹儿站在那里,浑身冰冷,兄长的手心温暖,但她却知道这股温暖转瞬即逝。她哆哆嗦嗦地问道:"因为……因为什么?"

李重润淡淡道:"皇祖母下的旨意,说是我和延基诽谤朝政,可怜仙蕙了……"

"仙蕙姐……仙蕙姐她也……"李裹儿彻底傻了,武延基是仙蕙姐的夫君。她之前也听到一些风声,他们不过就是私下随口抱怨了一下张易之、张昌宗那两个皇祖母的男宠……李裹儿浑身发冷,亲孙子、亲孙女和亲侄孙,都比不过两个男宠吗?

到底他们算什么?喜欢的时候可以册封为皇太孙,不喜欢的时候可以被贬到千里之外;想起来时可以召唤而来,厌烦时又像捏死一只蚂蚁一样掌控他们的生死。

他们是人!不是蝼蚁!

"爹爹呢?他没说什么吗?"李裹儿就像是抓住了一根救命稻草,攥住了李重润的袖子,急切地问道。但这样的期盼,却在李重润无奈地摇了摇头后完全陷入了黑暗。

是啊,她怎么会忘记,她那个爹爹,在被贬房州的时候连京中来的一个太监都能把他吓得要自杀。现在虽然被封为了皇太子,但骨子里的懦弱是怎么都改不了的。李裹儿咬了咬下唇,边说边要往外走:"那我去和皇祖母说说,她那么喜欢我……"

这回换李重润反拉住李裹儿了,他哭笑不得地劝道:"裹儿,你心里也很清楚,她只不过是在做个姿态而已。而且她下旨赐死,也不光是因为我对张家兄弟不满,而是容不得我罢了。"李重润顿了顿,他也非常后悔,不该如此轻率地按捺不住。因为他的优秀,朝中的局势开始微妙地有了变化,私下有很多臣子找寻各种理由来试探他。因为不管从哪个方面来看,他都是正统的继承人。一时有些得意忘形，想来他是触犯了皇祖母的逆鳞。李重润自知这些事是不能跟李裹儿讲的，所以终是忍了忍，叹了口气道："可怜的是仙蕙，她才是无辜被牵连的一个。所以这件事，你就不要再搅进来了，还是做无忧无虑的安乐公主，可好？"

李裹儿终于忍不住扑进自家兄长的胸膛号啕大哭。

"听话，我的小裹儿，永远都要穿最漂亮的衣服，过最幸福的生活，做大唐最美的公主……"

……

后来发生的事情，非常的混乱，都像一个个碎片，无论李裹儿怎么回想，都无法再拼凑出完整的回忆。她就像是一个人偶一样，被人强制地和自家兄长分开，即使她拼命地不想放手，长长的指甲都把兄长的手臂划破，也都被人一根根掰了下来。

等她重新恢复意识时，已经是第二天的清晨，她被侍女换上了素白的丧服，重新洗了脸束了发。在她房中的衣架上，赫然挂着两套衣裙。

一套是她的淡黄衫碧纱裙，一套则是李仙蕙的半臂月青对襟郁金裙。这两套衣服，都是两姐妹当年到洛阳时，她们兄长李重润买给她们的，也是她们第一套如此漂亮的衣裙。

只是即使如此漂亮的衣裙，当年从上阳宫中回来后，两姐妹也不约而同地脱下来，放进了柜子的最底下锁了起来。

因为皇祖母赐给了她们更漂亮更加无法想象的衣裙和饰品，精美到这两套衣裙顿时黯然失色，甚至于若是坚持继续穿的话，会有失她们的身份。

转眼间，三年已经过去，前面这两套衣裙无论是哪套，李裹儿都无法再穿上了。因为她的身形已经长开，再也不是十四五岁的童稚少女。但她还是珍藏着这条淡黄衫碧纱裙，因为这套衣裙对她意义非凡。

李仙蕙也是一样。

狠狠地闭了闭眼睛，李裹儿站在衣架前，模模糊糊地想起昨夜父亲那样的懦弱无能，甚至还打算让她代替李仙蕙继续与武家联姻！可那又有何用？

皇祖母连自己的亲侄孙也视如草芥！

愤怒和悲伤到了极点，李裹儿反而冷静了下来。

她早就已经不是当年会哭泣会撒娇的小姑娘了，在洛阳城的三年中，她已经学会了太多太多。

眼泪，是弱者的慰藉，强者的武器，所以她并不打算经常使用。

李裹儿狠狠地咬紧下唇，李仙蕙临死前，让婢女把她的那件半臂月青对襟郁金裙拿了出来交给她，是想说什么吗？

是想说，她们事实上并不是公主，而是别人手中的玩物吗？

李裹儿用手摩挲着衣裙丝滑的触感，指尖所及一片冰凉。

衣服确实是一个很奇妙的存在。《说文》中的释义，衣，所以蔽体者也。在最初的时候，也不过是为了遮挡身体，掩住羞耻之处而存在的物事。但就如同所有东西一样，衣服慢慢地就有了等级、分了阶层，有些颜色被赋予了新的意义，有些颜色便被禁止平民使用。

其实分等级的，并不是衣服，而是人。

可是她又怎么甘心呢？

李裹儿绝美苍白的脸庞上勾勒出一抹令人惊心动魄的笑容，随后俯身把床上的两套衣服紧紧地抱在怀中。

她暗暗发誓，她一定要穿这世上最奢华最漂亮的衣服，拿回兄长和姐姐应该得到的一切！

其实，她最喜欢的，就是明黄色呢……

"重照哥哥……"一阵压抑的哭泣声在房中响起，最终微不可闻……

四

公元706年，长安。

李裹儿扶着女官的手，款款走在大明宫麟德殿的弧形飞桥之上，低头看着下面殿门外大广场上正在排练的歌舞。

麟德殿位于大明宫太液池西的一座高地上，是长安最著名的宴会殿堂。这里经常被用来举行宫廷宴会乐舞表演，或者会见来使，朝中的官员都以能出席麟德殿宴会为荣。麟德殿其实是一组建筑群，分为三殿和几组裙楼，殿前和廊下可坐三千多人。

李裹儿这次特意过来看舞女们排练，是因听闻尚服局折腾出来一种特殊的舞服。只见场中的五百舞女们头戴金色发冠，身着单色画衣，按乐曲节奏变化，共有十六种变化。李裹儿驻足观看，发现舞女们身上穿的衣服并不稀奇，甚至还有些单调，但待乐曲奏到第二叠时，乐声一变，曲调激昂，鼓声阵阵。舞女们相聚场中，瞬息间便换了衣服，露出衣襟上美艳夺目的大团花。因为是五百人遵照鼓声一起做出这样的动作，从拱形飞桥上李裹儿的角度看来，倒是颇为震撼。

"公主，不过是她们身上罩了一层单色的笼衫，飞快地从领上抽去放入怀中罢了。"一旁描着绿黛眉的宫女细声细气地评价道。

"这倒是比那胡人女了跳的胡旋舞好看多了。"李裹儿微微一笑，却并没有兴趣继续看下去，继续沿着弧形飞桥往麟德殿的后殿走去。因为尚服局的司衣那边刚刚传来的消息，织成裙已经完工了，知晓她就在麟德殿，便已经派人送了过来。

李裹儿美艳绝伦的面容上，露出了得意的微笑。

这条织成裙花费了一亿钱制成，可谓是绝顶奢侈，不能说后无来者，但绝对也是前无古人的。

她发过誓，要穿这世上最奢华最漂亮的衣服。

父皇登基以来，对她百依百顺，她知道这是出于她兄姐惨死的愧疚。

父皇把金城坊赐给了她，她便大兴土木，广建宅第，无论在建筑规模还是精巧程度上都隐隐超过了皇宫。

父皇不给她宫中的昆明池，她就自己在府中建了一个定昆池，池中央仿华山堆起一座石山，从山巅飞下一股瀑布倒泻在池水里。另辟一条清溪，用玉石砌岸，两岸种满奇花异草，芬芳馥郁，溪底全用珊瑚宝石筑成，在月光下分外清澈，几乎让人以为是天上瑶池。

她自己开府置官，势倾朝野，把国家官爵分别标定价格，公开兜售，不管是屠夫酒肆之徒，还是身为奴仆戏子，只要纳钱三十万，便立刻授官。她还常常自写诏书敕令，拿进宫去，一手掩住诏书上的文字，一手却捉住了父皇的手在诏书上署名。父皇笑着为她签字画押，竟连敕文的内容都不看。

甚至有一次她请求父皇将她立为皇太女，父皇虽然没有照她说的去做，却也没有责怪她。

她不停地挑战着父皇的底线，看他究竟能让她做到哪一步。

她知道朝中的大臣们私底下都是怎么说她胡作非为的，但那又如何？

整个天下本来就应该属于她皇兄的！现在她皇兄不在了，她又何必给其他人留着？

织成裙又怎么样？终有一天她会穿上明黄色的天子衮服！

人的欲望是没有止境的，即使拥有了好东西，也会想要更好的。李裹儿也不知道自己究竟想要的是什么，再奢华宏伟的宫殿，在她看来都不如幼时住的寒屋陋室来得温馨。如果时间可以倒流，她宁愿去穿从前那些破衣败絮，也不想要现在的锦衣玉食。

又想起往事，李裹儿心情有些糟糕，走进麟德殿左侧的郁仪楼时，她随手挥了挥，让随侍在侧的宫女们先行退下，她想一个人静一静。

也许那条传说中价值一亿钱的织成裙可以让她暂时平静下来。

待她上了郁仪楼的三楼后，却隐隐听到内间有人交谈的声音传来。

李裹儿不悦地皱了皱眉，尚服局的司衣自然知道她更衣不喜人在侧的习惯，刚刚就已在郁仪楼门口等候了。这楼上的又会是谁？

但这股被打扰的不悦，在一瞬间之后却变成了饶有兴致，李裹儿用臂间的红袖披帛包住了腰间随着行走会发出声响的玉带佩饰，放轻了脚步声，朝内间走去。越走近就越能分辨出谈话的是两个男子，李裹儿索性也不急着进去，站在门外听了起来。

"这是哪个片场啊？这古代摆设布置得太逼真了！晕！这个金壶难道是真金做的？居然这么沉？"这个男人有点大呼小叫，李裹儿眯了眯杏目，不知道此人口中的"片场"指的又是什么。

"你别上牙咬啊！给我看看。啧，这重量，这雕刻水平，确实像是真品。"另一个男人声音相比较倒是沉稳些。李裹儿暗自笑了笑，这是大唐的皇宫，每件物事都极其奢华，又怎么可能会出现赝品？

"这到底是什么地方啊？你说用这破罗盘就可以回到过去找老板，但我只想要回到一个月以前啊！我们不会这么倒霉，回到更过去了吧？"先前那个男人说的话还是让人听不懂。

"啧，这也是有可能的，我们恐怕是到了唐朝。"

"唐朝？你怎么这么肯定的？"

"其实从家具便能看出来。秦汉时代人们都是席地而坐，到南北朝时期，垂足而坐开始流行，所以从桌椅凳便可以看出来这是唐宋时期的摆设。而看百宝阁上的瓷器，宋瓷线条简洁颜色单一，这浑圆饱满的瓷器造型便是唐瓷的特点。看这桌上铜镜，唐朝铜镜多为圆形，而宋朝多鸡心形、盾形、钟形、鼎形、炉形……"那个沉稳的男声侃侃而谈，对屋中摆设逐一评论，李裹儿微微讶异，倒是没想到此人居然有此学识。不过宋朝又是什么时代？是南北朝的宋国吗？

"好好……现在就算是唐朝……我们这算是穿越了？会不会碰到唐朝时期的老板？"

"为了不改变历史，最好还是不要和他见面。毕竟老板是一直有记忆的，和其他人不一样。啧……看这洛书九星罗盘的指针走向速度，我们最好哪里都不要去。喂！不要随便动人家的东西！能住得如此豪华，可见非富即贵，可别节外生枝了。对了，架子上的那个裙子也不要碰！"

李裹儿知道那人指的就是尚服局做的织成裙，她本还想在门外多听一会儿，此刻立马推开了雕花大门，就听里面的争吵声戛然而止。

重新披好红袖披帛，在玉饰的叮当脆响中，李裹儿缓缓绕过云母彩雕屏风，脸上严肃的表情，却在看到室内那两人时换成了讶异的神情。

因为她从未看过如此剪裁的服饰。这两个擅自出现在这里的男人一站一坐，都很年轻，估计年纪和她也差不多大，相貌都很英俊，但令她有些看不惯的是都梳着短发。他们穿着的衣服极其贴身，完美地勾勒出他们修长的四肢，就算是胡服也没有这样的款式，简单却透着一股爽利。站在屋内的那名男子，他的鼻梁上还戴着一副奇怪的东西，像是水晶镜片一般透明。

李裹儿感到新奇，也就没有怪罪他们没有见礼，而且这样坦然的目光，她倒是许久没有遇到过了，而且这回还一次就是两个人。

坐着的那名男子见她进来，上下打量了她一番，便不急不躁地站起身，躬身朝她恭敬地施了一礼道："见过公主。"

李裹儿的下颔微微扬了扬，此人行的礼倒是不错，只是有些生涩，想来应是刚被人教导过。听声音，李裹儿便认出来此人是声音沉稳的那一个。

陆子冈虽然表面上看起来很淡定，但背后却已经开始渗出细汗。他是从进来的这位唐朝美女的衣着配饰上推断出来这是位大唐公主，只是大唐出了名的公主实在是太多了，他又没法推断得太细。而且这位公主年纪看上去大概也就刚刚二十岁，但那股嚣张和骨子里透出来的傲气，确实让人不得不低头。

一旁的医生也学着陆子冈的动作，胡乱地行了一个礼。没有得到公主的回应，两人都不敢擅自抬头。

幸好唐朝还并不流行跪礼，只是躬身礼。要是到了元朝以后，他们恐怕不习惯也要习惯了。

偷偷地看了眼手中的洛书九星罗盘，陆子冈欣慰地发现罗盘指针的速度不错，估计很快就会归位。一旦指针在天道十字线归位，他们便可以回到现代了。幸好这回运气不错，不用在古代停留太长时间，大唐公主那可是一个比一个凶残啊！

这么一走神，陆子冈便发现那位大唐公主竟是朝他身旁的医生走了过去，而且还直接伸出手去，勾住了他的下颔，强迫他抬起了头。

这一出立刻吓得陆子冈一身冷汗。

医生还比较懵懂，不理解这位大唐公主的意思，一脸不解地看着她。他要比这位公主高上一头，所以直起身子之后，便反而是俯视对方了。搁在他下巴上的手温香暖玉，但却让他各种不自在，若不是知道这不是他熟知的时代，他早就不给面子退后一步了。那公主居然还把手摸上他的脸了，最后停在了他的眼镜上，医生这才恍然大悟，估计这大唐公主没见过眼镜，好奇了。

只听这位公主缓缓道："把这东西摘下来。"

医生这下犹豫了，万一他这眼镜摘下来就遗落到这个时代，千年后被考古学家发掘出来，成了什么出土文物可怎么办？可是见这公主一副誓不罢休的样子，医生只好乖乖地把眼镜摘了下来，但却并没有递给那位公主，而是牢牢地攥在手里。

李裹儿怔怔地看着这名男子，一直在心中封存的记忆就如同破土而出的嫩芽一般疯狂成长。

太像了……不，并不是五官神似，而是那一身温柔儒雅的气质……居然和她皇兄如出一辙……

"笑一个。"李裹儿又向前走了一步，这回他们两人几乎是紧密地贴在一起了。

医生这回各种吐槽无能，他怎么感觉自己像是在被人调戏？不过下一秒他就想到了大唐公主的喜好，立刻全身的鸡皮疙瘩都纷纷起立。这等艳福他还是无福消受啊！幸好在他朝陆子冈求救地看去时，后者适时地拽了他一下，令他与这位公主拉开了距离。同一时刻，熟悉的眩晕也随之袭来。

李裹儿皱眉，看着只剩下她独自一人的内间，视线在四周不停地寻找着，却再无那两人一丝一毫的踪迹，就像是凭空消失一般。

若不是指间还残留着碰触对方脸颊的温暖，她几乎要以为自己是大白天的发癔症了。

是皇兄的魂魄来找她了吗？可是好奇怪啊……

恍恍惚惚地重新走出郁仪楼，身边的女官立刻迎了上来，殷勤地询问道："公主，那织成裙可满意？"

李裹儿愣了一下，才想起她竟没想起来看那条织成裙一眼。但她又不想对其他人解释，只是重新整理了心情，淡淡道："不合本宫心意，尚服局再做一条吧。"她说得极为轻巧，丝毫不把这价值一亿钱的裙子放在眼内。

　　旁边描着绿黛眉的宫女也不以为意，尚服局的司衣领了命后也在细细思索到底是哪里不合安乐公主的心意。那描着绿黛眉的宫女小心翼翼地问道："公主，那这条织成裙如何处理？"

　　李裹儿现在是连看都不想看，随意地挥了挥手道："你拿去处理了吧。我听闻你与一家古董店老板交好，就挂在他店里展示好了。"

　　那宫女立刻盈盈谢过，她服侍李裹儿多年，自然看得出她心情不好，便识趣地不再多言。

　　李裹儿深深地吐出一口气，闭了闭美目，再次睁开时，又重新变回了那盛气凌人的大唐公主。

五

　　公元2013年，哑舍。

　　医生待那折磨人的眩晕感过去之后，立刻睁开眼睛，安心地看着周围熟悉的摆设。他扶着额头站了起来，对陆子冈没好气地抱怨道："怎么会回到唐朝去了？这破罗盘还能不能行了啊？不是说要回到一个月以前吗？"

　　陆子冈坐在黄花梨躺椅上，按了按微痛的太阳穴，苦笑道："我不也说了，这洛书九星罗盘太过深奥，这罗盘上有五十二层，最多的那一层有三百八十四个格子，你说我这个半吊子怎么能看明白是如何运作的？"

　　"呼……还好平安回来了。这么说来，下次我们还是要碰运气喽！"医生趴在柜台上，觉得找到老板的日子遥遥无期。

　　"那也要等一个月以后了，这洛书九星罗盘又不是每天都能用，每个月都需要推算特殊的时期才能启动。"陆子冈刚刚被惊出一身冷汗，深呼吸了好久才终于缓了过来。

医生却觉得自己的鼻尖依旧环绕着那大唐公主身上侵袭力极强的熏香，他凑在柜台上的鎏金翔龙博山香炉旁边闻了好久，才消除了那种味道。

"话说，那位是大唐的哪位公主啊？太平公主？高阳公主？"

"我总觉得屋里那挂在如意云头纹衣架上的裙子，那么眼熟呢……"陆子冈却陷入了深思。

刚刚头一次进行了时空旅行的医生比较亢奋，丝毫没有差点就被人留下当男宠的后怕感，依旧兴致勃勃地想要探讨一下："话说唐朝不是崇尚以胖为美吗？刚刚那位公主一点都不胖啊，身材还很不错。"

陆子冈瞥了他一眼，鄙视道："那是杨贵妃的时候才流行以胖为美……而且那是丰腴！不是肥胖！"他忽然像是想到了什么，起身朝哑舍的内间走去。

医生好奇地跟了上去，跟着陆子冈穿过哑舍内间长长的走廊，看着他一间间打开里面的屋子，终于在其中一间的门口停了下来。医生见陆子冈停在了门口，不由得推了推他的后背，也挤了进去。

"你在看什么啊……这是……"医生忽然找不到自己的声音了，只能呆呆地看着屋中那件挂在衣架上的衣裙，久久不能言语。

屋子里并未燃灯，只是在屋顶上缀了一枚拳头大的夜明珠，正散发着莹莹的光芒。而在夜明珠正下方的立式衣架上，挂着一条绝美的衣裙，有着几乎难以用言语来形容它的瑰丽。

"《资治通鉴》记载，安乐有织成裙，值钱一亿，花卉鸟兽，皆如粟粒，正视旁视，日中影中，各为一色。"陆子冈幽幽的声音从黑暗中传来，停顿了片刻才继续说道，"我们刚刚见到的，应该是大名鼎鼎的唐朝第一美人，安乐公主。唉，那公主只活到二十五岁就被杀了。"陆子冈说得淡然，因为虽然觉得可惜，但安乐公主在历史上可谓臭名昭著。虽然谁都不知道真假，但她的确被扣上了"弑父"的恶名。

医生呆看了许久，才找回自己的神志。刚刚在那间极其奢华的房间里，织成裙看起来倒并不是特别起眼，可如今在这样平凡没有任何映衬的屋子里，这条织成裙却完全让人移不开眼。这条织成裙保存得极为完好，即使过去了千年，也依旧华丽精美。裙上呈现出百鸟的形态，以百鸟羽毛织成，随着他的视线移动而产生色彩变化，裙上百鸟便像是被赋予了生命，栩栩如生，真可谓巧夺天工。

"真是败家啊……这可是价值一亿钱的裙子啊！"医生啧啧称奇。

"更败家的是，据史书记载，她做了两条织成裙。"陆子冈也跟着八卦道。

"两条？！"医生在屋里围着立式衣架转了一圈，疑惑道，"这里只有一条。"

"保存下来的只有一条呗！"陆子冈耸了耸肩，"安乐公主的织成裙也被称之为百鸟裙，在长安引起了上流社会的时尚风暴，所有仕女们都纷纷用禽鸟的羽毛和珍兽的皮毛制衣，结果导致长安城外的鸟兽绝迹。后来唐玄宗不得不在大明宫前焚烧了安乐公主的织成裙。喏，可能烧的就是其中一条吧。"

"太……败家了……"一亿钱就这么凭空烧了啊！医生觉得自己的词汇空前匮乏，只能不断地唠叨着"败家"这个词，"话说老板把这条织成裙给弄了个单间，不是这裙子有什么问题吧？"

陆子冈耸了耸肩，不以为意道："你当哑舍里每件古董都有异常啊？这不过是条裙子而已，放单间恐怕也是因为它太贵了……"

"也是……"医生顿时也觉得是自己想多了。

两人赞叹鉴赏了一番，但终究也是两个大男人，对这种奢华的服饰没有太多的兴趣。陆子冈也怕打开房间时间太久，影响屋内的温度湿度不利于织成裙的保存，便和医生一起离开了。

屋内重新变得幽暗，只有夜明珠的光芒静静地笼罩在织成裙上。

不知道过了多久，房门被无声地推开，一个黑影闪身而入，迅速把衣架上的织成裙卷入囊中，随后飘然而去。整个过程居然不超过三秒钟。

屋顶上的夜明珠闪烁了两下，忽然间永久地暗了下去……

第二章 玉翁仲

一

公元1057年,开封府太学。

开封府内城朱雀门东南角这一带,是东京最繁华热闹的地方。这里因为蔡河流过,形成一道优雅的河湾,所以便被命名为蔡河湾。

蔡河湾这里非常繁华,随处可见各种各样的商铺建筑,而且更加奇特的是,这里同时拥有着贡院、太学、国子监、教坊、医馆、妓院、赌坊,从上九流到下九流,几乎都挤在这一块区域,独特的风景让这里成为东京最负盛名的地方。

刚刚步入及冠之年的王俊民,跟着他的同窗好友初虞世,从蔡河湾南岸森严肃穆的学府中缓步而出,不久便迅速融入了蔡河湾热闹的人群中。

王俊民十七岁就入了太学,成为了这座最高等学府之中的一个太学生。当然,若不是十二年前范仲淹范大人推出的庆历新政,建立锡庆院太学,他现在还指不定在哪里苦读诗书呢。

太学设有舍斋,只要交足了学费,吃住都在其中。在太学之中苦读了三年,王俊民尚是首次被人拽出来好好游逛这赫赫有名的蔡河湾,一下子便被面前这熙熙攘攘接踵比肩的景象镇住了。在人群中还能看得到很多人和他们一样穿着圆领大袖的白细布襕衫,这是太学生的太学服。王俊民眼尖地看着几个学子穿着太学服明晃晃地往青楼楚馆走去,不由得替他们窘迫起来,恨不得把身上同样的这套白细布襕衫换了去。

但他也知道现在世风如此,在市井间每每还会流传那些缠绵悱恻的才子佳人故事。那些不具名的作者,大多就是他的同窗们。

"康侯,想什么呢?"初虞世都走出去好几步了,才发现身边的人没有跟上来，不由得回头去唤。

"哦，和甫，只是想到明日就是上舍考试，我们现在还出来逛，不太好吧？"

王俊民和初虞世在太学里关系最好，两人不光是同乡，还是舍友。

"你都学傻了你，出来透透气有助于明天发挥！"初虞世用手中折扇拍了拍他的肩，一副无所谓的样子。

王俊民踌躇了片刻，终是不忍扫好友的兴致，举步跟了上去。

太学之中分三舍，分别是外舍、内舍和上舍。新生入太学便在外舍学习，经过每月一次的私试和每年一次的公试合格，再由学官参考其平日行止，合格者便可升入内舍，成为内舍生。内舍生每两年考试一次，优秀者会进入上舍。而上舍生每两年都可以参加评考，诸多品评都必须达到优等，才可以成为上等上舍生，释褐授官。若是有一门评级为平，则为中等上舍生，免礼部试。再次则为下等上舍生，免解试。

可以说，在太学之中，外舍、内舍和上舍，直接就把太学的学生分为了上中下三等。而上舍也不是谁都能进的，上舍生几乎是在太学金字塔的最顶端，他们理所当然地拥有着太学之中最优秀的学官典学指导，最好的舍斋，最好的书房，在太学之中，向来都是鼻孔朝天的。

太学服的白细布襕衫是一种裳下摆接一条横襕的男士长衫，全身上下都简简单单，看上去和一般士子的襕衫没有什么区别，但却在黑色的横襕之上有着一条不甚清楚的深色绳边。整个东京城的人都知道，只有太学的学生才能穿这种绳边的襕衫。而且那一道绳边，还用不太明显的颜色，区分了太学生的等级。

王俊民低头看着下摆上那道靛青色的绳边，心想他之前是群青色，现在是靛青色，希望在不久之后就能换成看上去低调，但是却代表着上舍生荣耀的鸦青色。

正胡思乱想着，王俊民也没注意到路人的目光，他们两人本就相貌堂堂，身材挺拔，又身着代表内舍的太学服，极为惹眼。太学的学生大部分都是官宦子弟，再不然就是被举荐而来各地数一数二的学子，进了太学内舍，虽然还不是上舍，但也算得上是半只脚已经踏入了朝廷门槛。所以他们两人走在街上，不时就会有或羡慕或嫉妒或敬仰的视线投注过来。

王俊民跟着初虞世不知道穿过了多少小巷胡同，待他发觉周围已经冷清下来之时，才注意到他们已经到了一个很偏僻的胡同之中。只是这里分明还在蔡河湾附近，因为那吵吵嚷嚷的叫卖声与吆喝声就在不远处清晰地传了过来。

这个胡同之中倒也有着不少铺子，很多都是卖古董和字画的。因为这一行有着"灯下不观色"的铁律，所以入夜之后就纷纷闭了店，白天的时候应当是很热闹。只是这都闭店了还来做什么？

王俊民正想发问，就见一家古董店门前还点着灯笼，他只来得及借着那灯笼的晕光看到这家古董店的招牌上写着"哑舍"二字，就被初虞世拽着跨入了店铺大门。

还未等看清楚店内的摆设，王俊民就已经闻到一股沁人心脾的香气，甜而不腻，清新高洁，像是把他整个人内心污浊的部分都洗涤了去，令他的心情立刻舒畅了起来。这家古董店真的好奢侈，虽然不知道这熏香是何种香料，但绝对不是廉价之物。

王俊民下意识地摸了摸腰间的钱囊。他父亲不过是开封府的小小判官，吃俸禄度日，还要上下打点，供他上太学已是极限。更别说他家中还有三个未长大的弟弟，他也要省着点才是。因为铁了心不想买东西，王俊民倒是静得下心来鉴赏店内的古董，一边看一边啧啧称奇。

店内的布置典雅宜人，各种古董的摆设都恰到好处，没有待价而沽的市侩感觉，反而像是进入到了一个大户人家的厅堂。但每一个的古董，看起来都华丽珍贵，价值连城。

初虞世却没王俊民那种闲心，他立刻冲到了放置文房古玩的地方，挑挑拣拣起来。除了一些玉佩扇子，他们太学生大抵都喜欢这些平日可以用得着的文房之物。再加上古董店中经常会出售一些文人士子用过的文房清玩，谁也不知道是真是假，但在考试前买来当个好彩头，保佑科科必过，这在初虞世看来可要比考前温书管用得多。

"掌柜的！今天下午我看到的那个李白用过的云纹白玉笔洗还在吗？"初虞世急吼吼地掏出怀里的银票，"我这回钱带够了！"

王俊民在一旁都不知道该做什么反应了。虽然这家店看上去挺不错的，古香古色，卖的古董也很有年头，但诗仙李白用过的笔洗也太离谱了吧？不过他也知道好友的性子，是劝也劝不住的，反正初虞世家里有钱，倒也不在乎这点花销。

只是即便这么想，王俊民也无法对这家古董店的老板产生好感，在对方从内间走出来后，他便移开了视线，不再关注那边的讨价还价，只是漫不经心地扫过一旁的博古架。

他的视线忽然间被角落里的一个玉人所吸引。他好奇地走了过去，发现那是一个只有大拇指大小的玉翁仲。

玉翁仲是一种驱邪祛魔的佩饰。翁仲原是秦始皇时期的一名大力士，名阮翁仲，传说力大无穷武力过人，秦始皇令阮翁仲兵守临洮，威震匈奴。阮翁仲死后，秦始皇为其铸铜像，置于咸阳宫司马门外。匈奴人来咸阳朝拜，远远看到该铜像，还以为是真的阮翁仲，皆不敢靠近。

于是后人就把翁仲铸成铜人或者雕刻成石人，立于宫阙庙堂和陵墓前用以辟邪。渐渐地，世人也开始佩带玉翁仲来辟邪。玉翁仲与司南佩、刚卯在汉代极其流行，同被称为"辟邪三宝"。

子不语怪力乱神，王俊民本是不信这些，但却觉得这枚白玉翁仲雕刻得极其古朴大方，忍不住伸手拿起来细细端详。

这枚玉翁仲采用汉代风格为汉八刀，风格古拙凝练。简简单单的几刀就雕琢出来一张青年人的面容，玉光莹润，有股摄人心魄的苍劲刚毅。这枚玉翁仲的穿孔为人字形，从头顶直到腹部，再分两路由腰部两侧出来，呈人字状的红色穗绳也是从头部而下至腰的两侧系一结，这样翁仲悬挂时就可以立着,这种人字形穿孔也是明显的汉代翁仲的标志。

王俊民爱不释手地摩挲着,这枚玉翁仲许是年代久远,穗绳虽是崭新的,但玉翁仲的身体上面却有着数道裂纹,还有着血丝般的沁色,看上去就像是玉翁仲所流的鲜血,有种说不出的诡异之感。

"哎哟,康侯你怎么在看这个啊?"初虞世已经买了那个笔洗,抱着个锦盒凑了过来,一看到王俊民手中的玉翁仲,便大呼小叫起来。

"怎么了?"王俊民皱了皱眉,视线落到了一旁跟过来的老板身上,震惊于对方不似普通人的气质。这人穿着一袭秦汉时的古服,宽袖紧身的绕襟深衣,黑色的衣袍优雅地垂在脚边,更衬得他面如冠玉,活脱脱就像是古画中走出来的风雅人物。这样的儒雅气质,就算是太学中的太常博士都比不上,但他并未束发,可见还是弱冠之年。

"这枚玉翁仲传说是会给人带来厄运啊!"初虞世语气夸张地说道,"张师正知道不?就是一直和你竞争内舍学谕的那个人,前阵子不信邪地把这枚玉翁仲买了回去,连连倒霉,连内舍学谕都被你当了,后来只好把这玉翁仲退了回来。"

内舍学谕是选取内舍生之中最优秀者当之,在学官无暇之时代为指导其他内舍生的功课。王俊民是为着内舍学谕会每个月发银钱补贴才去报名的,从没在意还有谁在和他竞争。不过张师正他倒是有印象,毕竟内舍生之中极其优秀者也就那么几人,都是进入上舍的后备人选,王俊民就算是再不问世事,也知道那几位。

但重点不是这个,王俊民没理会初虞世的劝阻,直接向一直没说话的老板扬手道:"这枚玉翁仲怎么卖?"

那老板淡淡一笑,道:"你朋友都说这枚玉翁仲会给人带来厄运,你怎么还要买?"

"是真的会给人带来厄运?"王俊民拧紧了眉,他本来以为这老板能把一个看起来普通的笔洗都吹成是诗仙用过的,自然会巴不得把这玉翁仲卖掉,编造各种离奇古怪的来历。

那老板却没正面回答他的问题,而是徐徐道:"玉本为石,聚集天地灵气而生成玉,经过匠人精心雕琢为饰。佩玉可辟邪,这也是因为玉器上聚集了天地灵气。而为主人挡过灾的玉器,往往会因为灵气耗尽而有裂痕甚至破碎。玉是有灵性的,但反之就也有邪性,碎玉很容易招惹些不好的东西。"

他没有说这枚玉翁仲会给人带来厄运,可每个字都在暗示。

王俊民低头看着手中的玉翁仲,他知道翁仲上面的那些裂纹不是玉本身自己所带的石纹,而是真正的裂纹,甚至连沁色都沁入得很深。

可就是很喜欢怎么办?玉器与人也是要看缘分的,在这间满屋子都是名贵古玩的店里,他就这么视线一扫,就独独看中了它,就是想要占为己有,好像天生就该是自己的东西。

"这玉翁仲怎么卖?"王俊民开始琢磨着自己可以动用的钱财有多少,他当了内舍学谕之后,倒是有了一部分补贴。

老板微微一笑,便随意道:"你既然想要,就拿走吧。好好待它即可,若真是厌弃了,切不要随意丢弃。"

王俊民欢喜地道了谢,立刻就把这玉翁仲挂在了腰间,觉得今晚当真是出来对了。初虞世出了哑舍后,忍不住埋怨几句,直说那玉翁仲邪门得很,让他小心谨慎。但王俊民浑然不以为意,既然喜欢一件东西,自然是要连它的所有都一起喜欢。不管是优点,还是缺点。

二

翌日的上舍考试,王俊民感觉不错,交了卷子,就知道自己定是能进上舍了。倒是一旁的初虞世趴在桌子上唉声叹气,显然是没有底气。

王俊民思考着自己的人生规划,他今年入太学上舍,一年必然是无法结业的,今年的科考定是赶不上了。好在科考现在是两年一届,他可以等两年后的那一科。

一边思索着一边收拾书桌上的文房笔墨，王俊民感觉到有人在他的面前停了下来，一抬头才发现是张师正。后者正神色阴晴不定地看着他腰间，显然是认出了那枚玉翁仲。

两人虽是竞争关系，但却从未说过话。王俊民也不知如何与他打招呼，而张师正也没多做停留，深深地看了他一眼之后便转身离去。

"康侯你没事吧？今天考试没发挥失常吧？"初虞世走过来关心地问着，在发现好友如常的脸色后，才放下心道，"没出什么意外就好，唉，你怎么就这么想不开看中这玉翁仲了呢？"

"你答得如何？"王俊民知道自己这好友最喜欢唠叨，若是不转移话题，恐怕让他说个一刻钟都不会停的。

"说不准。"初虞世叹了口气，用折扇敲了敲手心，垂头丧气道，"算了，若是进不了上舍，我就回家去学医。要知道我是最喜欢看医书的……"

王俊民拍了拍他的肩，也觉得很无奈，人真的是各自有命。

没过多久，内舍提升至上舍的人选就张榜公布了。王俊民果然是被录取为上舍生，而初虞世的名字却没有出现在榜上。王俊民还注意到，张师正的名字就在他的旁边，可见学官对他们两人的评价相差无几。

能搬入上舍，又离自己的计划近了一步，王俊民自是欣喜。但与好友初虞世分开，便把这股喜悦冲淡了几分。初虞世却满不在乎，说家里还让他继续念太学，他学医的理想又被继续推迟了下去。

上舍生都有自己独立一间的舍斋，换了鸦青缇边襕衫的王俊民少了他人干扰，越发刻苦学习，在上舍这一届中隐隐有独占鳌头之势。只是他甚少在上舍中交游来往，声望倒还不如张师正。

王俊民也不以为意，他闲暇时顶多被初虞世叫出去喝喝茶，回家中看望下父母和弟弟们，甚至连上舍学谕都没和张师正竞争，完完全全投入到经史典籍之中，几乎忘我。一晃一年多就过去了，马上就要到两年一届的上舍评考了。

要知道上舍评考的那些判卷夫子，都是朝中重臣，只要在评考的试卷上发挥出色，给他们留下印象，那么当他参加即将到来的科举考试时，便会得到莫大的帮助。太学中人心中都有着默契，每次在科举前举行的太学上舍评考，就相当于小科举，能取得名次者，只要不发挥失常，在科举之中定能榜上有名。

王俊民越发地努力起来，每晚都在学斋中苦学到最后。

这一晚，他刚作完一篇文，揉了揉干涩的双目，习惯性地用酸痛的右手摩挲着腰间的玉翁仲。

这已经是他的下意识动作，自玉翁仲买来的那一天开始，就没有离开过他半步，每当手指碰触着那润泽光滑的玉质肌理，都会让他烦躁疲惫的心情立刻安定平和下来。就好像无论他学到多晚，总有一个人在陪着他一样。

王俊民闭上了双目，用手指尖感受着玉翁仲的刻痕。这么好的一件玉饰，居然被人诬陷为会给主人带来厄运？事实上他自从佩戴起玉翁仲后，顺利考入上舍，父亲的官职不能说高升，但也足够一家人花销了，可以算得上人生一帆风顺了。

想着想着，几天都未好好休息的王俊民就这样睡了过去，直到右臂突然传来一股钻心的疼痛。

"啊！咳咳！"王俊民从梦中惊醒，却惊愕地发现他居然身处火海之中，刚刚让他醒过来的那种痛楚，正是火舌舔到他右臂袖袍而引起的。他急忙四处拍打着，倒在地上打滚压灭了身上的火，右臂的疼痛和仿佛置身于地狱熔岩的温度，让他清醒地认识到这并不是在做梦。他想高声呼叫，可一张口就被浓烟呛得直咳嗽，很快就有了窒息的感觉。

怎么会这样？他只是睡了一小觉，怎么醒过来就要被活活烧死了？

该不会他还是在做梦吧？

意识逐渐地远离，昏昏沉沉间，王俊民隐约感觉到有个人正拼命地扯着他往屋外逃，但那人的力气委实也太小了，当真是在如蜗牛般挪动。

会是谁？难道是学斋之中的同窗？但他记得就只有他在学斋熬夜苦读。

王俊民手脚酸软，没有一丝力气，觉得自己就是个累赘。他想张口让那人不用管他先走，可却没来得及说出一个字，就陷入了黑暗之中。

三

"哎呀,康侯,你要看开一点,太学的主簿大人都不追究你的责任了,你好好养伤。"初虞世心有余悸地看着躺在床上静养的王俊民,那么大的火灾,自家好友只是伤了右臂,可真是死里逃生。

不过看着他如死寂般的表情,初虞世叹气安慰道:"你右臂烧伤,虽未伤到筋骨,但上舍评考和下个月的科举也都参加不了了。别在意,你还年轻,两年后还有机会嘛!"

"都是我的错。"王俊民闭了闭眼,他的喉咙因为吸入了大量浓烟而声音嘶哑。他倒是不甚在意缺席考试,一个人若是从生死边缘挣扎了一回,对其他事情自然就会看淡许多。虽然刚刚来看望他的主簿大人风趣地说他们终于可以借此机会重建舍斋了,但差点酿成大祸的王俊民依旧懊悔不已,他下意识地握住了放在枕边的玉翁仲。

了解他的初虞世眼珠子一转,严肃地沉声道:"其实康侯,这事我总觉得有古怪。学斋当时只有你一人,若是你书桌上的那盏油灯所引起的火灾,那么你又怎么可能只伤到右臂?早就变成焦炭了。"

"只有我一人?"王俊民一怔,连忙追问道,"我记得是有人救我出去的,那人怎么样了?"

"啊?你说张师正啊?他没什么事,据说他冲进去时是在学斋门口发现你的,只燎了些发梢袍角罢了。"初虞世的言语间满是怀疑,"康侯,不怪我多想,上等上舍生就只有一个名额,只有你和张师正有能力竞争。会不会是他下手暗害你?让你受伤不能参加评考,最少也能让你受惊扰乱你心神,后来又见火势严重,才冲进去救你的?否则他怎么就那么巧大半夜的还在?"

门口?不是桌子旁边?王俊民愣了愣,才迟一步发现好友正兴致勃勃地进行阴谋论,不禁轻斥道:"和甫,你别胡说。这次多亏了张兄,我伤好后也要去拜谢于他。"

初虞世讪讪地笑了笑，视线落在了王俊民左手之上，惊道："我知道了！定是这枚玉翁仲，你才这么倒霉的！快点扔了它吧！"

王俊民的左手一震，随即不自然地笑了笑道："瞎说什么呢？我累了，你也快些去温书吧，内舍考试就在这几天了。"

打发了初虞世离开，王俊民却并未休息，而是低头看着手中的玉翁仲。

也许是在火海中他在地上打滚的缘故，也许是因为靠近了火焰承受不了的高温，玉翁仲上的裂痕更多了。那些像极了鲜血般的沁色，更让玉翁仲看上去狼狈不堪。

他是真的很喜欢这枚玉翁仲，甚至连上面原本的裂纹有多少条，哪里有，闭着眼睛都能记得起来。指尖在伤痕累累的玉翁仲上划过，王俊民还是把它重新拴回了腰带上。

这一年的上舍评考，张师正得到上等评价。

王俊民一直想去当面感谢张帅止的救命之恩，但又怕影响到他温书，所以一直等到科考结束之后，才提着谢礼到了他的舍斋登门拜访。

其实张师正的舍斋，就在他的斜对面，但王俊民却是头一次敲门。

张师正开门的时候，王俊民就看到了他正在收拾东西，并不是回家暂住的架势，而是把书架上的书籍都一摞摞地放进箱子里。

"你这是……要搬走了？"王俊民下意识地问道，随即回忆了一下张师正的字，扬起了笑容道，"恭喜不疑兄，此次定能金榜高中啊！"这样仔细地收拾东西，不是考砸了以后不再念太学了，就是考得太好了以后也不用念了。王俊民虽然不善于言辞，但自然也不会认为张师正考得很差。

开玩笑，上等的上舍生，又怎么会考得很差？一想到自己连去参加考试都做不到，王俊民就不由得黯下了神色，但还是强打起精神，诚恳道谢："当日多亏不疑兄相救，前几日怕太过叨扰，所以今日才来致谢。"说罢就把谢礼递了过去。

张师正自然推辞，婉拒道："救人乃义不容辞，就是换了其他人在里面，我也是要救的,康侯不必如此。况且我发现康侯的时候,你已经在门口了,我只是举手之劳而已。"

"门口?"王俊民一呆,初虞世之前和他说过这事,他以为好友记错了,没太在意。但此时这当事人再次提起,让王俊民不得不疑惑。

难道那个人是他自己在火海中产生的幻觉?主簿大人也没说还有其他受伤的人,在那样的火势之下,若是有其他人救他,肯定也少不得会被火烧伤。

王俊民压下心中的疑惑,坚持要求张师正收下谢礼。其实他们都是读书人,送的也不是金银之物,而是几本王俊民特意淘换来的孤本。说值钱也不太值钱,但却是有钱也买不来的。

张师正推脱不掉,只好勉强收下。他的眼角余光扫到王俊民腰间的玉翁仲,状似闲聊地叹道:"康侯,你别嫌我多言,这玉翁仲我也不信邪戴过一阵,当真是诸事不顺。有次在街上差点被受惊的马车撞上,若不是那马正好被石头所绊,先行摔倒在地,我说不定就会被那匹疯马踏断了脖颈。"

张师正一边说一边惊魂未定,显然也是无比后怕:"如今你虽然侥幸捡回来一条性命,但终究是误了这次的科考。以往太祖朝每年一科,到真宗朝两年一科,往后说不定还会三年一科甚至更长。"

王俊民抿紧了唇,也不知道该说什么好。正好这时又有其他同学前来拜会,张师正的人缘在太学中是最好的,王俊民却觉得没有办法融入到他们的那个圈子里,索性告了辞。

回到自己的舍斋,王俊民摸着腰间的玉翁仲,手指在触到上面的伤痕时,脑海中却闪过刚才张师正说的话,心中不免有些郁结。

这玉翁仲伤成这样了,也不适合每天都戴着了吧。

最后怜惜地摸了一下玉翁仲,王俊民把它放进了一旁的漆盒里,浑然没觉察那本来玉色莹润的玉翁仲,瞬间黯淡了下来……

随后的科考殿试成绩公布,张师正擢甲科,赐进士及第,但却没当上状元。他们的学长刘辉摘了魁首。

这位今年才二十七岁的学长，在太学之中也是个传奇，他行文辞藻靡丽，堆砌典故成风，被世人所追捧，在好几年前就已经成为了京城名士。但上一届主持进士考试的知贡举欧阳修对这种浮靡文风深恶痛绝，他提倡平实朴素的文风。据说在那届科考中，欧阳修评阅文章，卷子虽是糊名的，但他立时就认出了刘辉的文风，拿着朱笔从头批判到尾。名落孙山的刘辉毅然辞了太学，回乡苦读，体验民间疾苦，行文日渐成熟朴实，终于在今年被御试考官欧阳修大加赞许，一举得魁。

　　王俊民得来他人誊抄的状元文章，反复研读数遍，也自愧不如。

　　初虞世参加内考的名次也不算太理想，他便退了太学，回家去念医书了。旁人都觉得他太傻，但王俊民其实在心底里微妙地羡慕他。

　　可以找到自己感兴趣的事情，并且坚定地做下去，某种程度来说也是非常了不起的。

　　王俊民心无旁骛，愈发苦读。只是这回并不死读书，而是在温书之余，尽可能地走访更多的地方。《荀子·儒效》曰：闻之而不见，虽博必谬；见之而不知，虽识必妄；知之而不行，虽敦必困。他渐渐地身体力行地体会了书中所说的那些话语，而并不是单单从字面上来理解。

四

　　一晃又是两年，此次的上舍评考自然是王俊民这个唯一上等上舍生，而后的嘉祐六年辛丑科举在众人期待中到来。

　　已经二十五岁的王俊民在太学中已经算是年纪颇大的了，若他今年再不中举，那么就要从太学退学，当个无关紧要的师爷，或者是留在太学中当一名普通的学正或者学录，领取微薄的俸禄。家里的弟弟们已经长大，需要花销的地方日益增多，他已经不能再给家里增添负担了。况且他一直借口苦读诗书，并未娶亲，也是因为这彩礼钱家里恐怕都拿不出来。

　　收拾考场用具时，王俊民翻开了漆盒，看到了那枚被他遗忘许久的玉翁仲。

拿在手中把玩片刻后，终是把它拿了出来，放进了文具漆盒之中。

会试如同王俊民所预料的一般一帆风顺，答完试卷之时，他就知道自己应该榜上有名，至于名次高低那真的是需要上天安排。

在舍斋狠狠睡了两天，在殿试名单尚未公布之前，王俊民出门打算回家看看。只是在他出门后却忽然觉得，每个路过他身边的人，都隐约对他指指点点。他向来都独来独往，自是不会在意他人眼色，可这太学中几乎他遇到的所有学子都用异样的眼神看着他，他也难免疑虑地放慢了脚步，渐渐地议论的声音也陆续传到他的耳内。

"有人传言这王俊民就是本科状元！"

"也许呢，王康侯可是太学上舍的第一人呢！"

"那也不对了吧……这金榜还未出，这等传言就四散开来，我看是有人八成不想让他中举。"

"也是，若是知贡举大人为了避嫌，或者会觉得王学长故意为自己造声势，当真会把他刷下去啊！"

"可不是？这次辛丑科举的知贡举是王安石王介甫大人，最看不惯那等沽名钓誉之人，这回可有人要惨喽！"

王俊民听着那一声声或羡慕或厌恶或冷嘲热讽的话语，就像是被人在脑后当空打了一拳，脑海中嗡的一声一片空白，差点连站立的力气都没有了。

他咬紧牙根，才没在他人面前出丑，勉强地一步步转身踱回自己的房间。

浑身冰冷地呆坐在书桌前许久，王俊民才举手抹了一把脸，发觉手心湿润，也不知道是脸颊的汗水还是手心的。

不遭人妒是庸才，他自然也是懂得这样的道理。但问题绝对是出在他身上，否则又怎么会只传他的流言，而不去传其他人的？

两年前的上一科，张师正和他现在的情况差不多，可完全没有人会给张师正下绊子。

所以……一切成空吗……这样的情况，正常人都不会让他中进士吧？

几年来一直压抑在心底的巨大压力彻底爆发，王俊民几乎是在这次科举孤注一掷。将近二十年的苦读终究要白费了吗？也许是他的错觉，屋外的议论声好像更大了一些，吵得他头昏目眩。

精神崩溃的他再也控制不住心中的愤恨，起身拂袖扫落桌上的文房清玩，一时间叮当噼啪的脆声接连不断地响起，倒是让屋外的议论声戛然而止。

王俊民呼哧呼哧地重新跌坐在椅子上，眼角余光看到一枚熟悉的玉翁仲打着转滑到了他的面前。

人在脆弱的时候，总是下意识地想要怨天尤人。王俊民一下子就想起了这枚玉翁仲的厄运传言，又想起了自己这两年什么事都没出，就在科考的时候把它放进了文具漆盒，结果……结果现在就成这样……

虽然知道这种事和玉翁仲一文钱的关系都没有，但若是人人都总能保持理智的话，就没有"迁怒"这个词存在了。

王俊民弯腰抓起地上的玉翁仲，正想要泄愤似的往墙上砸，但手心碰触到润泽细腻的玉石，那种早已忘记的触感立刻让他清醒了过来。

他深吸了一口气，缓缓张开五指，低头看着静静躺在他掌心的玉翁仲。

玉翁仲的穗绳已经脏污，还带着焦黑的灼烧痕迹。自从那次火场之后，他都没想起来更换它上面的穗绳。王俊民怀念地摩挲着玉翁仲，感觉着那本来冰凉的玉质渐渐与他的体温变得一致。

也许是刚刚掉在地上的缘故，记忆中的裂纹又多了几道。王俊民微微一叹，激荡的心情终于平静了下来，把文具漆盒捡了起来，先是把手中的玉翁仲重新放了进去，又把散落一地的物事收拾了一遍。

也罢，他还是离开吧，留在这里岂不是丢人现眼？学官们恐怕看到他也会不自在，等金榜公布后再来向他们告辞吧。

真是……可惜了主簿大人的厚望……

灰溜溜地收拾完包袱，王俊民顶着众人的目光回了家，闭门谢客，蒙头大睡。如此浑浑噩噩地过了几日，到了发榜那天，他听着沿街此起彼伏的报喜声鞭炮声铜锣声，脸色阴晴不定。也不知道过了多久，他忽然听到院门口的鞭炮声大作，居然有人在冲着他的院门高声贺喜道："中了！中了！大少爷中了！"

一切都发生得太过突然，等王俊民彻底回过神时，他都已经考完殿试，游完街喝完酒，不知道是几天以后了。

"康侯，你可算是醒了？"初虞世取笑道，他倒是觉得好友真是太好玩了。不过换位思考，若是他今日也能这般荣耀，恐怕表现也不会比他好到哪里去。

"我……我真的中了状元？"王俊民还是有些不敢置信，但隐隐约约的记忆中，确实是有着在殿前谢恩，以探花使的身份和同榜二位少年在名园探采名花，到杏园参加探花宴。觥筹交错的情景就如同一幅幅模糊不清的画面，让酒后宿醉的他难以把它们都串联起来。

"是是是，一甲第一名，不是状元能是什么？王魁首！"初虞世递过去一碗刚熬好的醒酒汤，笑眯眯地打量着这新科状元郎，"这次还真多亏了临川先生，若不是他看中了你写的文章，一力推荐，恐怕这状元也危险。"

王俊民一口喝掉那微苦的醒酒汤，头疼稍微缓解了一些。临川先生便是王安石王大人，王俊民却因为考前的那番流言怀有芥蒂，皱眉道："这岂不是让临川先生难做？"

"无妨，康侯你是有真才实学，之前是有人故意传言害你，这一下倒是有了上天注定的意味，倒是能被传为美谈。"初虞世不以为意地说道。他的视线落在了一旁打开的文具漆盒内，正好看到了那枚让他印象深刻的玉翁仲，不禁不满道："康侯，你怎么还留着这玉翁仲？你上次差点被烧死，这次又差点被流言害死，就差一死表清白了。这读书人最看重的就是名声与性命，你两个都差点丢了，难道还不是这玉翁仲带来的厄运？我看，还是扔了为好。"

"……"王俊民捧着脑袋，他还没完全清醒，好友的声音他有听见，但脑袋转得比较迟钝，没法理解。半响之后，才期期艾艾道，"要不……就还给那家古董店的老板吧……"

"还给他干吗？让这玉翁仲继续害人吗？算了，你舍不得扔，我来替你扔。"

初虞世利落地把那枚玉翁仲捞在手中，决心一定要让好友脱离厄运的阴影。

"这……"王俊民想要叫住好友的话一顿，不禁扪心自问，难道他真的没有把这玉翁仲送走的念头吗？承认吧，事实上他也觉得自己厄运缠身，只是不想亲手抛弃那枚玉翁仲，不想做恶人罢了。

所以，他静静地看着好友走出房门，缓缓地闭上眼睛。

是的，他已经是新科状元了。

好好睡一觉，再睁开眼时，他的人生，就和以前完全不一样了。

初虞世其实更想把这玉翁仲直接砸碎，但他也怕这邪门的玉饰会缠上他，所以出了王家之后，他便找了个巷子的角落，随意地把玉翁仲丢掉了。

待初虞世哼着歌走后不久，一个身穿秦汉时期黑色绕襟深衣的男子，走到这里停下，弯腰把那枚玉翁仲拾了起来。

他轻轻地用手拂去玉翁仲上面沾染的尘土，看着它身上又多出的裂纹，深深地叹了口气。

"痴儿，汝为人挡灾，却被误认为不祥之物，真是何苦来哉……"那男子似是对着玉翁仲说话，又似是喃喃自语。片刻之后，却忽然抬头往巷口某处看去。

空无一人。

果然是他多心了吗？

五

公元2013年。

"哎哟喂！差一点就被以前的老板发现我们在偷窥了！"医生大喘着气，刚刚经过一次空间旅行的他干脆整个人躺在了哑舍的地板上，整个脑袋都是晕乎乎的。

"幸亏罗盘来得及。"陆子冈的情况也好不到哪里去，但还是站起身捞了两瓶矿泉水。

医生起身接过一瓶咕嘟咕嘟灌了好几口，这才有了精神，嘿嘿笑道："古装的老板啊！这还是头一次看到，上次我们穿越到唐朝压根都没见到老板。"

"以后要注意，老板可是一直都有记忆的，若是对我们有了印象，说不定历史就会出现分岔路，我们的罪过可就大了。"陆子冈不厌其烦地叮咛道。

"知道知道。"医生随口答应道，对他来说，失踪的那个老板才是真正的老板，古代的老板并没有关于他的记忆，还不算是他的朋友，"对了，刚刚老板拿着的是什么东西啊？"

陆子冈的眼神很好，回忆了一下，便道："应该是那枚玉翁仲。"

"玉翁仲？"

"是的，我还记得我前世在哑舍时，老板曾经跟我聊起过。那枚玉翁仲本是汉武帝随身所佩的辟邪之物，后来辗转流传，虽然裂纹处处，却不似普通玉饰那般会被邪物所占，依旧可以保护主人免于厄运。"

陆子冈喝了一口水，继而喟然道："但可惜的是，每个拥有那枚玉翁仲的人，都认为是它带来的厄运。老板每次都会事先说明有裂纹的玉会招来邪物，但每个口中说着不在乎的人，每每都会遗弃它。人都是这样的，永远都看不清楚真相。看街上那些人的服饰，应是北宋中期，玉翁仲那时的主人应该是个状元。啧，扔了玉翁仲之后，没两年就狂病大发死了。死后还被人诬陷与青楼女子不清不楚始乱终弃，最终怨鬼缠身，丢了性命，声名尽毁。真是可惜了玉翁仲为他产生的那么多裂纹。"

当年的陆子冈是天下顶尖的琢玉师，自然对玉器极为喜爱，一回忆起那枚遍体鳞伤的玉翁仲，陆子冈就难免被前世的怨念所影响，语气中充满了不忿。

"啊？那老板怎么不对客人说实话啊？"医生表示不解。

陆子冈立刻用看白痴的眼神看着他："卖块破玉，还舌灿莲花地说这玉可以挡灾，不把你当奸商？傻子才会信吧？"

医生表示他信，兴奋地站起身四处打量："在哪儿呢？这玉翁仲这么好的东西，我也想要啊！"

陆子冈拧紧了瓶盖，勾起一抹讥讽的笑容，淡淡道："谁知道呢！也许是在哑舍的某处……也许它现在还在不同的人手中流浪吧……"

第三章　天如意

一

公元1390年，应天府句容县滴流坡。

李定远被他的大丫鬟琵琶抱在怀里，昏昏沉沉地穿过国公府的花园，来到他爷爷住的宣园。

虽然还未睡醒就去给爷爷请安，失了礼数，但李定远向来受宠，自是没人敢挑他半句的。

李定远今年才十岁，虽不大明事理，但也知道自家爷爷是大大的了不起。明朝的皇帝往下数的第一人，就是他爷爷李善长了，以前官拜左相国，居百官之首。用那"一人之下，万人之上"来形容他爷爷，是最贴切不过的了。

朝廷上的事李定远不清楚，但他却知道自家爷爷有九个儿子十五个孙子十二个孙女，没见爷爷宠着谁，最喜欢的单单只有他。就连娶了公主媳妇的二叔，也没在爷爷面前讨到什么特殊待遇。除了二叔一家住在公主府外，其他叔伯堂兄弟姐妹们，都在江西九江的李家主宅，独独只有他一个人被养在爷爷身边。

集万千宠爱于一身，李定远除了觉得很少见到爹娘有些苦恼外，也心安理得地享受着所谓纨绔子弟的腐败生活。连每天早上给爷爷请安，都半睡半醒地走个过场。

他爷爷住的是正宗的国公府，厅堂的规制是一二品官厅堂，五间九架，气势宏大。李定远微张了下眼睛，立刻就被房檐上的琉璃瓦反射的阳光刺痛了双目，懒懒地又合上了。

又走了不一会儿，感觉到琵琶的呼吸刻意地放轻了下来，李定远也闻到了一股浓郁的宁神香味道，便知道已是进了爷爷的书房。他揉了揉眼睛，打算和平常一样跟爷爷撒个娇,爷爷就会一脸无奈地接过他抱在怀里,甚至连他揪爷爷的胡子,爷爷也会宠溺地任他胡闹。

只是今天那熟悉的温暖怀抱却并未如约出现,李定远懵懂地睁开双眼,发现自家爷爷阴沉着一张脸,手扣着釉里红茶盏,正坐在黄花梨四出头官帽椅上,目光森然地盯着他。

"看看你这个混账样子!成何体统!"

李善长那是从元顺帝至正十三年就开始在朱元璋身边打天下的元老级人物,虽然所做的事务和汉时刘邦身边的萧何一般,都是负责内务军政统筹之类的后方工作,但好歹也是从血海战场中走过无数遭的。尽管在二十二年前就告老退出了官场明哲保身,但依然威严不减当年。平时在自家疼爱的孙子面前,有意地收敛了身上的戾气,但此时却无心再作隐藏,那一股迫人的威势就像是海啸一样,朝李定远铺天盖地般压去。

抱着李定远的琵琶也算是被波及,骇得浑身发抖,差点连怀里的十三少爷都抱不住,下意识地就跪伏在地。

李定远因为大丫鬟的这一跪倒,顺势站在了地上。他倒是没被自家爷爷的变脸吓到,自顾自地整理了一下身上的衣服,把自己收拾得齐齐整整,这才上前几步,规规矩矩地跪在李善长面前,口中请着安就拜了下去。

这一套礼数李定远很熟,每当过年过节他都要见那些叔伯堂兄弟姐妹们,每人每天都做一遍。虽然他还真没这么认真地做过,但看过那么多遍,怎么也都能学得有模有样了。李定远能被李善长另眼相看,自然并不只是因为他长得特别可爱,李善长更喜欢的是他的玲珑心眼,觉着这小子最像他。所以连在给他定名字的时候,都没遵循这一辈草字头单字的规矩,愣是起了个大气的名字。

李定远乖乖地磕完头,也不起来,直挺挺地跪在李善长面前,仰着头无辜地看着他。

李善长看着自家孙子水嫩嫩的脸庞上那双黑白分明的眼睛,没一会儿就败下阵来,本来蓄好的气势像决堤的黄河水一样,呼啦啦地泄了个干干净净。

他叹了口气,把小孩儿拉了起来,摸着他的额头,爱怜道:"远儿,是爷爷今天心情不好,没磕到哪里吧?爷爷都听到砰的一声了。"李善长在外人眼中,那可当真是说一不二的宣国公,只要他脸一沉,那哆哆嗦嗦跪下来的人一片一片的,若是那些人看到这首席公卿做小伏低的一幕,恐怕眼珠子都要掉一地。

李定远的那双大眼珠子转了转,心中唾弃自家爷爷估计又是气不顺了,前几天折腾身边的护卫们,现在开始折腾起他来了?这可不行,赶明儿要把四哥和六哥也叫过来同甘共苦,反正他们就住隔壁的公主府。

李善长对这小东西了解得无比透彻,只看他这表情就知道这兔崽子在想什么,啐道:"又想去祸害小四和小六?"对于其他孙子,李善长向来都是直接叫序齿的,甚至有些孙子的名字他都想不起来。所以对于李定远,他确实是格外不同。

李定远的四哥和六哥都是堂兄,叫李芳和李茂,都是李善长次子李淇和临安公主的儿子,今年都是十三四岁的少年了,哪里还能跟才十岁的李定远一般见识。他们的母亲临安公主是朱元璋的长女,李善长之前也因为这个公主媳妇特别安心,觉得朱元璋就算再残害功臣元老,也绝对不可能对亲家下手,所以对那两个孙子也颇为亲近。当然,那亲近的程度和李定远还是有所不同的。

李善长揉了揉小孩儿微红的额头,心更软了,放柔了声音道:"都是爷爷不对,远儿想要什么,爷爷补偿给你啊!"他话语之中有着说不出来的疼惜和痛苦,但却隐藏得极好。

李定远的内心暗叫果然这样!爷爷总是赖皮,就喜欢这样拿东西哄他开心!不过他小心眼一算计,还是决定试试道:"爷爷!那我想要那个铜匣!"

那个铜匣,是李定远心心念念的宝物,以前也撒娇要泼尝试过无数次,爷爷总是只借他看看,完全不松口送他。其他宝物倒是他想要什么都可以给。久而久之,这个铜匣就成了李定远的执念,他也不知道是自己真的喜欢那个铜匣,还是只为了赌一口气。

"好。"

"爷爷你要是不舍得就算了……咦?爷爷你同意了?"李定远目瞪口呆。

"箜篌,去给远儿把那个铜匣拿来。"小孩儿这样难得吃惊的表情,取悦了李善长。他一抬手,就立刻有人去书房把那个铜匣取了过来,放在李善长的手中。

李定远盯着自己心心念念的铜匣,移不开眼。这个铜匣并非普通的铜匣,虽然只有一个巴掌大小,但看上面精美的雕刻花纹还有厚重的铜绿,就能知道这东西年份不浅。铜匣的盖子是用琉璃制成,绿色的半透明琉璃盖下,能够隐约地看到铜匣之中固定地放着一柄白玉如意。而令李定远痴迷的,是这个铜匣根本就打不开!铜匣的琉璃盖是完全封死的,若是想要拿到那柄小如意在手中把玩,就只能摔碎那价值连城的琉璃盖。

就算是视金钱如粪土的李定远,也知道绝对不能做出这样毁坏宝物的举动。他一直不理解为什么会有人把一柄白玉如意封在铜匣里,难道有什么机关可以打开这铜匣?但其他地方都严丝合缝,李定远每次把玩都无功而返,更加增添了想要打开的好奇心。

而在爷爷亲手把这个铜匣放在他怀里时,李定远并没有如他想象般欣喜若狂,而是把目光从铜匣移到了爷爷的脸上,前所未有地认真问道:"爷爷,出了什么事吗?"

李善长脸上慈爱的表情僵硬了一下,随后笑了笑道:"没事,就是爷爷最近有些忙,远儿去汤山别墅玩几天可好?这个铜匣这几日就暂放在你那里,等你回来爷爷还是要收回来的。"

李定远鼓着胖乎乎的脸颊,一脸不甘心地把铜匣抱得死紧。他知道爷爷并没有跟他说实话,但他也知道爷爷虽然宠他,但绝不会允许他反驳已经决定的事情。

李善长留恋地拍了拍小孩儿的头,淡淡对旁盼咐道:"律笛,远儿我就交给你了。"旁边一个精瘦的青年立时跪伏在地。

李定远见那青年应声之后就起身过来抱他,不禁吃惊地回过头。他的大丫鬟琵琶不和他一起走吗?只有律笛陪他?虽然他知道在爷爷身边,这个律笛的地位极高,但整件事透着说不出的诡异。

琵琶把早就收拾好的包袱递给了律笛，然后手脚麻利地把李定远身上的花卉杂宝纹对襟马甲等绫罗绸缎的衣物都扒了下来，换上了普通孩童的灰褐布衣。她还把他身上佩戴的各种珍贵饰品也都摘了下来，只留了他腰间不起眼的白玉子辰佩。

李定远瞠目结舌，等他反应过来想要呵斥琵琶的时候，已经被律笛重新抱在怀里，飞速地从后院离开了。琵琶也朝李善长恭敬地行了一礼，拿着李定远身上的衣服转身而去。

李善长闭了闭双目，深深地叹了口气："洞箫，你说如果老夫早就死了，还能保全一家人的平安么。"

"国公爷……"一名中年男子自屏风后转出，悲怆地跪倒在地。

"人果然是贪心的，谁不想好好地活着呢？"李善长喟叹道，"远儿出生的时候，我就想再多活几年，看到他长大。但一年又一年，越看着他就越舍不得离开。唉，老夫并不怕死，但老夫现在死，皇上也会觉得老夫是畏罪自杀。淇儿那一家可能会被留下，但远儿……老夫真的是舍不得啊……"

"国公爷，您还有御赐的丹书铁契，可免您两死，免子一死啊……"洞箫不甘心地提醒道。

"丹书铁契？是何人赐予老夫？他既然可赐，自然也可收回。"李善长一点侥幸之心都没有。他太了解坐在龙椅之上的那位老朋友了，就像对方了解他一般。

洞箫正要劝说一二之时，就听前院一阵骚动，隐隐还有齐整的脚步声传来。

"居然还出动了御林军，真是看得起老夫啊。"李善长轻蔑一笑，淡然整束衣冠。而洞箫也长身而起，卓立在他身后，褪去了刚刚惶急的神色，恢复了往日的面无表情。

二

李定远被律笛抱在怀中，从角门刚出了宣国公府，就看到了一队一队的御林军疾步而来。成片的盔甲和铁枪,散发着肃杀的煞气,让李定远硬生生地打了个寒战,从心中生起了难以抑制的恐惧。

因为他发现,这些御林军前去的方向,正是宣国公府。

"别看。"律笛按着李定远的小脑袋,低声吩咐道。

"不看反而会被人怀疑。"李定远理直气壮地反驳道。爷爷身边的这些护卫丫鬟们,他都无比熟悉,自是不会对他们客气。

律笛一怔。这样大的阵势,虽然路过的百姓们都低头噤若寒蝉,但也都好奇不已地偷偷窥探。毕竟出事的是国公府,是那个看起来会一直屹立不倒的国公府。

李定远却在下一秒差点惊呼出声,因为他看到了琵琶从角门躲躲闪闪地跑了出来,怀里还抱着一个七八岁的小孩子。那衣物分明就是刚刚从他身上扒下来的,乍一看就像是他一般。琵琶惊恐地看着不远处的御林军,立刻抱着孩子朝反方向跑去,而御林军此时也发现了琵琶,很快就分出了一小队追了过去。

这时就算是李定远再傻,也明白了定是爷爷出事了,否则又怎么肯让琵琶做这种鱼目混珠之事?

"我要回去!"李定远咬着牙挣扎着。但律笛却死死地抱紧了他,尽量以不引人注目的速度,离开了这一带,在应天府的大街小巷穿梭着。

"十三少爷,这是国公爷的意思。"律笛一边走,一边低声劝着,"国公爷这次,恐怕凶多吉少了。"

李定远的手指抠着怀里的铜匣,力度大得几乎要拗断他的指甲。他希望这一切只不过是爷爷的多虑,但街道上行色匆匆的御林军和不时经过的穿着飞鱼服、腰佩绣春刀的锦衣卫,都让李定远的小脸越来越苍白。那些锦衣卫,在应天府是可以止小儿夜哭的魔鬼。虽然三年前已废除了锦衣卫,可事实上,大家都知道那不过是皇帝为了安抚大臣们做的表面文章。台面下,锦衣卫依旧穿着锦衣夜行,暗中收集着各种情报。

李定远咬了咬牙,费尽了全身力气,才勉强开口说道:"你也不要再唤我十三少爷了,直接叫……节儿吧。"李节,本来是他父亲按照草字辈的规矩,给他起的名字。但后来爷爷发话,用李定远这个名字入了族谱,所以这个名字也就没人知道。

律笛点了点头,心内暗赞不愧是国公爷最喜爱的十三少爷,这么快就调整了心情,还指出了纰漏之处。律笛在巷子里左拐右拐,又不知道从哪里弄来一辆马车,把李定远放了进去。看不到外面的情况,年幼的李定远更是惊慌不已,但依旧克制住不吵不闹。律笛在城中绕到了天黑,才停在了一处破败的宅院。

据律笛说这里是他爷爷早年就置备下来的民宅,多年都未修整,也是怕人怀疑。在李定远胡乱吃了点东西后,律笛便说要出去打探下国公府的消息,李定远也心焦得很,便说自己一人也无妨,让他快去。律笛虽是不放心,但也知道若是随意再找来一人照顾十三少爷,那就有暴露的危险。他也知道此时守在李定远身边才是他的职责,但对国公爷多年的忠诚,让他坐立不安。

最终律笛还是去了,而李定远在漆黑的破屋之中,抱着那个铜匣瑟瑟发抖。

他不敢点灯,因为这种时候,多年都没有人住的屋子忽然有了人影,绝对会让那些无孔不入的锦衣卫察觉到异样的。

他就那么静静地坐在黑暗中,想着爷爷想着父母想着叔伯想着那些兄弟姐妹想着以前幸福的日子,心一点点地变冷。

看着太阳重新升起又再次落下,如此这般几次,李定远便知道,律笛是永远都不会回来了。

"不要……不要丢下我一个人……"他呢喃着,终于眼前一黑,陷入了昏迷。

怀中铜匣跌落床下,价值连城的琉璃盖磕到了青石板上,脆声摔碎成若干瓣。铜匣里面的白玉如意滚落了出来,在月光下散发着柔和的白光。

"李善长以胡党获罪,谓其元勋国戚,知逆谋不举,狐疑观望,心怀两端,大逆不道,连其妻女弟侄家口七十余人一律处死。皇帝手诏条列其罪,传着狱辞,为《昭示奸党三录》布告天下……"

清脆的女声回荡在破屋之中,一个梳着羊角辫的十岁女童,正歪着头一字一顿地念着手中的布告。在她旁边的床上,一个憔悴的男童正盖着破旧的被子,靠着墙上坐着,干涸的唇抿成了一条直线。

李定远在短短的几天内就已经瘦脱了形,圆润的脸颊干瘪了下去,下巴也变得尖了,完完全全变了个模样,就算是家人恐怕也一下子认不出来这是国公爷最宠爱的十三少爷。

他的爷爷据说当日便被皇上赐了白帛自缢,他的家人们从江西九江被抓捕过来,在三日前已经被斩首示众,他强撑着去看了全过程,看着那些熟识的家人一个个人头落地,血流成河。七十余人?何止七十余人?和他们家有牵连瓜葛的众位大臣和侯爵也都被株连,据说皇上借题发挥,一共被杀的功臣及其家属达三万余人。应天府就像被笼罩在一层血色的阴霾之中,整个京城都弥散着一股令人喘不过气的血腥味,许久都不曾散去。

"节儿,你是不是又饿了?我这里有馍馍哦!"女童放下手中的布告,伸出小手担忧地摸着李定远的小肚子。

"如意,我不饿。"李定远对着女童勉强扯出一抹笑意,森冷的眼中浮起星星点点的温暖。为了等律笛,他在这个宅子里昏迷了好几天,一醒过来就见到了如意。她长得玉雪可爱,身上却穿着平常的男孩子衣服,举止言谈却颇有大家风范。李定远认定如意应该是和他一样,是逃出来的哪家受牵连的世家后裔,否则一个平常人家的十岁女童,又怎么可能识字?而且问她姓什么,却怎么都不回答,也许她的姓氏并不像他姓李这么普通。

他病着的这些时日,也多亏了如意细心照料,一想到她的家人,是被他家所牵连才家破人亡的,李定远就越发地愧疚起来。但这股愧疚之情,很快就转变成了仇恨。

是的,他爷爷没有做错任何事!错的是坐在龙椅上的那个人!

"节儿,你不高兴,是不是因为铜匣破掉了?"如意把铜匣捧到了李定远面前,问得有些小心翼翼。

"不是。"李定远扫了一眼那个他从家里带出来的铜匣,却再也没有以前的那种喜爱之情了。铜匣的琉璃盖已经破碎，里面的白玉如意也不知所踪，也不知道是滚到哪里去了，还是他们不在的时候被闯空门的人偷走了。他隐约记得是他病得严重时，铜匣被他摔在了地上，但这些都已经不重要了。"如意，再给我念念布告吧。"

如意点了点头，把那个铜匣偷偷地放在一个不起眼的角落里，小脸上露出了得意的微笑。

李定远并没有注意到如意的小动作，因为对方那清脆的声音又重新响了起来。

"李善长以胡党获罪，谓其元勋国戚，知逆谋不举，狐疑观望，心怀两端，大逆不道……"

李定远捏紧了拳头，双目赤红。

大逆不道……大逆不道……居然说他爷爷大逆不道！那他就大逆不道给他看看！

三

公元1398年。

李定远确定已经甩掉了跟在后面的锦衣卫，又特意绕了好几圈，这才翻墙进入了一个清幽的宅院。

这早就已经不是律笛当初安置他的那个破宅子了，八年前他和如意两人一开始过得非常辛苦，他们两个小孩子都没有银钱，连吃食衣物都没有。他把身上留着的那个白玉子辰佩拿去换了一些银两，也很快就被用光了。后来还是如意在那个破宅子的后院挖出来一个箱子，里面装满了银票和金叶子，这才有所好转。这八年间，他们两人装成来应天府投奔亲戚却没有结果的孩童，辗转换了好几个地方。虽然知道京城已经是一个杀戮场，但李定远却没有半点想要离开的念头。

在八年前，他就已经知道家人并未全部处死，他的二伯和两位堂兄因着临安公主的面子，被皇帝网开一面，但他们却不能留在京城，只能去应天府郊外的江浦居住。没多久，就被迁居到江西南昌县。临安公主也随行，但李定远知道二伯和公主二婶肯定会同床异梦，整个小家庭也会貌合神离。迁怒这种事情，尽管知道是不理智的，情感上也会忍不住。

他没敢去和二伯一家相认，因为他知道那边肯定会有锦衣卫盯梢，纵使他的相貌已经和往日圆润的模样不同，孩童也变成了少年，但只要二伯他们对他的态度稍有异样，终会招来杀身之祸。

况且，他还要留在这应天府，给他的家人们报仇！

想起今晚夭折的刺杀行动，李定远便怒气横生。不要紧，这一次已经比上一次进步了一些，下一次会更成功的。他捂着腰间的伤口，踏着月光闪身走到了树影下，只听吱呀一声，点着灯火的窗户便被人推开，一个冰冷的女声淡淡道："进来。"

李定远缩了缩脖子，如意这是生气了吧？这时候要是和她啰唆什么男女授受不亲的道理，恐怕如意下一刻就会发飙的吧……少年身上的杀气消退得一干二净，没骨气地低着头弯着腰推门进了屋。

这是一个极为简单的闺房，房间里没有太多摆设和布置，唯一的亮点就是坐在桌前单手托腮的少女。她眉目如画，五官秀美，虽是荆钗布裙，却丝毫不掩其娟丽之色，尤其那皮肤如白玉般细嫩润泽，在昏黄的油灯下更是晃花了他的眼睛。

直到少女瞪着那双美目狠狠地剜了他一眼，李定远这才发现自己又看如意看呆了，立刻掩饰地低下了头，却又正好看到了少女在桌下露出来的一双脚。

那是天足，少女这些年和他东奔西跑，并没有缠足。但这也是李定远最为满意的一点，因为如意没有缠足，所以尽管如意长得这么漂亮，也很少有人来提亲。若是有纠缠不休的，他们就祭出最后一招，搬家。当然他是绝对不会嫌弃如意的，偶尔也曾不小心窥到过一次如意的天足，那完美的玉足，简直美得动人心魄。

李定远也不知道出于什么心理，从八年前开始，从和外人介绍如意的那一刻起,就一点都没想过对外伪装成兄妹。

他们也不是兄妹嘛!

他看过她的脚,那么他就要负责的吧?等他们的仇恨报了,他一定会郑重其事地提亲的!

如意眯着双眼看着李定远在她面前慢慢变红的脸,忽然觉得这小子根本就没有在反省。她站起身,在少年惊愕的目光中,直接扒开了他身上的夜行衣,撕掉绷带,待看到那狰狞的伤口时,不禁怔了怔神。

"我自己已经上过伤药处理过了。"李定远知道如意是在担心他,不由得小小声地解释。如果还在流血的话,肯定避不过锦衣卫的那帮家伙。

如意慢慢地把他的衣服合拢,低垂眼帘缓缓道:"为什么总是这样呢?他都已经七十岁了,活不了太久了。你还年轻,他总是活不过你的。"

李定远的双目变得森冷,握紧了拳头:"那不一样。"

"报仇……就那么重要吗?"如意抬起了头,少女如花一般的面容上,全是迷茫的神色。

"很重要。"李定远一字一顿地说道。他每个音都说得很慢很重,像是在说服如意,也像是在说服他自己,"我没办法科举,因为所有中举的士子都要查祖宗三代的户籍,甚至我连参加考试的资格都没有,想要进宫当侍卫也一样不行。参军倒是个法子,但我从军队熬出头就要许多年。我本想观察一下应天府的局势,撺掇其他大臣起异心,但三年前连开国六公爵最后一位仅存者冯胜也被杀了,朝廷上下都无比懦弱,我看他们连在朝仪上放个屁都不敢。"

如意皱了皱秀眉,也不知道是因为李定远粗俗的比喻,还是因为他这么多年丝毫没有改变的决心。

灯光下的少女微颦秀眉,一脸担忧不安的神色,倒是让李定远的心柔软不已。他和如意一起长大,虽然并不知道她真正的身份,但也能猜得出来她的出身定然显赫。在十一岁那年,他发觉读书考科举这条路并不现实,便到处想要找寻高人拜师学武。如意知道他的愿望后,直接交给他一部武功秘籍,并且在他困惑的时候一一解答,更在随后给他找来一柄锋利无比的青冥剑。

随着朱元璋征战南北的将领中也不乏武林高手，李定远见如意不想说她的身世，也就没有细问。

"你的愿望，还是要报仇吗？具体要到什么程度呢？那个人亲手被你杀死？还是……大明彻底被推翻？"如意微张朱唇，语气淡然，吐出的话语却是足以让她身负极刑。

虽然李定远确定屋子周围并没有人，但依然紧张地打了个激灵。他想象了一下，喃喃自语道："亲手杀死他还太便宜他了，他害了我全家，我更想让他的后代子孙自相残杀……颠覆这个王朝，我有自知之明，是绝对做不到的，但若是可以让他的统治出些棘手的乱子……呵呵，果然是妄想。"

"虽然说是妄想，但实际上心中还是很想的吧？"如意没好气地揶揄道。

李定远郑重地点了点头，这确实是他的愿望。

他的爷爷、父母双亲、叔伯兄弟姐妹……都在一夜之间充满冤屈地死去，他这八年来，几乎没有睡过一次安稳的觉，每当他一闭上眼睛，就好像看到了那些亲人们的冤魂在朝他呐喊，每次都会在无边血海的噩梦中醒来。他还活着，但却在痛苦中煎熬，仇恨就像是蚀骨的毒虫，无时无刻不在啃噬着他的灵魂，永远都不得安宁。

这八年间他也无数次想过，若是爷爷没有在最后一刻让律笛把他抱走，让他一起和家人们死去，说不定还更幸福一些。

但他现在不能软弱地死去。爷爷护着他逃走，虽然并不是想让他做什么，只是单纯地想让他能活下去，可他却不能粉饰太平装作什么都没发生过。

就算以后的日子，都沉浸在仇恨的淤泥中无法自拔，他也要咬着牙坚持下去。

想到这里，李定远像是如坠冰窖般背脊生寒，他刚刚还在想等他们的仇报了，他就要向如意提亲。但那仇，是那么容易就能报的吗？他的如意，又能等他几年呢？他又怎么舍得、怎么忍心将她也一起拉入那污秽的泥沼之中呢……

李定远的心像是有一把锋利的锯子，在来回地拉锯着，痛彻心扉。

为什么如意今晚会问他问得那么清楚？是不是她厌烦了这样的生活？是不是她已经考虑彻底抛弃他，去寻找属于自己的新生活？

李定远心乱如麻地抬起头，正好看到如意正深深地看着他。

少女的唇边绽放出一抹眷恋的微笑，抬手轻柔地抚着他的脸颊，浅浅笑道："你的愿望，会实现的……"

李定远垂下眼帘，遮住了眼中的不舍。

她说这句话，是彻底对他绝望了吧……

四

李定远失魂落魄地回到自己的房间，并没有睡，而是坐在黑暗中，看着斜对面如意的那间屋子里的灯火，痴痴地发着呆。

她也没有睡……

李定远不敢多想，生怕自己会受不了这种折磨，做出什么令他懊悔终生的事。不管如意如何决定，他都应该接受才是。

直到天边泛起了鱼肚白，两条腿传来了酸麻感，李定远才发觉自己居然枯坐了一夜。站起来活动了下僵硬的身体，他刚把身上的夜行衣换成普通的衣服，准备出去打水梳洗下再做早点，就看到如意推门而出，随后竟从后院门离开了。

李定远第一反应就是担心如意的安全，虽然天已经蒙蒙亮，但街道上依旧人烟稀少，他们住的地方也是鱼龙混杂，当下便丝毫没有犹豫就跟了上去。

如意可能是小时候耳濡目染，所以会认穴位了解一些武学知识，但并未亲身练过武，因此李定远跟得十分容易。

远远地看着如意窈窕的身影在清晨的雾气中若隐若现，李定远也不禁心中疑惑。

如意是每天早上都会趁他还没醒过来的时候出门吗？持续了多久呢？去做什么？还是……去见谁？

李定远的疑问并未持续多久就得到了答案，他面色苍白地看着如意走向街角的一个男人。

　　他离得比较远，听不清如意走过去和那个男人说了什么，但却能看到那人穿着飞鱼服腰佩绣春刀。

　　居然是锦衣卫！

　　李定远几乎以为自己是在梦中，他用力地掐了一下自己的大腿，绝望地发现这一切都是真实的。

　　锦衣卫……他连站出去竞争或者质问或者考验对方的资格都没有。

　　李定远本还抱着一线希望，也许那名锦衣卫会对如意不利，但在看到他们两人很熟稔地交谈着，便知道他们已经不是第一次见面了。

　　心如死灰地跌跌撞撞离开，李定远并没有注意到，在他转身的那一刹那，那名锦衣卫准确地朝着他的方向看来，眼中若有所思。

　　"你决定了吗？"锦衣卫收回目光，淡淡地问道。

　　如意虚弱地笑了笑，苦涩道："没办法啊……那是他的愿望……"

　　"还真是个痴儿啊……"

　　李定远呆呆地站在院子里，连屋子都没有进。他要等如意回来，亲自问个清楚。

　　但他从清晨一直站到日落，都未听到门扉再响一下。院外吵吵嚷嚷的市井喧闹声，再次随着太阳的落下而重新归于平静后，李定远忽然有种预感。

　　就像八年前，他等着律笛一样，如意永远不会再回来了。

　　一阵彻骨的夜风吹过，一整天都滴水未进的李定远几乎被吹得摇摇欲坠，但也让他清醒了几分。

　　不对，如意一定是出意外了，否则她不可能这样不跟他说一声就消失的。

　　李定远懊悔清晨自己居然就那么走了，若是如意出了什么事情，他一辈子都不会原谅自己的。

　　飞快地闪进屋中换了一身夜行衣，刚拿起了青冥剑，李定远就听到院门一阵响动。他以为是如意回来了，立刻飞身而出，却在看到来人时警惕地亮剑出鞘。

来人正是今天清晨李定远看到的那个锦衣卫，飞鱼服在月光下更显得无比尊贵华丽，但却透着一股肃杀之气。之前并未看清他的容貌，此时李定远带着成见看去，也不得不承认这个年轻的男子面容俊秀，一点都不像心狠手辣的锦衣卫，反而更像是个翩翩公子哥。

"如意呢？"那人身后并没有人，李定远的心沉了下去。但又觉得这人不像是来逮捕他的，否则又怎会孤身前来？

"我是来拿那个铜匣的。"那人并没有回答，而是开门见山地说出自己的来意。

"铜匣？"李定远一怔，迟疑了片刻才想起来他所说的铜匣是什么，就是他当年从李家带出来的那个铜匣。他早就不喜欢了，但如意却每次搬家的时候都带着，而且还宝贝得很，很少让他看到。"你要那个东西做什么？"又是一阵夜风刮过，对方的飞鱼服下摆一阵翻飞，李定远瞥见了对方在飞鱼服下穿的是黑色衣袍，隐约还能看得到些许赤色龙身，那上面的鳞片都粼粼发光……

肯定是他眼花了，否则有谁敢穿龙袍啊？就算是锦衣卫也不行啊！

那人冷冷一笑，随后长叹一声道："你居然不知道……居然不知道……"

"我不知道什么？"李定远心中一惊，下意识地追问道。

"秦朝始皇帝时，有传言曰：东南有天子气，于是因东游以厌之。始皇帝游至金陵，观此地乃龙脉地势，虎踞龙蟠，地形险峻，王气极旺，便开凿了秦淮河以泄龙气，这就是应天府秦淮河的'秦'字由来。"

这都什么跟什么？李定远不知道这人忽然提起这些有什么用意。他自小备受宠爱，他爷爷不指望他出人头地，所以并没有逼迫他习字读书。家破人亡之后，就更没有学习的条件，他的生活都被习武报仇所填满。这人寥寥几句，便勾起了他的兴趣，虽然觉得这和如意没有半点关系，但也忍不住竖起了耳朵。

年轻的锦衣卫瞥了他一眼，继续侃侃而谈道："其实当年始皇帝所做的并不止开凿秦淮河，他还削了天印山，在山脚下埋了一个宝物。"

"宝物？"李定远拧紧了眉，下意识地觉得有些不妥。

"三国时孙权在金陵掘地，偶得一铜匣，长二尺七寸，以琉璃为盖，其中有一白玉如意，所执处皆刻龙虎及蝉形，莫能识其由。使人问综，综曰：'昔秦皇以金陵有天子气，平诸山阜，辄埋宝物，以当王气，此盖是乎？'"

"铜匣！"李定远震惊，难道他的那个铜匣居然是如此来历？他举着剑的手已经无力地落下，剑尖点着地面，支撑着他站在那里。

年轻的锦衣卫勾唇一笑，轻嘲道："如意……你可知何为如意？如意，梵名阿那律，秦时言如意。柄可长三尺许，或脊有痒，手所不到，用以搔抓，如人之意，故曰'如意'。但王气所凝成的天如意，可当真能如人之意。这么多年来，你向她许的愿，可有一条没有如愿的？"

李定远像是被人当头打了一棒，向后踉跄了几步，差点摔倒在地。

久远的记忆从他的脑海中浮起。

八年前在那间破屋之中，一个小男孩在昏迷前最后一眼看到的，是从他怀里跌落而破碎的铜匣琉璃盖。对着那个泛着莹润光芒的白玉如意，小男孩喃喃说不要丢下他一个人……而再醒过来，就看到了一个小女孩。

画面一转，还是在那间破屋中，小女孩怜惜地摸着小男孩的头："节儿，你想要什么？"

小男孩摸着瘪瘪的小肚子，苦着一张脸道："我想不要饿肚子……"

"我知道哪里有银两哦！"小女孩露出了笑容，带着小男孩从那个破宅子里挖到了爷爷留给他的钱箱，两个小孩子对着一沓银票和一大把金叶子痴痴地发着呆。

又是画面一转，小男孩和小女孩的年纪稍微大了一岁，小男孩正发脾气地撕毁着手中的四书五经，小女孩站在一旁纵容地看着他的举动。等他平静下来之后，走过去拍了拍他的肩膀，柔声问道："节儿，你想要什么？"

小男孩揉了揉脸，闷闷地说道："读书不行，我没有正当户籍，连报考童生试都不行。可是习武的话，我又找不到好师父，那些武馆教的不过是强身健体的虚把式。"

小女孩微笑着道："我这里有武功秘籍哦！还可以给你找一把称心如意的剑……"小女孩带着小男孩，去了一座山林之中，在一个山洞中挖出了一本绝世武功秘籍和一把削铁如泥的青冥剑。

……

回忆的画面一帧帧地闪过脑海，大到银钱或者武功秘籍，小到新衣袍或者美味吃食，他们相处的这八年，只要是李定远开了口的事情，如意都会面带淡然的微笑，轻轻松松地就把他所要求的事情给他办好。

以前他总是觉得如意实在是太贤惠了太聪明了，但现在……居然这人说如意是那柄白玉如意？所以才能完成他所有的愿望？

这简直太胡扯了！

但……他难道真的一点怀疑都没有吗？

如意从来都不说她自己的事情，从来也没有对他有任何怨言或者要求，从来都没有……从来都没有让他失望过……

难道……这都是真的？

李定远忽然想到昨晚，如意那抹眷恋的微笑，不由得心胆俱裂。

他又向她许了什么愿望？

对了，他坚持想要报仇……这么多年来，不管她追问了几次，他都一口咬定自己要报仇……

李定远扔下手里的青冥剑，毫不介意那柄他无比喜爱的铁剑跌落在泥土之中。他发了狂般抓住那人的衣襟，心急如焚地追问："如意呢？她在哪里？你要铜匣做什么？"

那人并不在意被他挟持，只是淡淡道："她看到你受伤，再也无法忍耐下去。昨晚有我暗中替你掩护，你都如此笨拙，她怕你下次就再也回不来了。她一直被铜匣封印，被你误打误撞地摔碎琉璃盖解开封印后，就一边恢复王气一边随着你慢慢长大。只是可惜了，这么好的一柄天如意。"

"你是说……"李定远如遭雷击。

"这副表情，你又是在做给谁看？"那人的话语无比讥诮，肆意嘲讽道，"你这样的人我见多了，就算是如意告诉你实情，估计你也不会改变你的选择。说不定会向她提出更难办的愿望。嗯？难道我说得不对？"

李定远攥紧对方的衣襟，胳膊上都因为用力而显现了青筋，但他却一句反驳的话都说不出来。

是啊，他又有什么资格生气？

李定远的心中生起一股恐慌，难不成自己真是如此人所言，知道如意的真实身份后，反而会利用她吗？

仇恨……如意……到底哪边更重要……

一杆秤在他的心中摇摆不定，惨死的家人们和低眉浅笑的如意不断交换出现在脑海之中，李定远惊惧地发现，他竟然真的不知道如何取舍。

他的内心，如意已经看得清清楚楚了吗？

所以她才那样决定的吗……

"如意她……"李定远艰难地找回自己的声音，但只说了三个字，就再也说不下去了。

"我来拿铜匣，是想给她一个安眠的地方。"年轻的锦衣卫挥手推开呆若木鸡的李定远，皱着眉整理好身上的飞鱼服，确定里面的内袍不会露出来之后，才掸了掸衣服上并不存在的灰尘，淡淡道，"你许了什么愿望我不知道，但她自愿断其身，金陵应天府的龙气彻底断绝。虽然这大明朝也许还会延续，但这里应该过几年就会不再是京都了。"他扫视了一下周遭，最终定在了某处，口中续道，"而且以后，也不会再是都城了。"

说罢，他再也不管跌坐在地的李定远，径直走向如意的房间，拿出那个破了盖子的铜匣，翩然离去。

浑然不再理会，那个小院中传来的撕心裂肺的哭喊声。

五

"原来，南京不能做首都，是这么回事啊？"医生看着宅院中痛不欲生的少年，小声地和身边的陆子冈交流着。他们来得不早，但该旁听的也都听得差不多了，不禁为那个命苦的少年和执拗的天如意唏嘘不已。谁对谁错根本无法评判，毕竟灭门之仇，并不是简单的一句话就可以抹去的。天如意的性格也如斯刚烈，宁为玉碎不为瓦全。宁可拼了命地完成少年的愿望，也不愿陪在他身边看着他屡次冒险。

"从科学角度是不能这么认为，但很邪门的，南京从公元3世纪以来，先后有东吴、东晋，南朝的宋、齐、梁、陈，南唐、明、太平天国、中华民国十个朝代或者政权在南京建都立国，但没有一个长久。我们现在就在明朝朱元璋时代，没过多久他儿子朱棣就会迁都北京了。"陆子冈摸了摸下巴，感慨道，"也许真是秦始皇泄了龙气断了龙脉，否则这么一个虎踞龙盘之地，没道理像被诅咒了一样，每个定都于此的朝代都很短命。当然明朝除外，不过若是朱棣不迁都说不定也危险。"

医生被陆子冈说得后背寒气直冒，催促地推着他道："罗盘又弄错时间了，我们赶紧回去吧。话说老板怎么还当过锦衣卫啊？那身飞鱼服够帅气！不过我怎么感觉老板刚刚好像发现我们了？"

"应该是没发现吧……否则他应该会过来查看一下的。"陆子冈说得也没什么自信，他低头看着手中的罗盘，发现那指针转动得并不快，还要一会儿才能归位。

"还有多久啊？我可不想在这里继续扒窗户了，万一那小子进屋来了我们可怎么解释……啊！"

医生忽然低声地惊呼，让陆子冈抬起了头，看到那少年正横起了手中的利剑，打算自刎。医生最见不得这样轻贱人命的场面，立刻就要冲出去阻止，而陆子冈却一把拉住了他的胳膊，沉声肃容道："你忘记了吗？出发前我都是怎么告诉你的？不许干扰已经发生的历史！"

"可是……"医生急得脸都涨红了，他立时就想高声阻止那少年的自杀行为，但他的话还未说出口，就见那少年挥在半空中的剑一滞，随即发足狂奔，出了院门。医生一愣，不解道："他这是怎么了？"

"追过去问个清楚呗。他也许觉得老板在忽悠他，但以我的经验来判断，老板说的确实是实话。"陆子冈耸了耸肩，轻松了下来。不管这少年最后有没有自尽，但至少不是发生在他们面前的。而且老实说，这个少年人已经是作古的历史了，他们只是旁观者。

陆子冈看着医生忧心忡忡的表情，心中埋下些许隐忧。

他完全可以把这一次次的时空之旅当成全息电影来看待，但医生可以做到这一点吗？

"你说，那个少年以后会怎么样？"医生纠结地推了推鼻梁上的眼镜。

罗盘上的白光乍起，陆子冈平静地说道："反正对于我们来说，他早就已经死了。"

第四章　无背钱

一

公元 1066 年，汴京开封。

旭日还未完全升起，东边的天空只是染上了微微的红霞，嘹亮的鸡鸣声就已经穿透清晨的薄雾，在汴京城的上空回荡。各大寺院的晨钟也此起彼伏地敲响，转眼间寂静的街道上嘈杂了起来，陆陆续续地出现了晨起的百姓们。

侯方杰揉了揉眼睛，靠在宫墙上和鱼贯走出宫门的同僚们告别，他在等着同是值夜的好友狄咏出来。他们值夜的地点不同，侯方杰只是乾元门众多侍卫中的一个，而狄咏却是在皇帝听政的垂拱殿当值，可谓前途无量。

不过这也不奇怪，人家狄咏有个好爹，大宋的武曲星狄青狄汉臣。虽说狄青已经过世多年，但人家可是做过枢密副使的，那个职位是大宋武将所能达到的前所未有的高度。众所周知大宋重文抑武，最终也是因为满朝文官合力打压，狄青郁郁而终。

侯方杰心下叹了口气，每个汉子心中都有个血战沙场建功立业的英雄梦，而狄青正是他少年时的榜样，只是名将还未白头就已经扛不住世人猜忌，真是让人唏嘘不已。

正胡思乱想中，宫门吱呀一声再次开启，一个俊帅无匹的年轻男子推门而出，第一缕阳光正好照在他的身上，让他整个人周身都形成一层淡淡的金色光晕，让人望而屏息。

真是不给其他人活路了。

侯方杰又羡又妒地暗暗咬牙。

狄青就是名扬四海的宋朝第一帅哥，但他少时因为替兄长顶罪，脸上有刺字，才被人称之为"面涅将军"。每当在战场冲锋陷阵之时，狄青都学四百多年前的兰陵王一般戴着鬼面具，但他并不是为了遮挡脸上的黥文，而是因为长得实在是太俊美了。

说起来，狄青还是自古以来第二位帅到要戴上面具才能上战场的美男子，由此可见这面涅将军当年风采如何。而这武襄公就算是官至枢密副使，也没有用药物除掉脸上的刺字，即使是皇帝亲自劝诱也丝毫不为所动，这也是上至皇帝下至贩夫走卒的一大遗憾。

所以侯方杰也完全理解为何狄咏会被分到皇帝跟前的垂拱殿当值了，毕竟这是一个活脱脱的狄汉臣再世。

此时狄咏已经在清冽的春风中缓步走来。他眉如远山，目若寒星，即使是最挑剔的人，都挑不出他五官的任何不美之处。他身上穿着的是和其他侍卫毫无二致的甲衣，粗帛为面，鸦青麻布为里，甲衣用青绿的颜料画成甲叶图案，红锦边，红皮络带，腿系行缠，腰佩环刀。这身礼仪性大于实用性的紧身窄袖装束，竟然硬生生地被他穿出一种凌厉迫人的气势，也更显得他的身材修长英俊勇武。

侯方杰第无数次地唾弃自己为何要跟这小子做朋友，和这样的美男子走在一起，压力实在是太大了啊！估计这也是狄咏从小到大都被人孤立的原因，心志不坚定的人根本承受不起。

不过天生没心没肺的侯方杰也只是照例腹诽了一下，就抛开了怨念，打了个哈欠道："斯陶，今儿个早上去吃什么？孝仁坊的澄沙团子、观桥大街的豆儿糕、太平坊的四色兜子、庙巷口的肠血粉羹，还是众安桥的猪胰胡饼？……"

其实大内侍卫在宫内当值之后都有管饭的，但像他们这样的官宦子弟，自然是不愿去吃那一成不变的饭食。汴京开封无比繁华，只要兜里有钱，想吃什么根本不成问题。侯方杰毫无停顿地报出一大串小吃，一时间瞌睡虫都飞走了，口水无比泛滥。

狄咏看着好友垂涎欲滴的表情，冷硬的唇角微勾了一下，轻叹道："去清风楼吧，今天我请客，难为你跟我一起调值了。"

清风楼是汴京很有名的一家酒楼，不单单是夜里营业，早点时还会汇聚汴京城各种小吃，应有尽有。侯方杰摸了摸空空的肚子，笑了笑道："切，再说这些就见外了。你我兄弟一场，我哪能看着你每天遭受那样的折磨。"他言语间虽然很正经，但却透着一股调侃的味道。

提起这件事，纵使是性格冷峻的狄咏，也难得郁郁地吐出一口浊气。

事实上，他原来是白天在垂拱殿当值，在皇帝面前几乎天天露面，还能在殿外旁听朝臣们参政议政，简直是平步青云的一个差事。但实在架不住他每次下值回家的时候被街上的人围观，那种疯狂的场面，简直越演越烈，最后他只能硬着头皮申请调班，这下果然清静了。

"噗！谁让宝安公主指明想要你这样的人当她的驸马爷，皇上还称你为'人样子'，谁不想亲眼瞻仰一下这御口亲封闻名遐迩的'人样子'啊？"侯方杰各种幸灾乐祸。

狄咏都懒得搭理这喜欢嘲讽他的小子，因为他知道即使他不搭腔，侯方杰一个人也可以说得很开心。

侯方杰也了解狄咏的性子，压根也没指望他有什么反应，手搭上他的肩嘿嘿笑道："怎么样？被公主垂青的感觉如何？"

狄咏面无表情，因为他知道这纯粹就是不可能的事。

宝安公主是高皇后的长女，无比尊贵，又怎么会嫁给才是五品东上阁门使的自己？所以从一开始他就没有奢想过。前阵子皇帝亲自召见他，话里话外的意思是打算把他赐婚郡主，让他当个郡马。

这已经是无上的荣耀了，他没有什么异议。只是婚姻大事并非他所求，他和父亲一样，宁愿投身沙场、戍边血战。

侯方杰一边和狄咏往城西的西角楼大街走去，一边回忆着狄咏出街时的盛况，不禁扑哧一声取笑道："你要庆幸那些姑娘们往你身上投的都是簪花，而不是瓜果，否则迟早又会是个看死卫玠的人间惨剧。"

狄咏的俊脸黑了几分，心里琢磨着要不要也像父亲一般弄个铜面具，但在汴京城委实太过夸张了，反而会落人话柄。

侯方杰凑了过去，压低了声音，故作神秘地说道："知道吗？坊间传闻，狄大帅哥从不簪花，是在等心上人送的那一朵。"

本朝男人喜好簪花，这已经是上流社会的一种风俗习惯。每逢重大节庆，皇帝都要赐花给大臣们，这种御赐的簪花还根据品阶而有所不同。而且不同场合、不同季节、不同服饰如何搭配都有严格的要求，例如光帛花就有数十种颜色品种之多，什么见外使时不得佩戴缕金花，甚至有时候连花瓣的多寡都有这样那样的说法。

狄咏向来唾弃这种脂粉气浓重的习俗，不管什么时候都坚决不会簪花，同僚中有人看不惯，私下讽刺他父亲出身贫寒，家教粗鄙，不识礼数。

不过狄咏也知道自己是太过于出挑，这些风言风语他也从来不在意。况且他父亲确实是出身不好，还服过刑被刺过字，更不是什么梁国公狄仁杰的后人，有什么不能让别人说道的？所以侯方杰此时之言，他也是当成说笑，绷紧的俊颜松动了几分，倒是有些旁人难得一见的柔和之意。侯方杰更是铆足了劲八卦。

两人就这样并肩穿过右掖门，来到西角楼大街的西南，沿着相对宽阔的踊路街，路过临街的开封府、殿前司、尚书省。这些庄严肃穆的衙门门前，都已经零零落落地出现了早来的官员们，有认识的便和他们两人打着招呼，寒暄两句。狄咏本身就不善言辞，而且交友并不广泛，大部分都是侯方杰在笑着聊天。他们一路走到龙津桥尽头，就看到了一栋雅致华丽的高楼。

清风楼在汴京颇有盛名，又临着诸多官府衙门，许多官员都喜欢在此处歇息攀谈。进了那扇彩绘雕栏的大门，右手边大堂厅壁上就挂着一幅司马光所著的《和孙器之清风楼》一诗。虽是朝阳初升，但这清风楼已是熙熙攘攘。侯方杰知道狄咏不喜被人围观，如果坐在大堂内恐怕会人人侧目，所以索性上了三楼包厢。

侯方杰随意地点了几份想吃的早点，还未等早点上桌，伙计就又走了进来，告知说有一人想要叨扰。侯方杰琢磨着也许是哪个熟人看到了他们上来，过来拼桌的，见狄咏也不置可否，便点了点头。

不大会儿,一人便敲门而入。这人穿着一袭秦汉时的宽袖紧身绕襟深衣,黑色衣袍更衬得他面如冠玉,长发并未束起,只是松散地垂在耳后,活脱脱就像是古画中走出来的风雅人物。此等人物,就算是俊帅不如狄咏,也是会让人见之难忘的。侯方杰立时就想起了对方的身份,遂起身迎之。

"哟!今天是吹什么风啊?居然能遇见您,真是巧了!"侯方杰自来熟地拉着对方走到桌边坐下,然后跟狄咏介绍道,"这是一家古董店的店主,在蔡河湾那边,以前我曾在他家买过东西。"

狄咏颔了颔首,就算是打过了招呼。他这人生来就性子冷,委实也是因为他若是太过表达善意,就会招惹得他身边更不得清净,所以他宁愿孤僻一些。

只是这古董店主和侯方杰寒暄了两句后,却是冲着狄咏这边看来,缓缓道:"在下马上要离开汴京了,店里前阵子收到了一件物事,在下便想着即使不能物归原主,也要还给应该继承它的人。"

"啊?哑舍要关了?"侯方杰吃了一惊,顿时觉得有些不舍。算了算,这家店已经开了好几年了,不过这店主好像一直就是如此年轻……

"啊,是时候回老家了。"店主淡淡地笑了笑,也不多解释,从怀里掏出一方锦帕,放在了桌子上,慢慢打开。

在锦帕上,一枚铜钱静静地躺在那里。

狄咏在看到的那一刹那,瞳孔微缩,薄唇抿成了一条直线。

"这是……"侯方杰诧异地端详了片刻,摸着下巴迟疑道,"难道,这就是传说中的皇宋九叠篆?"

皇宋九叠篆是宋仁宗皇祐年间时发行的皇宋通宝中最珍贵的一种铜钱,虽然仅仅是十多年前发行的铜钱,但因为稀少,已经在市面上是有价无市,根本买不到了。所谓九叠篆,是以小篆为基础,笔画反复折叠,盘旋屈曲。每一个字的折叠多少,则视笔画繁简而定,之所以称之为九叠,并不是因为其只叠了九次,而是以九为数之终,形容折叠笔画之多。

侯方杰搓了搓手,嘿嘿笑道:"店主,你巴巴地把这枚皇宋九叠篆送过来做什么?虽然这枚九叠篆很值钱,但我兄弟也不差这点钱啊!"

他瞄了眼狄咏,言下之意,是想要横刀夺爱,自己收藏。反正他又不是白拿,肯定是要付钱的。

那年轻的店家眼角微眯,整张面容立刻生动诡异了起来。他什么都没有说,只是伸出了手,把这枚皇宋九叠篆翻了过来。

侯方杰倒抽一口凉气,指着那枚皇宋九叠篆咬牙切齿道:"赝品!这绝对是赝品!哪有铜钱两面都是字都是正面的?这分明就是赝品!"

那店家高深莫测地笑了笑:"你确定?你确定从未有过钱币是没有背面的无背钱?"

"我确……"侯方杰的声音卡在了喉咙里,因为他突然想起来,还真有,而且他对那件事情记得非常深刻,几乎倒背如流。

二

皇祐年间,面涅将军狄青狄汉臣领军平两广叛乱,因形势不好,在一座庙前向佛祖起誓,以一百枚钱币掷地,若全为面朝上、背朝下,则必能保佑全军大胜。他走出庙门后,当众一挥手,百钱应声而落,居然真的是所有钱币全部正面朝上,众皆哗然。

狄青命左右取来一百枚铁钉,将百枚铜钱随地钉牢,宣布待凯旋,自当取钱谢神,重修庙宇,再塑金身。于是全军士气高昂,大败叛军。凯旋之后,众人再看这百枚铜钱,原来都是有面无背的双面钱。

这件事迹已经在坊间流传许久,无人不佩服武襄公的机智筹谋,侯方杰也是一时忘了这个典故,再回想到之前店家说要归还这枚钱币给它的继承者,便立时双目放光。

"这就是传说中的无背钱?怎么就只有一枚了?不是说当时有一百枚吗?"

"这铜钱不仅仅能算命,还可以买命。"这年轻的店主声音低沉优雅,让人闻之不禁浑身战栗。

"这算命我懂,很多人占卜就直接掷铜钱,武襄公也是利用了这一点。但……买命?"侯方杰疑惑地问道,他从没听过这一说法啊。

"你没收过压岁钱吗?'岁'与'祟'同音,所以相传压岁钱是可以压住邪祟的。得到长辈压岁钱的晚辈,就可以平平安安地度过一岁。世间认为把压岁钱给孩子,当污秽的妖魔鬼怪去伤害孩子时,就可以用压岁钱去贿赂它们。"年轻的店主唇角勾起一个弧度,笑得意味深长,"这就是所谓的买命。"

"呃……我小时候的压岁钱每年一拿到就会被我立刻花光……我能平安长这么大还真是谢谢佛祖了……"侯方杰听得毛骨悚然,他从不知道压岁钱居然还有这种用途。

"这无背钱是武襄公特制的,据说后来他把那一百枚无背钱分给了臣僚下属,可以挡灾买命。"

店主缓缓地站了起来,对着从头到尾都一言不发的狄咏淡淡道:"在下偶然之间得此枚无背钱,就归还与狄公子。这枚无背钱,还是贴身佩戴的好。"说罢,也不顾侯方杰的殷勤挽留,施施然推门而去。

清风楼的伙计因为知道他们之间有话要说,所以除了最开始上的一壶茶外,一直都没有上早点。等人走了之后,才进包厢把他们点的东西用最快的速度摆了一桌子。

侯方杰见狄咏一直面无表情,也没太在意。待伙计们退下后,便把那枚无背钱用锦帕包住,塞进了狄咏手里,念念叨叨地叮嘱道:"既然人家都说了要贴身佩戴,等下找个绳子穿好挂在脖子上吧。"

狄咏把锦帕接了过来,自嘲地笑了笑,平静道:"我每日在大内执勤,又怎么会有危及性命的时候?"

虽说伴君如伴虎,但大宋朝向来不枉杀无辜,不光是文臣不会被斩首,武官虽然易遭猜忌,但也不会没有体面,就是一般的百姓都不会轻易蒙冤。皇帝官家谦和有礼,狄咏还真不知道自己是否会有用到这枚无背钱的时候。

他想得虽然清楚,但话语间还是透着一股郁郁不得志的味道。侯方杰又岂会听不出来，只得好言相劝。其实说起来，狄青狄汉臣和兰陵王都是帅得要戴面具上战场，最后也都是遭了帝王的猜忌，历史总是重复着令人无奈的巧合。

侯方杰正一边思绪跑得没边地腹诽着，一边搜肠刮肚地挑着安慰人的话。狄咏却比了一个手势，示意他噤声。侯方杰正在疑惑时，就听到隔壁包厢内传来了交谈声。

清风楼的隔音并不太好，但也不会有哪个人在此处商量什么机密的事情。隔壁包厢的两个人说话声并不算大，但对于习武而耳聪目明的狄侯两人来说，却是听得一清二楚。

前面这两个人都说了什么，狄咏一开始都浑然不在意，但他们已经说到了强唐弱宋。

这个论点在坊间也多为流传，宋朝言论自由，倒也一直有人抓住这点不放。只是自太祖皇帝杯酒释兵权后，武将的地位就一落千丈，这也是狄咏的父亲狄青被疯狂打压、导致郁郁而终的主要原因。

很多人都认为，当今宋朝自是不能与唐朝兵强马壮相比。今日正好那古董店主归还父亲所制的无背钱，狄咏难得有些说不出的郁闷感触，想听听他人都是怎么评判的。

只听其中一个声音颇为不忿地拍桌道："大宋积弱已久，打仗胜不了，即使胜了也要赔款，简直就是民族屈辱的一段历史！炉子，你怎么又把罗盘调到这个时代了？看着就憋气啊！"

狄咏捏着茶杯的手青筋暴起。这句话虽然并不是当着他的面说的，但他却感觉像是被人抽了一巴掌一样，脸颊生疼。

此时隔壁又传来另外一个冷静沉稳的声音，淡淡道："打仗？主要是看为什么而打仗。那些外族人拼命一场，也不过是为了得到中原的瓷器丝绸茶叶，开放互市便可以解决这个问题。不死人，还能交换瓷器丝绸茶叶，那么谁还会打仗？就像商家开店会有小流氓来收保护费，你是给钱呢，还是等小流氓们把你的店砸得干干净净再给钱呢？你又不能把那些小流氓完全杀掉，所以只要不是想要鱼死网破的，就知道怎样做出选择。"

狄咏闻言一怔，他倒是完全没从这个角度想过。但从大局来考量，确实也是如此。

汉武帝时期也是因为文景之治而国库富余，大征匈奴的军费是一笔极大的开支，连年征战赋税会让百姓劳民伤财民不聊生，就连汉武帝到晚年时期也曾有颇多懊悔。

而且游牧民族确实难以围剿干净，就像此人所说，商家根本没有绝对的实力可以让小流氓消失。而且更可怕的是，即使解决了这一批小流氓，还会有下一批。

那个沉稳的声音继续说道："其实各个朝代最重要的是经济问题，大体上只要百姓能吃饱喝足，就不会有动乱迭起。例如秦始皇修长城，我估计是因为他算了一笔账，修长城的成本要比养军队所出的军费还要节省，而且还没有了手下拥兵自重的隐患，何乐而不为呢？但宋朝君臣们发现还有更省钱的法子，不用修长城，交保护费就够了。

"真宗时期缔结的澶渊之盟，宋朝每年给契丹三十万贯岁币。听起来像是很多，但你知道宋朝的国库收入是多少么？这时候的宋朝年收入轻轻松松地就破亿贯，三十万贯岁币只相当于年财政收入的千分之三，真真就是手指头缝里漏下点零钱就打发了叫花子，那谁还不花钱买个平安呢？咱又不差钱！

"而且宋朝赔款只愿意给白银和绢，从来不拿铜钱当赔款，甚至限制铜钱流通出去。因为宋朝缺铜，铜钱面值都赶不上铜原料的价值，最后滥发银票，引起了通货膨胀，其实宋朝后来是被经济危机给拖垮的。所以经济学真的很重要啊……"

狄咏听得入神，这些说法，即使是天天在垂拱殿听政的他也觉得新奇，更别说里面还有些他根本听不懂的新鲜词汇。只是……拖垮？宋朝现在一片大好河山，这人在胡乱说些什么？

狄咏锁紧了俊眉，长身而起。虽然他觉得对方说得很有道理，但却有种站着说话不腰疼的感觉，他一时还抓不住这种念头，只想着这位仁兄可以结交一下。他们或许可以聊聊，例如财政收入的具体数据这种机密他又是怎么知道的，例如什么叫通货膨胀，什么叫经济危机，什么叫宋朝会被拖垮……

侯方杰也是一起旁听了那位仁兄的高论，新奇不已，见狄咏黑沉着一张俊脸大步而去，便连忙追了上去。自己这兄弟一副寻仇的架势，可别话不投机直接打起来了。

只是侯方杰的担心显然是多余的，狄咏让伙计敲门进去之后，便听到伙计的一声哀号。

包厢内的方桌上摆着吃得七七八八的几盘早点，余下的那半碗豆浆还冒着热气，可是桌边却不见半个人影。

狄咏皱了皱眉，这就是他们隔壁的包厢，他走过来的时候完全没有听到有人离开的脚步声，这究竟是怎么回事？包厢的窗户都关得好好的，若是他们从这三楼往下跳，下面街上肯定早就有人大呼小叫了。

这时耳边传来伙计可怜兮兮的哀求声："侯少爷，您是不是认识这两人啊？他们还没给钱啊！"

一桌早点倒没多少钱，侯方杰与这伙计还有些相熟，只好捏着鼻子认了，乖乖地伸手入怀，一边掏钱袋一边嘀嘀咕咕地说道："少爷我可没这种吃霸王餐的朋友。罢了罢了，为了之前那番言论，这点钱倒也不算什么。少爷我当打发叫花子了！爷又不差钱！"

三

在帝都，官宦家庭的子弟如果不是不求上进的纨绔，那么不外乎文武两种出路选择。如果选择文官，没有学识的就去托关系捐个官，有真才实学的那就是入太学、考科举、进翰林这样的途径；如果是选择武将，就是殿前侍卫、到军中历练、封官，大概都是这样的路线。狄咏蒙父亲武襄公的余荫，本就是在皇帝面前挂上号的，在御前站几年岗，再调入禁军历练一下，妥妥地镀一圈金就可以尚郡主了。

但狄咏竟申请去西北的最前线。

既然他敢请命，皇帝就没有不敢应允的。更何况虽然武襄公狄青死得有些窝囊，但对于当今圣上来说，那也是少年时崇拜的对象，早就已经下旨让武襄公在皇帝逝去后迁坟陪葬永厚陵。此等厚爱，自然也对其子狄咏另眼相看。

所以狄咏在汴京上下各种无法理解的眼神中，顺顺利利地来到了环州城。

环庆路统领庆州、环州、邠州、宁州、乾州，以庆州为中心，环州就在庆州的西北方向，可以说这里就是直面西夏的最前线。环庆路之前历经种世衡、范仲淹等人精心布置，大大小小有十数个堡垒和山寨交相照应，看上去像是牢固不破。但狄咏到此细心察访，越了解就越心惊。

澶渊之盟已经让宋辽一百余年未起战乱，但辽国这大流氓被如此安抚住了，后来崛起的西夏自然不甘人后。在范文正公范仲淹任陕西经略安抚招讨副使之前，宋军与西夏军先后发生了三川口、好水川几次战斗，宋军都被西夏打得丢盔弃甲，死伤惨重。虽然现在比起以前已经好上太多了，但范文正公去后，谁也不能挽救这散漫的宋军。

是啊，谁还想打仗呢？大不了就赔点钱嘛！

狄咏站在清平关的城墙上，看着天边卷起的黄沙，几乎遮蔽了天日，但却无法掩埋城外那些旌旗招展的西夏雄兵。

此时此刻，狄咏忽然想起年前在清风楼上旁听到的那段言论，顿觉无比讽刺。

是的，没错，从指缝之间流出点零钱确实是可以打发叫花子，但长此以往，这叫花子被喂得油光水滑，胆子也肥了，想要更多的钱怎么办？

狄咏闭了闭双眼，扶住城墙的手坚定有力。

直至今日，他也不后悔自己的选择。

他现在在清平关戍边，这里东至鬼通砦二十五里，西至安边城四十里，南至兴平城三十里，北至陷道口哺二十七里，是环州城的一处堡垒要塞。但此时，西夏大将仁多瀚带领三万人马杀到此处，而清平关仅仅只有三千人守关。

在一刻钟前，他带领士兵刚刚杀退了对方第一波的攻击，但狄咏知道，那仅仅是试探而已。下一次，敌人就会亮出锋利的獠牙，再也不会那么轻易地退却。

侯方杰按剑急匆匆地走了上来，拽着狄咏的胳膊就往后拉，口中忧虑至极地唠叨道："斯陶，这城墙压根就不高，你还站在这里，若是来支冷箭，立刻就把你结果了。"说这里是城墙那还是夸张了，照侯方杰的想法这里就是一小土包，连清风楼都比这儿高。

想到这里侯方杰就直窝火，不到边疆不知道，到了才知道这里落后到什么程度。他也不是没后悔过自己凭啥一时激动就跟着狄咏来了，但他在家族中是个毫不起眼的庶子，想要出人头地的话，委实也没有比战场更快能建功立业的地方了。

一切都有风险，想要更大的回报，就要有赔进去一切的心理准备。

所以侯方杰看得很开，在死之前多杀几个西夏人陪葬，这辈子也不算白来了。只是他瞥了眼身边面无表情的狄咏，暗叫一声可惜。这个大宋朝闻名的狄小帅哥，正似一柄长枪般站得笔直，因为之前的那场杀戮，浑身的肃杀之气缭绕，半边铠甲都被敌人的鲜血染红，就连俊颜上都沾了几滴血渍。甚至还有一滴血渍溅在了他的眼角，更添一股说不出的妖异杀气。若是让那些掷簪花的少女们知道狄小帅哥会折损在这里，恐怕汴京城都会被泪水给淹了吧！

侯方杰的心很大，就算在危急存亡之时，脑袋里也浮想联翩。这时却听狄咏唤了自己一声"介盛"，侯方杰立刻严肃了起来，狄咏甚少唤自己的字，因为平日里一般都是他在说话，狄咏压根就不答腔。

只见狄咏从胸甲间翻出早就已经写好的奏折，沉声道："介盛，你拿着我的奏折去庆州城求援。"

"你去！我来守城！"侯方杰连想都不想地说道。

"你守城？你能熬得到我领援军回来吗？再说哪有主将临阵离开的？"狄

咏那双俊逸的眉眼中透出一抹难得的笑意,"环庆路庆州与环州毗邻,若是环州失守,庆州危矣。清平关此时遭围,恐怕安边城、罗沟堡、阿原堡、朱台堡等处已经沦陷,所以你务必要直奔庆州城,懂否?"

真是难得听见这小子一口气说这么多话。侯方杰皱眉,并未接过奏折,反而分辩道:"不若我去通归堡、惠丁堡等处求援?总要比庆州城近多了。"

"那几处又能有多少士兵?岂会舍了自己的堡垒来救援此处?"狄咏把目光投往远处的西夏大军,此时正值两军停战的间歇,双方士兵都极有默契地互不攻击,收殓战场上属于己方的战士尸体。

狄咏继承自家父亲的练兵传统,精心练出来的军卒自然要比普通军队强上许多,只是他来环州城时间尚短,这批军卒也绝对不能以一当十。狄咏目光坚毅,语气严厉道:"侯副将,不要浪费时间,去选二十人,直接快马去庆州城。"

听到好友对他换了称呼,侯方杰抿了抿唇,知道这任务他是非接不可了。军令如山,他是狄咏的副官,自然不能违抗军令。

狄咏见侯方杰接过奏折,又从腰间扯下一块钦州坭兴陶的陶虎手把件,淡淡道:"这个你先帮我拿着,我怕守城战时被碰碎了。"

侯方杰浑不在意地接过,他早就知道自家兄弟离开京城的时候腰间就多了这块看起来喜气洋洋的陶虎,还以为是哪家姑娘送的呢,没少因为这个打趣。此时见狄咏在这等时刻还顾念着这个,侯方杰就更断定此物绝对是别人送的。不过他这时也没心情调侃,随意地往护心镜里一揣,不放心地问道:"那枚无背钱呢?你有没有好好戴在身上?"

这是有前科的,面涅将军狄青就是把无背钱都分给了下属,侯方杰就怕狄咏死脑筋,把那宝贝随意送人了。虽说真假不论,但到底是求个心安。

狄咏从脖颈中扯出一条红线,线的尽头就挂着一个铜钱。侯方杰眼瞅着是皇宋九叠篆,便放下了心。战机转瞬即逝,他也不再废话,上前狠狠地抱了一下狄咏,两人的盔甲叮咣一阵相撞,一咬牙扭头便走,去挑选士兵突围,准备一切事宜。

虽说两人为了谁留下守城还争论了一下,但突围的活儿也是危险至极。二十人的小队,在战场上那根本就是一队小蝼蚁,单看对方肯不肯睁一只眼闭一只眼了。

狄咏站在城墙上也就是恍惚了片刻,便从容招来属下,安排如何抵挡西夏下一轮的进攻,并且最主要的就是掩护侯方杰等人的突围。兵贵神速,很快就商定好了一切后,众人候在城门内,侯方杰在马背上戴好头上的兜鍪,随手递给了狄咏一张青铜鬼面具。

"嘿嘿,我从你行李里翻出来的。这是武襄公的面具吧?戴上吧,武襄公的威名在西夏人之中也流传甚广,多少也是个依仗。"

侯方杰笑眯眯的,一点都没有即将直面生死的紧张,就像是在汴京城和狄咏讨论今天去哪里吃饭一样随意。他相信生死自有天定,过分担忧和纠结都是多余的情绪,尽自己的一切努力,无怨无悔就值得了。

就算是狄咏,也不得不佩服好友此时的淡定大气,他沉默地把面具接了过来,蒙在了脸上,也把脸上的表情藏在了面具后。

四

城墙外响起了震耳欲聋的战鼓声。

"杀!"伴随着一声厉喝,城门半开,狄咏一马当先地冲了出去。

黄沙中夹杂着焚烧的黑烟,口鼻之中呼吸着的都是带着血沫的空气,耳朵里回响着的都是喊杀声与临死前的惨呼声,这就像是一场永远都无法醒过来的噩梦。

"呼……"狄咏只觉得肺部像是快要爆炸了一般,他有多久没有喝过水了?有三个时辰?还是五个时辰?

太阳被乌云遮住又重新露了出来,狄咏被刀刃反射的刺目阳光晃了一下,无法克制地眯了一下双目,顿觉耳边刺骨的刀风袭来,下意识地向侧闪去,右手握刀用力一挥。伴随着利刃刺入人体的感觉,对方一声闷哼,狄咏伸出脚猛力一踹,便把对方从城墙上踹了下去。

"呼……"真不想睁开眼睛,就想这样坠入黑暗,他有多久没有睡过觉了?一天?还是两天?

一支羽箭带着破风声从墙下袭来,狄咏微一侧头,便让过了那支羽箭,艰难地睁开了双目。那支羽箭刺入了他身后的草垛,立刻就有士兵把那支羽箭拔了出来,拉弓上弦,狠狠地射了回去。

他们的武器已经告罄,只有用这样的方法来坚持战斗。用西夏人的刀西夏人的箭,只要还能战斗,就不肯轻易倒下。

清平关的城墙已经残破不堪,还能有力气站起来的士兵们,都在与攀登上来的西夏人血战。狄咏已经记不清楚这是第几次挡住西夏军的进攻了,这些西夏军就像是永远都杀不尽的蝗虫,杀死一批之后还有另外一批源源不绝地顶上来。

原本戴在脸上的面具,早就不知道什么时候被敌人砍飞,对方甚至在他的脸颊上留下一道刀伤。

看来自己当真是坠了父亲的声名,连一个面具都保护不好。

不过,为什么要用面具呢?

在战场上,其实谁都来不及在意对手长什么样。

不知道自己杀了谁,又或者,谁会杀了自己。

"呼……"狄咏再次砍翻一名西夏人,自己却差点被对方一起带着跌下城墙。他只觉得双臂都已经酸麻得不属于自己,浑身上下刀伤处处,全凭一口气在支撑。手上的刀已经卷刃,他弯腰拾起一把西夏军的弯刀,抬头看了眼周围的情况。

手下的三千士兵,现在能站立在墙头的,不过百余人。

狄咏深深地吐出一口气,他早就知道战事会发展至此,所以也并没有太多感触。好在之前侯方杰已经突围成功,他也放下了心。若是好友再聪慧一些,他都没法把对方骗得如此顺利。

庆州离环州二百多里,侯方杰走时每人带了两匹马更换,顺利的话半日就可以到达庆州城。但难就难在，庆州城会不会派援军。

而且环州诸多堡垒山寨相继失陷，小批援军那纯粹就是送死。但若是派了大批援军，万一反中了对方的调虎离山之计……和边境的环州不同，庆州城乃边境重镇，一旦失守，西夏军便可以沿着环庆路直取汴京，大宋堪忧。

所以，狄咏从发现西夏军的那一刻起，就知道自己面临的是一场死战。

他令侯方杰一开始就突围，也并不仅仅是为了自己的私心想要保住好友性命。更重要的，是要给属下将士们一种期冀的信念。他们求援了，也许在下一刻，就会有援军来营救他们，所以只要他们再坚持下去，再坚持一下下……

每个人都抱着这样美好的期冀，狄咏却并没有半点欺瞒属下的愧疚。

左右都是一个死，那么是选择死战到最后一刻，还是低下头跪倒求饶地去死？

为何不死得其所？

为什么没有人意识到他们大宋是在一个多么危险的境地？

为什么没有人察觉到周边的虎狼们都在虎视眈眈地包围着他们？

为什么没有人知道他们现在正坐在一条危险而又满是漏洞的画舫上，正在缓慢地沉入海中，而那些人还可以在上面无忧无虑地饮酒作乐？

胸中盈满怒火，狄咏再次横刀劈翻一名翻上墙头的西夏兵，他此时再也没有往日大宋第一美男的风采，浑身血污的他，更像是从阴间爬出来的厉鬼。

身体在遵循着本能，一刀一刀地劈砍着，脑海里却又浮现了那段令他在意已久的言论。

花钱买平安……

他并不是不赞同那人的观点，每个人看问题的角度不一样，也许那人是在太平盛世里待了太长的时间，都已经遗忘了平静的湖面下暗藏的波涛汹涌。不光是那个人，汴京的许多人都以为这世间歌舞升平，国泰民安。

天上的鸟儿婉转和鸣，在林间肆意嬉戏，又怎么会知道，它们脚下树林中的狼群们，为了这片树林的地盘而世代争斗。

树林易主，良禽尚且能择木而栖，但失去自己家园的孤狼，只要是有血性的，都不会苟延残喘于世！

他必须要守卫大宋疆土！否则长此以往，大宋的版图将会越来越小，最终灭亡……

……

啊……佛祖啊……我向您献祭我的生命……如果您听到了我的祈祷……希望那一天不会那么快地到来……

……

红线乍断，狄咏脖颈间的皇宋九叠篆在空中划过一条优美的弧线，从城墙上跌落到了泥土之上，弹跳了两下，最终静静地躺在了血泊之中。

正午的阳光照射在铜钱之上，没有任何篆字。

是背面。

风起，带着漫天的黄沙袭来，最终一点一点地把这枚铜钱掩盖、埋葬……

治平三年，九月，壬午，西夏大将仁多瀚率三万精兵进犯环州城，久攻不下。武襄公之子狄咏血战三日，三千人杀敌万余人，终因城墙崩塌而败。三千人无一人退降，尽殉国。如此一百多年来前所未有的血战，举国为之震惊。

狄咏遗折传至汴京，上以血书九字。虽是引用汉武帝时名言，但依旧掷地有声！

"犯我大宋者，虽远必诛！"

五

数十年后，垂垂老矣的侯方杰在院中躺椅歇息，才刚刚五岁的小孙子嘻嘻哈哈地跑了过来，献宝似的举起手中的物事。

"爷爷！爷爷！你看！这个陶虎里面居然有枚铜钱！"孩童说到这里，才想起来这个陶虎是爷爷最珍视不过的宝贝，连忙分辩道，"都是弟弟不小心，从盒子里翻出来时没拿稳掉在地上摔碎了……"

孩童没有再继续说下去,因为他爷爷已经一把抢走了他手里的陶虎,怔怔地盯着裂开的陶虎中那已经碎成两半的铜钱发着呆。

孩童哭闹了一阵,发现最疼爱他的爷爷这次怎么都不肯再理他了,只好迈着小腿噔噔噔地去找自家爹娘。

秋日的阳光并不如何炽烈,但侯方杰却已经生生地出了一身冷汗。

他此时才知,为何当年自己突围之时,他明明感觉到自己被利刃砍中,拼命突围之后,却发现自己毫发无伤。

原来是这样……原来他早已存了以死谏国的心……

"斯陶……"

孩童拉着自家大人撑腰,想要讨来那个陶虎的时候,却发现自家爷爷已经永远地合上了那双眼睛。

那枚碎裂的铜钱,正死死地攥在他的手心里。

谁都没办法拿出来。

第五章　司南杓

一

公元前219年，秦始皇二十八年。

才刚刚十一岁的胡亥端坐在案几后，低头看着案上摆着的一个木勺子，在这个木勺之下，还有一块中间光滑的木板，周围还刻着许多方位。

胡亥尝试着拨动木勺，不管勺子转动了几圈，勺柄总是固定停在一个方位。胡亥感兴趣地问道："夫子，此为何物？"

在偏殿的角落里，站立着一个高大的身影，对方的脸庞隐藏在阴影处，让人看不清他的长相和表情。只听那人徐徐道："此物名司南，木勺为杓，杓内嵌有磁石。司南之杓，可永指南方。"此人的声音低沉之中有些尖细，再加之其刻意的拿捏，保持着不高不低的一个声调，让人听起来非常不舒服。

胡亥却已经习惯了对方的拿腔作调，他只觉得透过窗棂射入偏殿中的阳光有些刺眼，微微眯起双目喃喃自语道："司南司南，司乃掌管承担之意，南方不是一般的方位，司南……可这木勺，所指方向根本不是南面，而是东面……夫子，这司南杓定非凡物吧？"胡亥年纪虽小，却也知道这个不怎么搭理他的夫子，主动送到他面前的东西，肯定不是普通的物事。虽然这土黄色的木勺看上去平凡无奇，只是非常光亮润泽，包浆锃亮，一看就是年头久远。

"《周易·说卦》曰：'圣人南面而听天下。'自古以坐北朝南为尊位，故天子诸侯见群臣，或卿大夫见僚属，皆面南而坐。"

赵高说到这里顿了顿，隐藏在黑暗中近乎妖邪魅力的双目闪了闪，才平淡地续道："帝位面朝南，故代称帝位。此司南杓是自赵国王宫收缴而来，旁人皆以为此物失灵，但臣则认为，此物所指的，是帝君的位置。"

"啊！无怪乎勺柄指向东方！"胡亥合掌大笑，因为他的父皇秦始皇正去泰山封禅东巡，正是东方。胡亥爱不释手地拨弄着面前的司南杓，天真无邪地仰头问道："夫子，此物为何不进献给父皇？"

赵高的唇角在阴影中缓缓地勾起一抹冷笑，口中依旧是毫无起伏地淡淡道："陛下求长生不老药，岂能容此物存在？若是某一天，此司南杓不再指向他，而是指向你的兄弟之一，那又将如何？"

胡亥拨动着司南杓的手一滞，木勺滴溜溜地在木板上转了几圈，依旧分毫不差地停在了正东方向。

"臣遍查典故，推测此司南杓怕是商纣王所有。也正因为此物当日所指西方，商纣王才囚禁西伯侯姬昌，杀其长子伯邑考。只是商纣王依旧未下狠心，伯邑考之弟姬发灭商，史称周武王。"赵高这番话说得极慢，但每个字都说得极清晰，确保可以一字不漏地传到胡亥耳中。

胡亥年幼的心里泛起一股足以噬骨的寒意，但却又像是着了魔一般，一遍一遍地拨动着面前的木勺……

"而此物……不止可以……指向帝位……还可……"

胡亥从梦境中惊醒，呆呆地看着白花花的天花板，许久都没有回过神。

到底夫子后面说的是什么呢？不管梦到这样的场景几次，后面的话一直模糊不清，断断续续的……好像是遗忘了很重要的一件事一样……

看来，他确是闻久了可以影响人梦境的月麒香，越来越多地回忆起那些记忆中非常久远的岁月了。

因为他，真的不想清醒过来。

胡亥撑着身体坐起来，赤色的眼瞳在屋内环顾了一圈，果然如他入睡前一般，冷冷清清。

他又一次，被皇兄抛弃了。

他又变成了一个人。

尽管已经过了半年，但他依旧不肯认清这个事实，每日都沉浸在月麒香中不可自拔。

鸣鸿正站在他床前的衣架上闭着眼睛睡觉，怕也是因为这室中浓郁的月麒香。也不知这小东西能梦到什么。

胡亥侧着头呆了许久，这才起身熄灭了点燃的香篆，打开空调换气。当室内浓郁的香气转淡时，小赤鸟便动了动脑袋清醒了过来。它先是用嘴喙梳理了一下翎羽，自觉得无可挑剔了，再扑棱着翅膀飞起，落到了自家少爷的左肩上站好，主动蹭脸求抚摸。

胡亥抬手给它顺了几下毛，顺滑柔软的羽毛在指尖划过，略略抚平了他浮躁的心。

"只有你还在我身边……"胡亥低语道，银白色的眼睫毛盖住了他赤色的眼瞳。

小赤鸟歪着头一副呆萌样，看到它的主人走向桌边，便抢先一步跳了上去，用尖尖的嘴喙拨动着桌上那个奇怪的木勺子。木勺在光滑的木板上不断转动着，像是永远没有停下来的迹象。

胡亥怔怔地站在桌旁，他从第一次开始做刚才那个梦的时候，就把这个司南杓从一个古墓之中翻了出来。可是司南杓根本没有所指的方向。

有可能是这个时代已经没有了真正的帝君，也有可能就是皇兄完全放弃了称帝的念头。

这也就是皇兄消失的原因吗？

胡亥捏紧了双拳，他已经等了半年了，甚至怕皇兄突然出现在家门口，这半年来他极少离开过，生怕就这样错过。

但好像，这一切都是他的一厢情愿。

小赤鸟正兴致勃勃地拨动着司南杓，却忽然发现自家少爷抓起一旁的黑伞，大步地朝门外走去。它连忙张开翅膀，趁着门关之前追了出去。

一人一鸟没有注意到，在桌子上滴溜溜转着的司南杓，忽然间速度变慢，缓缓地停了下来……

二

公元前218年,秦始皇二十九年。

初具少年模样的胡亥一手撑着下颌,一手随意地拨弄着面前的司南杓,百无聊赖地看着木勺每次都停在西边。

父皇东巡回来了,此时定是在暖阁理政,而皇兄今日恐怕也不会在书房读书,也会跟着去旁听。就连夫子,恐怕也会随侍在父皇身侧,就像上次东巡。

也许下次,他也可以求求父皇,也带他一起去东巡?

司南杓在光滑的木板上滴溜溜地转着,形成了一道圆形的残影。旁边伺候的孙朔看他心情不错,低声轻笑道:"公子是最喜欢这司南呢,每天都要玩上一阵。"

胡亥却唰地坐直了身体,一双黑白分明的眼睛了睐,不辨喜怒地沉声问道:"有那么明显吗?"他虽然现在年纪还小,却已经有了公子的派头,小脸严肃起来,倒是有几分威严的架势。

孙朔自小就伺候胡亥,对自家小公子的脾气性情那是无比了解,虽不知这司南有何深一层次的用途,但依旧恭敬地垂头禀报道:"公子的偏殿甚少人能随意进出,除臣外,无人能知。"

胡亥静静地看着司南杓再次停在了西边的方向,却再没有伸出手去拨动它。

他是父皇最喜爱的小公子,不光是因为他出生的当月父皇便吞并了韩国,开始统一大业,也不仅仅是因为他长得俊秀可爱,而是他知道怎么讨好父皇,知道自己应该去扮演对方需要的角色。在他之后,也陆续有几位弟弟出世,但忙于战事和内政的父皇,连一眼都懒得去看,更别说给他们排序齿了。所以咸阳宫中名正言顺最受宠的小公子就只有他。

他知道父皇只是想要一个父慈子孝的典范,若是他做不好,那么完全可以换另外一个,毕竟他还有二十多位兄弟当候选者。

所以他只能竭尽所能地努力着。父皇不让他看书习字，不让他习武骑射，他就只能在皇兄的书房外偷听，在皇兄的习武场外旁观。这些小动作都是父皇能够容忍的，他也一直试探着父皇的底线。

但他已经太过于依赖这个司南杓了，因为他可以通过这个司南杓，准确地知道父皇的位置！

胡亥呆在了当场。

他以前是太小，完全不知道这个司南杓的深层用途，他只是单纯地对父皇有着孺慕之情，每天拨动司南杓几下，确定父皇的位置，就可以想象得出他在哪座宫室或者在宫外哪里出巡，在勤政为民还是朝天祭祀。若是离得近的话，他就会很恰巧地出现在父皇的必经之路上，完美地演上一出父慈子孝的戏。这也是二十多位兄弟之中，至今唯独是他最受父皇宠爱的原因。

而这次父皇东巡，在博浪沙曾有韩国丞相后裔遣大力士投逾百斤的大铁锤刺杀父皇，幸好父皇早有防备，所有车驾都是一模一样。刺客无法分辨哪辆车是父皇所乘，最后幸中副车，虚惊一场。

但若是那个叫张良的韩国后裔，拥有这个司南杓又该如何？父皇的行踪岂不是暴露得彻彻底底？

父皇岂能容忍这世间居然会有此物的存在？

胡亥惊出了一身冷汗。

他虽是年幼，但却并不代表他如同表面上的天真幼稚。再往深处思索，他的夫子赵高，为何会把这样一件若是被父皇发现就会带来灭顶之灾的东西送给他？

赵国王宫收缴而来……赵高……

胡亥回忆着赵高把司南杓交给他时所说的话，那赵高并不是武将，却戴着赵武灵王青丝系缋双尾竖武冠。

一个近臣可以戴得起赵王的武冠，而这个人又姓赵，难道是巧合吗？

那就完全可以推测出，这司南杓本来就是属于赵高的，而赵高应该就是赵国的王室子弟，因为很早就通过司南杓认出了父皇就是天命所归的帝君，所以才一直甘心服从。

但为什么他现在又不再用了,而且送给了他?

一旁的孙朔忧虑地看着胡亥,不理解为什么自家小公子的脸色一下子就变得阴晴不定。

"孙朔,"许久之后,胡亥才开口打破了偏殿内的寂静,他的声音因为紧张而变得嘶哑,"把这个司南杓收起来吧,不要再让我看见。"

"……诺。"

三

胡亥睁开双眼,入目的再也不是熏香缭绕帷幔飘动的殿室,而是车水马龙嘈杂喧闹的现代社会。

炽热的太阳光被头顶上的大黑伞遮挡住了大部分,但依旧让他的身体有些难熬。

身后刺耳的喇叭声不断,胡亥才意识到他居然正在马路中央发呆,连忙快走了几步避到了人行道,站在了摩天大楼的阴影处。周围路过的行人注意到他肩上的小赤鸟和他藏在风帽中露出些许的银色长发,频频回头,但也仅限于此。更多的人都目不斜视,匆匆忙忙地奔走在大街小巷间,他们都有着自己的生活,对待陌生人顶多就是多看两眼罢了。

但这样的社会令胡亥异常的不适应,分外让他体会到什么叫格格不入。

若不是皇兄醒来后非要坚持住在这座城市继续那个医生的职业,他一定会劝皇兄搬到与世隔绝的地方去。

胡亥闭了闭赤色的双瞳,想起刚刚回忆的片段。但事实上,他连孙朔的面目是什么样子都不大记得了。他父皇的、赵高的脸容,也都在漫长的岁月中变得模糊不清,就连皇兄原本的样子,他也记不太清了。

岁月真的是非常可怕的东西,会把世间所有的物事都变得面目全非。

他这样的坚持,究竟到底值不值得呢?

皇兄抛弃了他，就说明不再需要他……

那他苟活在这个世间，究竟还有什么意义呢？

胡亥举着黑伞，慢慢地沿着商业街往里走去。

他决定最后再努力争取一次。

陆子冈愕然地眨了眨眼睛，怀疑面前这个大大方方推门而入的家伙，其实是一个幻影。

胡亥平静地收起黑伞，对柜台里那个惊讶得张大了嘴的哑舍代理掌柜，慢条斯理地说道："我想要借用洛书九星罗盘。"

"你怎么知道……啊！不对！我这里根本没有你说的那个什么罗盘！"陆子冈摸了摸鼻子，拙劣地撒着谎。

胡亥瞥了眼墙壁上依旧挂着的黄金面，觉得老板把哑舍丢给陆子冈和医生这两个不靠谱的家伙实在是太暴殄天物了。他虽然这半年来足不出户，但依旧可以用黄金面偷窥得到这里究竟发生了什么。

当然，他也没必要把这事交代出来。

陆子冈看着缓缓地在柜台前坐下的银发赤瞳的胡亥，一举手一投足都诠释着什么叫完美，没由来地感觉到一种扑面而来的压迫气势。这种连呼吸都觉得局促的感觉，让陆子冈觉得非常不自在。偷瞄了一眼仿佛知道一切的胡亥，陆子冈只好老老实实地说道："确实有这个罗盘，你借去做什么？是想找你的皇兄？"

说到这里，陆子冈停顿了一下，斟酌了一下词语，小心翼翼地说道："医生已经回到他自己的身体里，也许你皇兄他……"陆子冈没有继续说下去，因为他发现胡亥的表情难看至极，本来就没有血色的脸白得像一张纸。

"我知道。"胡亥却出乎意料地冷静。他独自煎熬了半年，什么最坏的情况都想得无比透彻了。之前的日子他没有皇兄一样也可以过，所以他只是想要知道事实真相，断了自己的念想。

陆子冈摊了摊双手，无奈道："虽然我们目标一致，都是找人。但洛书九星罗盘一个月只能启动一次,而且还是要碰运气,不一定就能穿越回半年前。这个月算好的日子正巧医生有紧急手术,错过了。要是下个月你还没有改变主意的话,我们可以一起结伴。"

胡亥缓缓地点了点头。

"所以,留个联系方式?等我算好下个月可以启动的良辰吉日,才好联系你啊!"陆子冈已经没有最开始时的局促了,目光扫过胡亥全身上下,觉得这个胡少爷恐怕根本没有手机。

"不用,我会来找你的。"胡亥从口袋里掏出两块东西,放在柜台上,淡淡道,"这是谢礼。"

陆子冈的目光一下子就定住了,许久之后才伸出手去,把那两块物事拼在一起。

这是那块碎掉的白玉长命锁。

"师父!你确定就是在这里吗?"

在哑舍店铺的对面,有一大一小两个身影正蹲在墙根底下窃窃私语。小的那个浑身脏兮兮的,就像是个小乞丐一般。商业街的人流量很大,路过的行人时不时还会在他面前扔下几块硬币。但若是有人稍微把注意力转到这孩子旁边同样衣衫褴褛微低着头的长发青年人身上,反而会更加同情心大发,说不定会掏包再扔下几块钱。

唉,一个被拐卖儿童和一个瞎眼破相的青年,要不要发微博来个救助活动呢?喏,这个青年还在玩蛇?果然是街头艺人吗?那条小白蛇看起来好可爱啊!

"师父!师父!你有没有在听我说话啊?"汤远毫无师徒尊卑的概念,扯着自家师父的耳朵不满地唠叨着。

那青年从身前蛇篓里抽出手,随意地抬了下头。就这一刹那,旁边就已经有路人看清楚了他的脸,瞬间倒抽气的声音此起彼伏。

不同于身上衣衫脏污,这名年轻男子的脸容极为干净,丰神俊朗,长眉白肤，就如同是一幅清丽淡雅的水墨画般隽秀无双。只是他的眉心之处，有一道狰狞的暗红色疤痕，完全破坏了他的面相，令人唏嘘惋惜，而且他双目之上蒙着一块黑布条，显然是眼睛有碍，已然瞎了。

但这样的男子，即便是随意地箕坐在墙角，满身尘土，长发曳地，也绝对遮不住浑身卓尔不群的气质光彩。还有人注意到这青年身上破烂的衣衫，竟是一件奇怪的道服，看不清原本颜色的湖纱道袍，交领大袖，还绣有周易的八种卦象，用一种神秘的方法排列着。

"你二师兄不在。"这名年轻的道人微微地叹了口气，难掩面上的失望，"我就说我们下山的日子不是黄道吉日，要再算算卦象你又等不及了，唉。"

"什么？！居然不在？你确定？"汤远顿时暴跳如雷，他们师徒俩容易吗？从大山里足足走了半年多才到了这大城市，费尽千辛万苦，经历都可以媲美唐僧去西天取经了！结果居然告诉他想找的人不在？

汤远急吼吼地追问道："你看清楚了吗？那店里不是有两个人吗？都不是我二师兄？"汤远知道这便宜师父虽然没有睁眼，但确确实实是能看得到的。喏，换句时髦的话，应该是用什么灵识感应到的。

"都不是啊。"抚摸着蛇篓中爬出来缠绕在他指尖的小白蛇，年轻的道人也很怅然。他感到封印赵高的封神阵被破了之后，第一反应不是前去了解情况，而是想要找其他人推卸责任。毕竟他生性懒惰，早已经不复年轻时的热血了。不用多想他就决定，能接手这烂摊子的自然是他的二弟子。

没错，他一直都知道他二弟子还活着，但却没让对方知晓自己的存在。

汤远焦躁地扒拉了两下许久没剪的头发，脾气不好地嘟囔道："那我们现在怎么办？切，还以为见到二师兄，能蹭顿大餐吃呢！"

"只好回去吧，这半年都没出过什么乱子，应该不会发生什么意外吧。天道自有其运转的规则。"年轻的道人轻咳了一声，很不负责任地表示他什么都不管了。

"你是说……我们……原路……返回？"

汤远一个字一个字地从牙缝里蹦出来，整个人都不好了。本来他就不应该对这个便宜师父抱什么太大希望,来找这个素未谋面的二师兄。恐怕他也是想把那个什么烫手山芋丢出去。现在丢不出去了,干脆就拍拍手当没这一回事?任凭这山芋啪叽一声掉在地上也无所谓?

而且这一路他们基本上就是一段一段路坐大巴或者直接走过来的!更悲催的是这个吃货师父还走一路吃一路!而且居然还不带足够的钱!当真是两袖清风!他们连旅馆都没去住过!睡得最多的就是天桥底下!现在竟然还告诉他要这样原路返回?!

汤远觉得自己当真是误上贼船,他这个年纪应该是每天无忧无虑地背着书包上学校!而不是跟着这精神有毛病的师父四处流浪啊喂!

年轻的道人无辜地眨了两下眼睛,用一种很无奈的语气喟然道:"没办法啊小汤圆,谁让最近几十年,到哪里做什么事都需要一个什么叫身份证的东西,无证寸步难行啊!你以为我想在山中隐居吗?什么都吃不到……"最后抱怨的话语在小徒弟怒其不争的目光下慢慢变低,化为口水吞咽下肚。

"你不是早八百年就辟谷了吗?还惦记什么吃啊!"汤远愤怒地咆哮着。

小汤远的咆哮声让刚刚迈出哑舍店铺门的胡亥下意识地朝这边看了一眼,但随后也没太在意地打起黑伞离开。

只是刚走了两步,他忽然想起来那个被小孩子拽着领子一脸无奈的年轻人,好像有些面熟。

胡亥回过头去,原本那个有着一大一小两个人影的墙角已经空无一人,连地上的硬币也被拿走了,消失得一干二净。

四

公元前210年,秦始皇三十七年。

已经及冠的胡亥独坐在车驾之中,他的面前有个没有打开的锦盒,在锦盒之内放着的,就是那个司南杓。

自从孙朔死后,胡亥换了好几任的内侍,每一任都被他唤作孙朔,可惜再没有一个人能像最开始的那个孙朔一样，把他照顾得无微不至。这个司南杓当初是让孙朔收了起来的，但在这回随父皇出巡前，他现在的内侍清理私库的时候发现了，他也就随手带了出来。

只是带了出来，他还一次都没有打开过。

因为他已经逐渐认识到，自己和皇兄的差距有多么大。即使父皇驾崩，也肯定是皇兄继承帝位。虽然后者现在被赶到边疆上郡去修长城了，但朝野上下的大臣们都不是瞎子，除了没有正式颁布诏书册立大皇兄为太子，扶苏一直都是作为继承人来培养的。

胡亥越来越了解自家父皇了，年幼时期的仰慕钦佩，逐渐也转化成了不屑、轻蔑。虽然表面上他什么都没表现出来，但他知道父皇已经慢慢地老去。不立皇兄为太子，那是父皇他依旧觉得自己可以求得长生不老药，掌控大秦江山千万年。发配皇兄去边疆修长城，说得好听是让皇兄去军中历练，事实上还不是怕他自己出巡的时候，皇兄在咸阳收拢人心提前登基？

父皇他在怕死，怕被儿子夺权。

一个人要是有所畏惧，那么他就不是神，也不是不可碰触的存在了。

胡亥的嘴角勾起一个嘲讽的弧度，他并不是不想坐上那个位置，也不是不想把那块象征着皇权的和氏璧握在手中，但他也不得不承认，皇兄比他更适合。

这些年来，他暗地里不断地刺探比试，本来就不太强烈的自信心被打击得体无完肤，想要登上那个宝座已经成为了他毕生的执念，但他也知道这单纯是想赢过皇兄罢了。

不一会儿，车队停了下来，他起身去父皇的车驾前请安，却被内侍恭敬地驳回了。带着疑惑，胡亥重新回到自己的车厢中，锁紧了两道俊眉。

如果他没记错的话，已经有两天没有看到父皇露面了。但是据说父皇就在他前面的那个辒凉车中，由亲信内侍作陪。每走到休憩的地方，就献上饭食，随行的百官像平常一样在车外向皇上奏事，辒凉车中照常降诏批签。

他曾经看过字迹，确实是父皇的亲笔，但这一连两日都没有见到过父皇，而且连声音都未听到过，这让胡亥有些忧心。毕竟在这之前，父皇一直都病着。

是啊，父皇再强大，也是一个普通的人，会生病，会衰老，会死去……

胡亥摩挲着锦盒的边缘，下意识地打开来，而其中司南杓的指向，却让他大吃一惊。

那是西北的方向。

他们这一列车队，都是由东向西的方向平直行进的，就算父皇又故布疑阵，那也应该不会脱离车队的范畴才对。

应该是这司南杓很久不用，坏了吧？胡亥不信邪地反复拨动了几次，每次司南杓停下来的时候，都指向西北。

上郡！皇兄被发配的上郡不就是西北方向？

胡亥的胸中一片冰凉，皇兄已经隐隐成为帝君，那么父皇呢？

一连两日都没有声息，难道……已经驾鹤归西？

这个想法刚刚浮现在脑海，胡亥就觉得脑袋嗡的一声，猛然间甚至连眼前的景象都看不见了。他虽然早就预料到会有这么一天，却完全没料到居然这么快。

他甚至连走下马车，去父皇御辇中求证的力气都没有了，瘫坐在那里，大口大口喘着气。

那是他的父皇，虽然他心中隐隐地有着怨气，但那是从小一直宠着他的父皇，一直庇护着他长大……

浑浑噩噩间，他身下的马车又开始颠簸地前进起来。也许过了很久，也许过了不长时间，胡亥一直抱着锦盒目光涣散地发着呆，直到一个毫无起伏的平板声音响起。

"看来，你这是知道发生什么事了。"

胡亥的双瞳慢慢对上了焦距，这才发现不知道什么时候，赵高上了他的车驾。外面的天色已经暗了下来，车厢中也被点燃了灯火。赵高依旧穿着一袭五彩鱼鳞绢深衣，头上戴着青丝系绲双尾竖武冠，即便这些年他已经成了父皇身边的大红人,也完全没有露出半点颐指气使嚣张跋扈,反而越发地面无表情,令旁人一见就噤若寒蝉。

这时,胡亥才意识到赵高刚刚在跟他说什么,顿时冷汗就下来了。他张了张唇,却发觉喉咙干渴得发痒,居然连一点声音都发不出来。

赵高也不以为意,继续操着他那标志性的平板声音,平铺直叙地淡淡说道:"皇上在十日前病重,曾经写过一封手书给大公子,但这封手书一直在吾手中,并未发出。"

胡亥打了个寒战,不敢置信地看着他,却完全不怀疑他说的真假。因为赵高现今是中东府令兼掌印玺事务,所有文书都要经过他的手盖印玺,做一些手脚是完全可以的。

赵高的面容在跳动的灯火映照下,显得晦暗不明,他看着胡亥片刻,徐徐道:"皇上属意大公子继位。"

胡亥觉得这是理所当然的事情,他很早就看清楚了,不是吗?他心中虽然怅然若失,但却不可否认地松了口气。大乱之后,最适合休养生息,大秦在崇尚儒家学说的皇兄治理下,一定会更加国泰民安。

赵高低下头把玩着自己保养完美的双手,不咸不淡地续道:"现无人得知此事,天下大权尽在吾手中,吾想让哪个公子当皇帝,哪个公子就可以当。制人与受制于人,怎可同日而语?"

胡亥吓了一大跳,连手中的锦盒都没能拿稳,跌到了他的膝盖上。司南杓从锦盒中弹了出来,在竹席上翻滚了几圈,正好滚到了赵高的身边。

脑海中刚刚形成的大秦未来立刻碎为齑粉,胡亥极为聪明,自然知道赵高的言下之意,随父皇巡游的公子,就只有他一个。

没有人会在这样的情况下还能保持理智,胡亥也不例外。

他已经无法克制地开始想象若是他登基……但他完全想象不出来,皇兄匍匐在他身前自称臣的画面,这完全就是不可能发生的事情!

胡亥抿了抿唇,许久才找回了自己的声音,喃喃道:"废兄长而自立,是不仁;不遵父皇诏命,是不孝;己身才识浅薄,勉强登基,是不能。天下人皆非昏庸之辈，岂能不知其中另有内情？如何向天下人交代？如何向列祖列宗交代？"

赵高妖冶的双目精光闪闪，神态从容自信道："亥儿，汝会如吾所愿。"

"夫子就算逼孤也无用，无须多言。"胡亥拒绝得无比艰难，他确实知道赵高所说的事情大半可以成功，但他必须要想到，若是这样做了，他以后又该如何去面对自家皇兄。或者再见面的时候，就是兵戎相见、不死不休的局面了。

赵高这次没有说话，他直接捡起了掉在他身边那个司南杓，从锦盒里捞起了那块木板，重新摆在了案几上，然后伸手拨动了一下。

司南杓滴溜溜地转着，胡亥木然地看着那一道道残影，却在司南杓停下来的那一刻猛然睁大双目，满脸的不可置信。

因为这枚司南杓的勺柄，指向的不再是西北方，而居然是他。

胡亥不信邪，不断地重新拨动木勺，而不管他怎样拨动，不管他怎么换位置，司南杓依旧是随着他的身形变换而转动。

"夫子……汝做了何事？"胡亥汗如浆涌。他已经猜测到了赵高做了什么，恐怕在父皇给扶苏写手书遗诏的时候，夫子就做了什么手脚。他的皇兄……不会真的就这么死了吧？胡亥依旧抱着一丝希望，希冀地抬起头看着他的夫子。

"吾做了何事？"赵高玩味地挑高了眉梢，他略略把身体前倾，靠近了他这个最疼爱的弟子，一字一字阴森森地缓缓说道，"吾来并非征求汝之意愿，而是告知矣。"

胡亥紧紧地盯着赵高，只觉得此时在这个阴暗的车厢中，夫子就如同地狱之中爬出来的恶鬼。

在巨大的恐慌和惧怕的情绪把他淹没之时，胡亥却忽然想到了一件完全不相干的事。

这么多年以来，他的这个夫子，好像相貌完全没有变过……

五

太阳已经西移,繁华的商业街上有些店家都已经亮起了五光十色的霓虹灯。

胡亥已经收起了黑伞,缓步走在回家的路上。小赤鸟早就已经等不及先飞回家吃食去了,反正家里的窗户开着一扇,它能找到回家的路。

不过,他怎么又想起来了那一幕呢?那是他这么多年来一直拒绝回想起来的噩梦。

以至于他现在对夫子的印象,就是那张在昏暗跳动的灯火下,宛若恶鬼的脸孔。

胡亥低头咬着左手的大拇指指甲,焦躁的心情快要把他逼疯了。

不行,不能再用月麒香了,没有回忆起来多少与皇兄相处的点滴,反而每次都会回想到那个夫子的事情。

是的,已经都是过去的事情了,那个人,早已经化为尘埃。

胡亥继续埋着头往前走着,却发现在他的视线里,突然出现了一双锃亮的黑皮鞋,就直接堵在了他的面前。

胡亥皱了皱眉,他就讨厌这样混乱的世界,肯定又是哪个不长眼睛的小流氓拦街找碴了。他连头都没有抬,直接想要往旁边绕过去。

但那人也换了方向,依旧堵在他面前不肯让路。

胡亥冷冷地抬起头,却在那一刹那僵直在了当场。

他早就已经忘记了那个人的脸容,但乍然之间相见,存封的记忆就像是被骤然打开的潘多拉魔盒一般,瞬间就席卷了他的脑海。

那个人依旧拥有着妖冶的双目,说话也依旧是那样毫无起伏的无比平板。

"哟,找到你了。"他说。

第六章　犀角印

一

姬姓乃是上古八大姓之首，是黄帝之姓，是周朝的皇族之姓，尊贵无比。虽然姬青这一脉并不是纯正的周朝皇室嫡系，但现今却也是战国七雄之一燕国的王族。

真正的燕国王族直系一脉，按照习俗，以国为姓，而旁支则继承姬姓。

姬青只比燕丹小三天，他们是堂兄弟，被燕王喜亲自赐名。丹与青是朱红色和青色，乃是绘画常用的两种色彩，更因为分别是丹砂青䨼矿石颜料，因其不易褪色，史家以丹册多记勋，青册多记事，故丹青意同史册。

由此可见燕王喜对于他的长子与侄子，寄予了多大的期望。

姬青出生的时候，母亲就因为难产而死，燕王后垂怜他年幼失恃，便把他接到宫中照顾。不久之后，他的父亲又娶了一名继母，那妇人待姬青视若己出，又给姬青添了几个弟妹，倒也一家和乐。

因为姬青与燕丹自小一起长大，两人本就是年纪相仿，又是堂兄弟，随着年岁增长，言谈举止越发相像。唯一区别就是燕丹的眉毛过于柔和，像他母后燕王后一样是两道黄薄眉。而姬青则是两道剑眉，像是两把小剑一般直飞鬓角，整个人看起来就像是一柄初露锋芒的利刃。

姬青的父亲在姬青五岁之时，托人寻来了一对罕见的犀牛角。所有的犀牛角都是前实后空的，即向角尖去的地方是实心的，后面都是空心的。姬青的父亲用中空的角身部位做了一对名贵的犀角杯，而剩下的两块实心的犀角尖，则寻大师为这对堂兄弟一人刻了一枚私印。

这两枚犀角印是古红色的，据说这种古红色的犀角已经越来越少见，怕是这种只生长古红色犀角的犀牛，再过若干年就会绝种了。犀角印闻之有股清香，能为佩带之人镇惊解乏。除了尖端用圆雕手法分别雕刻出一只螭虎做印钮外，印身没有任何多余的雕刻，显得这两枚犀角印通体润泽透亮，像是两块血玉。饶是见惯了珍稀异宝的燕丹也都爱不释手，经常随身携带，时时刻刻在指间摩挲。

姬青年幼之时也如燕丹一般，极喜欢属于自己的这枚犀角印，但随着年岁渐长，也知道自己的身份与太子燕丹有所不同，所以这两枚除了印鉴不同外，看起来几乎没有任何差别的犀角印，姬青就很少在人前把玩了。

身为燕国皇族，姬青从小就不缺吃穿，习惯于被人逢迎，而跟随在太子燕丹身边，同样习字练武，没有任何不顺心的事。姬青曾经以为，他是这个世上，最幸福的人。

包括他在内的很多人，都坚定不移地认为，燕丹就是燕国下一任的王。

但现实却给了他们当头一棒。

在燕丹与姬青出生之前，刚继位的燕王喜以为赵国自长平之战后，国力空虚兵力锐减，遂不顾属下的反对，出兵伐赵，结果反被廉颇率军围城。至此燕王喜便缩手缩脚，不敢随意出战。

燕国地处东北，民风剽悍，但可惜土地没有中原地区富饶，国力向来积弱。而随着秦国这些年征伐不断，连夺魏赵数城，即使是离秦国最偏远的燕国也人心浮动，惶恐不安。

所以，在姬青和燕丹十二岁的时候，一个晴天霹雳从天而降。

燕王喜要送燕丹去秦国咸阳为质。

在最早的时候，人们为了确定能履行誓约，就会互相交换珍贵的物事做抵押，而后来发展到国家之间为了确保盟约能够缔结，就要交换王族或者太子、世子等重要的人物。而在一国有绝对的优势面前，那么就不是交换，而是单方面的了。

燕丹还有两个弟弟，可年岁都还小，他推脱不了这个巨大的责任。

姬青非常同情燕丹，但却不能理解燕丹所提出来的要求。

燕丹同意去秦国，但唯一的要求，就是要姬青同往。

"为何非要吾同去？"姬青抿着唇，皱着那双好看的剑眉，小脸上凝满了不甘愿。

秦人如同虎狼一般，可止他国小儿夜哭，而秦国的都城咸阳离燕国蓟城千里之遥，更是龙潭虎穴一般的存在。

燕丹端坐在姬青的面前，看着那张几乎和自己一模一样的脸容，勾起唇角刻薄地说道："燕国王族吃穿用度，莫不是燕国子民所奉。燕国子民肯血战沙场，汝只是以身为质，又有何颜面再三推托？"

姬青被燕丹一番言语说得小脸通红，虽然觉得好像是哪里不对，但却一句反驳的话都说不出来。

"琅轩，汝可忧心家人否？随孤来。"燕丹拂袖而起，带着姬青出宫直奔姬家宅院。

姬青默然地站在窗外，看着父亲和继母还有几个弟妹言笑晏晏，一派其乐融融之景，竟觉得自己就像是个外人。

"琅轩，汝应长大成人矣。"燕丹站在他的身后，幽幽地说道。

"何为长大成人？"姬青闭了闭眼睛，总觉得屋内那幅画面非常刺眼。

"长大成人不在乎是否行冠礼，而在乎是否明理。其一，应知晓这世间，即使少了汝，日月也东升西落，流水也从高到低，无一改变。"

"有其一，那其二其三呢？"

"随孤去咸阳，孤日后再与汝分说。"

"……诺。"

离开蓟城的那一天，姬青并没有自己想象中的那么不舍。

也许是那日看到的画面，也许是燕丹在自己耳边说的那句话，姬青知道即使自己离去甚至于死去，家人在悲伤之后也可以继续生活下去。就如同他的父亲在他母亲死后，又有了他的继母出现。

坐在马车上，姬青从车窗帘飘动的缝隙中，看着蓟城的城墙慢慢远去，前来送行的家人也渐渐变成了天边的几颗沙砾，再也看不见了。他五味杂陈地转过头，却惊愕地发现燕丹竟然在款款地解开头上的委貌冠。

因为这一去不知几年，所以他们堂兄弟两人虽未到及冠的年岁，却也提前行了冠礼。但姬青发现，他这位堂兄居然并不是不习惯头上顶着发冠，而是继续脱着身上的衣袍。

他们离去之时，燕王喜为他们举办了一场盛大的送行仪式，所以燕丹身上穿着的是黑色的玄端素裳礼服，而姬青则身份有别，不能穿尊贵的黑色，穿的是次一级的青色黄裳礼服。

"殿下，要更衣否？"此去咸阳，姬青是以侍从的身份随侍在侧，所以虽然还有些不适应，但他很快就进入了角色。

燕丹勾唇笑了笑，把身上的玄端素裳礼服脱掉，只剩内里的白色麻布深衣："汝不是曾问孤，为何非要汝同行之？"

"为何？"姬青抬起头，这是他心中一直存留的疑问。

燕丹伸出手，越过他们两人之间的案几，抚上了自家堂弟的剑眉，定定地凝视他道："从今起，汝乃燕丹，孤为姬青。"

姬青闻言呆若木鸡，直到感觉到眉间有冰凉的利刃贴近，才回过了神。他不敢动，只能愣愣地看着他的那两道剑眉，被燕丹用匕首细致地割去，细碎的眉毛撒落在他眼前，有几根飞入了眼睛里，姬青不适应地闭上了双目。

"抬头……伸手……"

马车厢内，只有燕丹冷静的声音一次次响起，姬青从小就没有办法反抗这位堂兄的命令，只好闭着眼睛一一遵从。他隐约能感觉到燕丹是在服侍自己脱衣穿衣，眼前一片黑暗的姬青不禁讶异自家这位衣来伸手饭来张口的太子堂兄，居然还会服侍人。

在这样舒缓的气氛里，姬青也在脑海中细细思索了一下太子堂兄的用意。

质子一向是战国时期最悲惨的一类人。从小锦衣玉食高高在上，却一朝跌入泥沼。怪不得一定要让他同行，为的就是更换身份。而质子也是历史上最跌宕起伏的一类人了，若是能熬过质子的这段时日，顺利归国，那么登基为王必然不在话下，例如越王勾践，例如现今那年轻秦王的父亲，秦庄襄王。

所以，他这个聪明的太子堂兄，并不是一走了之，而是随侍在侧。是想让他来承受屈辱？让他来当他的挡箭牌吗？

质子，那可是九死一生的境地，就算是最后自己死了，堂兄也可以偷偷跑回燕国，重新继续他的太子生涯。

眼睛里的眉毛细屑微微刺痛，让他有种想要流泪的感觉。

腰间袍带上的玉佩叮咚作响，燕丹低沉的声音突然在他的耳边响起："琅轩，可知上次孤所言之其二乎？"

姬青的睫毛抖动了几下，调整了心情才缓缓吐出两个字："不知。"

"长大成人不在乎是否行冠礼，而在乎是否明理。其一是知晓这世间，即使少了汝，也无一改变。而其二，则是知晓这世间，总有些事，是无论汝如何努力，都无能为力无可奈何的。"

这是在暗示他吗？姬青咬紧了下唇，许久之后才从牙缝里挤出一个字道："诺。"

眼角的那滴泪被姬青硬生生地逼了回去，他睁开了依旧刺痛的双目，头顶上的委貌冠就如同有千斤重，压着他低头看着身上那原本燕丹穿着的黑色玄端素裳礼服，看了很久。

姬青抬起头，看向对面已经换好侍从绀袍的燕丹，发现他浑身的气势已经收敛，低眉顺目得就像普通侍从一般不起眼。姬青的目光不由得落到燕丹腰间的犀角印，心中浮起一抹难言的怨恨，咬牙道："殿下，既然身份已换，那犀角印是否要换？"他一边说着，一边从换下的衣服袖筒里找出他每日都随身带着的那枚。

燕丹把腰间的犀角印收入怀中，淡淡道："无妨。汝应称吾为什么？"

"……明玘。"姬青想了很久，才想起来燕丹的字。丹明玘、青琅轩……他们的字，也是取得很相似。但现在，姬青无比痛恨这种相似。

"善。"

姬青没有再说一句话，麻木地坐在车厢内，听着外面的马蹄声，知道这驾马车，正不停地向着咸阳方向奔跑着，奔向他未知而又可以预见的、悲惨的未来。

而他，无能为力，也无可奈何。

二

姬青的一生，在他十二岁的那一年，出现了巨大的转折。

他成了燕国的太子，并且去咸阳为质，回归故土的日子遥遥无期。

咸阳要比蓟城大上数倍，而闻名遐迩的咸阳宫，更是气势磅礴威武宏伟，让人站在那巍峨的城墙之下，就有种自感其身渺小的错觉。当姬青看到了年轻的秦王政时，更觉得此人有股君临天下的迫人威势。

姬青低着头，下意识地把燕丹和眼前的秦王政互相比较，但旋即又失笑不已。

燕丹？那人现在已是一名侍从，连咸阳宫的正殿都不得入内。而他，才是现在的燕太子。

因为从小和燕丹一起长大，姬青模仿起对方的言谈举止都十分熟练，这一路上其他侍从也许多少也能看出些端倪，但却无一人说破。也就是说，所有人都明白，这是一件无能为力无可奈何的事情。

燕丹不想为质，那么就只有他来代替，谁让他是最适合的人选呢？

姬青深吸了一口气摒除杂念，以下臣之礼见过秦王政。

事实上，这位幽禁自己母后、杀掉自己两个异父弟弟、逼仲父吕不韦自尽、外界传闻残暴不堪的秦王政，对姬青并没有太多刁难。只是随意地问候了两句，便让人带他下去了。姬青的眼角扫了一下秦王政案几上那一摞摞的书简，自嘲地笑了笑。

是啊，日理万机的秦王政，又怎么会在乎他这个燕国质子？

燕国是战国七雄中离秦国最远的国家，范雎曾跟秦王进谏，远交莫如齐、楚，近攻莫如韩、魏，既得韩、魏，齐、楚能独存乎？这著名的远交近攻的策略，居然提都没有提到他们燕国，根本就是不把燕国放在眼内。

而送他这个质子远来咸阳，说起来应该更多的是为了安燕王喜的心吧……

咸阳民风淳朴，十之六七的路人都佩带刀剑武器，武风之盛，简直是他国所不能比拟。极少能看到身穿华服者，人人都步伐飞快，绝无漫步街头闲散之人。姬青只随意地看了一眼，便放下了车帘，浑浑噩噩地来到质子府。他以后的人生，就只在这方寸之地徘徊流连了。

事实上他还是可以自由出入质子府的，只是他每次出门都会有秦国的卫兵在后面跟着，看起来像是在保护他的安危，实际上是在监视他的所作所为。这样一举一动都被无数双眼睛盯着的感觉，如芒在背，姬青实在是很难接受。

而且他今年才十二岁，秦王政却不可能给他安排任何夫子教导学习，甚至想要看书也需要自己派人去买，而且每卷书简在到他手中之前，都要经过层层检查。

这样的生活，就像是一个巨大的泥沼，简直让人慢慢泥足深陷，直至窒息。

姬青越来越沉默寡言，但燕丹却几乎隔几日就会溜出质子府，在咸阳的大街小巷逍遥度日，很快地学会了咸阳口音，和很多人打成一片。

看着如鱼得水的燕丹，姬青总是忍不住阴暗晦涩地想，若是他没有变成质子，是不是也会如此无忧无虑？又或者，依旧在蓟城过着世子的富贵悠闲生活？

但就像是燕丹所说的那样，人生总会有一些事情，是无能为力无可奈何的。

姬青已经习惯于每个月都修理眉毛，而燕丹也在一点一点地用各种草汁逐渐改变着自己的容貌。有时候姬青看见那张不起眼的黄瘦的脸容，都不禁有些发呆。

在时间的流逝中，他们再也不相似，不管是面容身材还是性格举止。

姬青变得阴沉冷漠，他越来越习惯于质子的身份，以至于多年前那些在蓟城的日子，久远得就像是上辈子发生的事一般。

他觉得他就是燕国的太子。

而每晚每晚，他都在幽暗的油灯下，拿出随身携带的那枚犀角印，用指尖摩挲着印鉴上弯弯曲曲的线条，一遍一遍地告诉自己，他叫姬青，字琅轩……

三

一转眼，在咸阳已度过数年。

就算是待遇很差，秦王政也断不会短了姬青的吃食，他已经是个丰神俊朗的翩翩少年郎了。只是每次他对着铜镜修眉的时候，总会觉得自己那双剑眉若是在的话，肯定会为他增色不少。

这些年中，先是秦国大将内史腾攻韩，俘虏了韩王安，秦国在韩地建置颍川郡，韩国灭亡。之后秦国的反间计奏效，赵王迁自断其臂，一代名将李牧惨死在自己辅佐的王剑下，王翦大破赵军，俘虏了赵王迁，秦国把赵国收归版图，建立邯郸郡，赵国灭亡。

形势日趋严峻，秦国将要一统天下的锋芒无人可挡。咸阳上下一派战意盎然，捷报频传。

因为在咸阳待了这么多年，姬青也偶尔被邀请参加一些秦国上层举办的活动。只是秦国不像楚国那样多宴会，更多的是春狩秋猎。燕赵之地因为经常会与北方的胡人交战，都善于骑射。姬青之前贵为世子，虽然没有亲上过战场，但耳濡目染之下也拥有着出众的身手。但他毕竟年少，臂力不足，所以狩猎的成绩并不理想，更何况很多人不会让他顺顺当当狩猎。姬青也知道自己存在的价值，就是让那些秦国的王公贵族子弟取笑嘲讽的。

一开始姬青也会愤怒反抗，但他发现越是如此，那些人就越兴奋，他便会遭到更多的欺凌侮辱。所以他渐渐地也学会了漠然麻木，果然这样无趣的反应让那些人感到乏味，逐渐地转移了目标，这才让姬青能安然地在咸阳生存下去。

但即使强迫自己尽量减少存在感，姬青也忍耐不住想要去打探前线的情报。今日秋猎之时，他耳听那些军勋世家的子弟们高声谈论赵国覆灭，那刺耳的喧笑声让他黯然失色。

韩国与赵国都已经灭亡了，赵国与燕国接壤，邯郸往东北方向去不远就是燕国王都蓟城，若秦军凶猛，那燕国岂能留存？

应该承担这一切，应该思考这一切的燕丹呢？那个真正的燕国太子这些年都行踪隐秘，若不是每个月发月例钱的时候能见到他一面，姬青几乎以为这人早就逃出咸阳了。

越想心情就越发烦躁，索性连质子府都不回了，姬青茫然地在咸阳街头胡乱走着。许是因为他这些年比较安分，跟在他后面盯梢的卫兵也减少了大半，现在就只剩下两个了。而像他现在这样随便逛逛，显然是在可以接受的范围内，所以并没有人上来阻止他。

姬青浑浑噩噩地也不知道自己都在想些什么，其实记忆里家人的面孔都有些模糊不清了，也许他现在出现在家人面前，他们也认不出他来，毕竟他一走这么多年……

不知道晃荡了多久，直到夜色朦胧，姬青才渐渐回过神。而此时他发觉自己停在了一处叫"林记"的粥铺前面。

咸阳只有一家卖燕地吃食的，看着那招牌上弯弯扭扭的小篆，姬青这才想起来燕丹也曾提起过这里，而且在几年前还经常带这家的甘豆羹给他。只是那时他已经开始疏远燕丹，对那些每晚都放在他桌上的甘豆羹视而不见，慢慢地，那些甘豆羹也就不再出现了。

怀着莫名的心情，姬青停在了这间粥铺前。正恍惚间，就看到一抹倩影挑帘而出，此时月色皎洁，更衬得佳人雪肤乌发，亭亭玉立。就那么一瞬间，周遭的喧嚣都仿若抽离开来，姬青的脑海中不停地回响着幼时听过的一首诗。

"月出皎兮，佼人僚兮，舒窈纠兮，劳心悄兮！月出皓兮，佼人懰兮，舒忧受兮，劳心慅兮！月出照兮，佼人燎兮，舒夭绍兮，劳心惨兮！……"

姬青立刻就明白了燕丹为何喜欢往这家粥铺跑，这位女子恐怕比他们的年纪稍微小一些，燕丹莫不是早就看上人家了吧？

虽然只是猜测，但姬青却无比笃定。因为他们两个堂兄弟从小到大，不管是长相举止还是喜欢的东西，从来都是一模一样的。就像他父亲，给他们东西的时候都是一起给一对儿的，例如那对犀角印。

姬青微笑地踏入了粥铺，自然地和那位小老板娘攀谈，很容易就套出了对方的身份。她的父亲是秦国的士兵，而母亲是燕国女子，母亲早亡而父亲依旧在服兵役，所以她依仗着学自母亲的手艺，开了这家粥铺。因为只有贵族才能有姓有氏，所以像她这样没有夫家的平民女子只能承袭父亲的姓，旁人都称她为林女。

林女一边笑着聊天，一边呈上来一碗热气腾腾的甘豆羹。这甘豆羹是用洮米泔和小豆一起熬煮而成，不加任何醯酢，纯甘香甜。姬青只吃了一口，就忍不住眼眶红了。

这是燕国上下最主要的吃食。虽然他贵为世子，每餐都有更好的吃食，但也因为年幼贪恋这份甘甜，经常要求下人做给他吃。

已经……已经很久都没有吃过这种味道了。

香醇糯软的甘豆充盈在唇齿间，姬青强迫自己遗忘的回忆瞬间闪现在眼前。一股抑制不住的思乡之情，如同潮水般席卷了他的全身，泪水再也控制不住地流淌了下来。

林女显然是见过很多次这样的场景，体贴地进了内间，过了一会儿，又端出来一盘刚出炉的蒸饼。

姬青已经控制好了自己的心情，颇觉得不太好意思。这时的他才有了几分少年郎的羞涩不安，连看都不敢抬头看林女一眼，风卷残云般地把蒸饼就着甘豆羹吃了个干干净净。

放下碗，姬青还想跟林女攀谈几句，眼角却扫见跟着他的那两个侍卫站在了粥铺外面，是在提醒他应该回去了。

"公子如何称呼？"林女看姬青穿着打扮，大概猜出他的身份不低，唤他一声"公子",也绝不会辱没他的身份。

姬青一怔,忽然间有种奇异的情绪在胸中弥散开来。

当年,燕丹是否也有过这样的情况?

连自己最喜欢的女子,都不能告诉她自己真正叫什么。

姬青垂下了眼,唇边勾起一抹苦涩的笑容,低声缓缓地说道:"孤……乃燕太子丹。"

自从吃过林女铺子的甘豆羹,姬青就像是换了一个人一样,每天都不再阴沉着脸,几乎每晚都会准时地出现在林记粥铺,就为了吃那么一碗甘豆羹,和林女说几句话。

他早就在交谈之中,了解到了燕丹果然与她熟识,但也仅仅是熟客的地步。燕丹并没有告诉林女他的姓名,甚至都没有用自己的字来代替。姬青知道的时候,表面上微笑,但内心却在冷哼。小心到如此地步,也不愿用假名来糊弄林女,可见他的那个太子堂兄对林女果然是很看重。

姬青去林记粥铺去得很勤,但也一次都没有遇到过燕丹,渐渐也就不再把自家堂兄视为威胁。

就凭现在燕丹那副黄瘦的模样,林女能看得上他才怪。而且若是以后燕丹恢复燕太子的身份,也断然不可能娶一名平民女子为王后。

而他回到燕国之后,便可以恢复自由。虽然可能世子的身份会被弟弟得到,因为顶替过燕丹的身份,在蓟城可能也不会被燕丹所容,那么他可以去燕地其他地方隐居,甚至去其他国家也完全可以。只有他和林女两个人,相依为命。

姬青只要想到这个未来,就会激动得在屋里来回踱步。

在他看来,什么锦衣玉食什么华服豪宅,都只是一座奢华的囚笼罢了。他再也不想遇到什么无能为力无可奈何的事情,他想要自己主宰自己的人生。

只是他现在还是被囚禁的质子身份,根本不能给林女幸福。

姬青的心开始活络了起来,他辗转反侧了数夜,终于给秦王政写下了请求归燕的上书,反复修改了数遍后,才郑重其事地托人递到了咸阳宫。

而之后的几日，姬青都流连在林记粥铺，想要找机会和林女说明自己的身份，想要求得美人归。只是每次在袖筒里摩挲着那犀角印的印鉴，看着林女巧笑倩兮的容颜，都觉得难以开口。

　　是的，再等等，等他被获准归国的时候，他会跟林女全盘托出。

　　姬青第五次整理好心情，从林记粥铺走出，缓步沿着熟悉的道路走回质子府。他以为这一夜会像之前无数夜晚一样，什么都不会发生，但他却在看到质子府大门的时候，发现一直藏在袖筒里的犀角印居然不翼而飞了。

　　怎么会这样？明明走出林记粥铺的时候还在的！

　　姬青很是着急地翻找着袖筒，后面监视他的两名侍卫见状走了上来，询问是否需要帮助。

　　姬青背后的冷汗一下子就出来了，绝对不能让别人拿到这枚犀角印，否则他又该如何解释他拿着刻有别人名字的印章？他姬青在燕国的存在并不难查到，只要是有心人，很快就能察觉到其中的问题。

　　装成若无其事地往回走，姬青事实上心急如焚。他一边焦急地查看着走过的街面上是否有犀角印，一边在脑海中疯狂地思考着丢失犀角印的后果。

　　他真的是太大意了，燕丹随身携带着另外那枚犀角印，本就是傻到透顶的行为，但那至少也是为了留得日后表明身份的凭证。他的这枚犀角印除了会带给他无穷的后患外，根本就毫无用处！他早就应该把这犀角印磨平印鉴，彻底销毁的。

　　只是一直他都下不了手，总觉得这是最后能够证明自己还是姬青的物事，可以随时随地提醒自己究竟姓甚名谁。若是毁去了，就好像是连自己的本心都摧毁了一般。

　　姬青转过一个街角，一眼就看到了有名十三四岁的少年，正卓立在墙角下，来回观看着街上的行人，像是在等着谁。而姬青的目光一下子就看到了他手中像是握着什么东西，而指缝外垂下的赤色丝绦的结式，正是他无比眼熟的祥云结。

　　身体先于大脑的反应，姬青快步地走了过去，却在那少年转回头看向他的那一刹那，看清楚了少年的长相，立刻如坠冰窖。

这少年只穿着一袭看起来不起眼的宽袖绿袍明纬深衣，眉目如画，身形挺拔得如同雨后隽秀的修竹。

姬青很早之前就在大殿上见过他，那时还是孩童的他就已经为秦国立下大功被奉为上卿，在万众瞩目之下侃侃而谈。而之后的他，甘愿成为大公子扶苏的伴读，低调地成为了扶苏的影子，却依旧让人不能小觑。

这时两人已经对上了视线，姬青此时想要掉头就走，也已经晚了，只能硬着头皮向对方行了一礼，算是打了招呼。

"燕太子行迹匆匆，可是丢了东西？"

那少年也同样施了一礼，勾唇高深莫测地朝他笑了笑。

姬青此时已经缓过神来，淡定地点头道："是一枚犀角印，那是孤堂弟之物。"

"吾确是拾到一枚犀角印。燕太子与令堂弟的关系真令人羡慕。"绿袍少年摊开手心，在他如玉的手掌中，那枚酒红色的犀角印正静静地躺在那里。

姬青被他意有所指的话语说得眉头一跳，但还是保持了镇定，毕竟没有人见过第二枚这样的犀角印。姬青笑得落落大方，说道："孤离蓟城之时堂弟尚幼，不忍分离，遂以此物相伴。孤曾许下诺言，归蓟之日，便是归还此物之时。"

他不知道当年他随燕丹离去时，燕丹是如何做的手脚掩盖他的消失，但他相信对方谋划多时，定会处理好其中破绽。只是姬青说到尚幼之时，想起自己和燕丹离开蓟城的年龄，大概就和眼前这被奉为上卿的少年岁数差不多。

果然人与人就是不同的。

内心苦笑连连，姬青从这少年手中收回那枚犀角印，想着多说多错，便郑重其事地向其道谢，就转身离去。

绿袍少年看着燕太子微微有些惶然的脚步，有趣地眯起了眼睛。那枚犀角印恐怕另有内情，他要不要抽空查一查呢？

正思索间，绿袍少年却感觉到有两道视线落到了他身上，还有讨论声隐隐约约地传来。

"咦咦咦？那个……不会是少年时的老板啊！我的天！长得好正太！"

"你小点声！被发现就不好了！话说，那枚犀角印是亚犀种群的古红色犀角吧！天！亚犀犀牛据说在汉代就已经在中原绝迹了，之后在地球上彻底灭绝，连乾隆皇帝都没看到过真正的亚犀犀牛。明清时代的犀角制品几乎全是染色仿古做出来的颜色！天啊……"

"……我怎么觉得你的声音比我的还要大？"

少年皱了皱眉，觉得两人的口音不似其他六国人士，而且胡言乱语。待他回过头看去的时候，却根本没有找到说话之人。

少年暗暗握拳，看来咸阳的城防是要好好整顿一下了。

四

姬青心情忐忑地回到质子府，把失而复得的那枚犀角印锁在了床头的柜子里，不再随身携带。

不久，秦王政有关于他请求归燕的回复也下来了，其与之誓曰："使日再中，天雨粟，令乌白头马生角，厨门木象生肉足，乃得归。"

姬青脸色铁青，秦王政压根就没打算答应他的请求，说什么如果偏西的太阳再回到正中来，天上降下谷子，乌鸦变白头，马生出角，厨门的木雕人像生出肉脚，才让他归燕。这五件事根本就是不可能发生的，也就是说他此生再无可能回归故土。

巨大的打击让姬青一连许多天都没有提起精神出门，直到第五天的晚上，他才想起自己多日未去过林记粥铺了。

心里想着他既然永远回不了燕地，那么是否可以退而求其次？若是一直像这样被圈养在咸阳，他也总不可能不成亲吧？他选不起眼的林女为妻，说不定秦王政还会安心不少。

只是这样聊以安慰的想法，连姬青自己都有点受不了自己的胸无大志。

不过，他又能做什么呢？他只是个被囚禁的质子，不是吗？

姬青情绪非常低落，但完全没料到，他只不过是五日没有来林记粥铺，迎接他的却是门板上的一张封条。

这是怎么回事？姬青慌忙询问着左右的邻居，却被告知林记是两日前被查封的，罪名是通敌叛国，而林女则是被当成燕国间谍抓走，不管是否属实，也肯定是再也回不来了。

姬青如遭雷击，完全不知道为什么会发生这样的事。自商鞅变法以来，秦国的刑罚一向以严苛残忍著称，就连商鞅自己也被车裂而死，更遑论是叛国罪了。姬青央求一直跟着他的那两名侍卫打探下消息，而其中一名侍卫却对他高深莫测地笑笑，暗示他别搅和这趟浑水。

这是……秦王政在对他上书请求归燕的不满吗？

一种刻骨的无力感充斥了姬青的全身，他几乎不知道是如何走回质子府的。

独自在院中呆立了许久，他想遍了各种可以能够求到的门路，都觉得救出林女的希望渺茫。

不管是谁求情，只要秦王政想要林女死，也不过像是捏死一只蚂蚁一般简单。

姬青在空荡荡的质子府漫无目的地游逛着，鬼使神差地走到了下人们居住的偏院，他忽然间很想见燕丹。是的，燕丹也喜欢林女，他不可能眼睁睁地看着她去死，他那么聪明，一定会有办法的！

可是满腔的兴奋，却在他推开木门的时候，变得冰凉一片。

他闻到了浓重的血腥味。

许久不见的燕丹，正躺在血泊之中，他的下腹被插着一柄锋利的匕首。他甚至都没能爬到榻上，更没有力气自己处理伤口。也不知道在这里躺了多久，他居然还清醒着，听见姬青推门而入，甚至还睁开了双目，眼中清楚地写满了惊喜。

"天……怎么不喊人？"姬青慌忙扑了过去，手忙脚乱地想要帮他止血。

"莫……声张。"燕丹轻咳了几下，唇边溢出一道鲜血。姬青一怔，知道燕丹受伤之事并不简单，否则他早就叫人来救命了。

这人怎么能这样？可以眼睁睁地等死？若不是自己心血来潮地来看他，他是不是就要一个人静静地躺在这里无声无息地死去了？燕丹下腹上的伤口实在是太过于骇人，再加上已经过了最佳施救时间，姬青知道若是他拔掉这柄匕首，那么燕丹很快就会因为失血过多而死去。事实上，他此时还能清醒地睁开眼睛，就已经算是个奇迹了。

姬青在房中找到了一壶不知道多久以前的清水，把燕丹的头抬了起来，喂了他几口水。清冷的月光透过窗棂照在了燕丹的脸上，姬青不忍看到那上面沾染的鲜血，用衣袖沾了剩余的水轻柔地擦掉他脸上的血渍。

燕丹脸上一直以来用来掩饰的草汁也随之被擦掉，露出了一张和姬青很相似，却又无比瘦削羸弱青白的脸容。

姬青心中大恸，哀声低问道："这……究竟出了何事？"

燕丹勉强地笑了笑，叹气道："是吾连累了林女……"

"明玑！汝是间谍？"姬青震惊，同时一直以来发生的事情瞬间融会贯通。怪不得燕丹自甘为奴，怪不得他很快就学会咸阳口音，怪不得鲜少出现，怪不得他要改变自己的容貌……原来他交换身份，不是为了让自己为他抵挡屈辱，而是侍从的身份可以更好地打探消息而已！

"为何不跟吾明言？"姬青感到又欣慰又痛心，欣慰的是太子堂兄果然不是贪生怕死的小人，而痛心的是自己居然一点忙都帮不上。

燕丹扯出一个笑容，低语道："琅轩，让汝离蓟，就已是……对汝不住。况且汝顶替吾身份……咳咳……秦国上下都着眼于汝，万不可……有一丝一毫错处。"

姬青猛然一震，想到自己这些时日做的一些傻事。流连于林记粥铺、擅自上书请求归燕、丢了犀角印还被少年上卿所捡到……

姬青搂着燕丹的双手都在颤抖，泣声道："都是吾的错……都是吾的错……"

"莫哭……琅轩。秦法曰，群臣侍殿上者，不得持尺兵……诸郎中执兵，皆陈殿下，非有诏不得上。汝归燕后，可寻一勇士，当朝刺秦王政，此乃绝佳时机……只要秦王政一死……大秦无主……燕国之围立解……"

燕丹断断续续地把自己查到的情报结合自己的想法说了出来，可惜不能亲自送秦王政归西，遗憾之至。

"可……可吾如何归燕？"姬青六神无主。

燕丹无声地叹了口气，觉得自己确是把自家堂弟保护得太过于无微不至，平日什么事都不让他知道，显然也是错误的。这时也没有其他办法，燕丹只好打起精神，把他这些年在秦地安排的人手都一一交托给姬青，告诉他如何假扮奴仆出咸阳，走哪条路线，去找何人接应等等。

言罢，又让姬青把他怀里一直随身携带的那枚犀角印摸了出来，沉默了片刻，才吐气缓缓道："琅轩，其实汝还有一种选择。"

"何种？"

"恢复汝原来身份，逃离咸阳，就说燕太子丹在咸阳已逝矣。"燕丹的双目迷离，呼吸困难，已是弥留之际。

"明玑！"姬青双目垂泪，却不知该说什么。他做梦都想着要恢复自己原来的身份，但此时此刻，却觉得这并不重要了。可是，要让他去密谋刺杀秦王政……"吾……吾不行的……"姬青忐忑不安，他是那么的普通，每天只会怨天尤人，又怎么能承担得了这么大的重担？

"琅轩……可知上次……吾所言之其一其二乎？"燕丹忽道。

姬青一愣，很快就接了下去道："长大成人不在乎是否行冠礼，而在乎是否明理。其一是知晓这世间，即使少了汝，也无一改变。而其二，则是知晓这世间，总有些事，是无论汝如何努力，都无能为力无可奈何的……"

"其三……其三……即使知晓有些事是无能为力……无可奈何……即使天命如此……也要尽最大努力……去斗上一斗……"燕丹的话语凄厉，之后，骤然断绝。

姬青坐在血泊中，直到天色完全暗了下去，才穿着一身满是血污的衣袍，回到了自己房中。

他从床头的柜子里把自己的那一枚犀角印拿了出来，同时把那枚沾满血渍的犀角印也放在了桌子上。

这是这一对犀角印多年以来，头一次放在了一起。

姬青盯着那两枚犀角印，目不转睛。

他究竟是谁？他是姬青，还是燕丹？

这回，他可以选择自己的身份，而不是别人帮他选择。

许久许久之后，他拿起其中一枚，用重物砸得粉碎。

第七章　菩提子

一

1932年，北平。

魏长旭蹲在琉璃厂的中华书局里面，一边翻着手里的书，一边支棱着耳朵听那些老店主们聊天。

琉璃厂这边大早上的一般都没有什么生意，所以那些店主们吃过了早餐，就都拎着个鸟笼子，到中华书局门外坐着唠嗑。有时候谈谈这紧张的时局，有时候聊聊这北京居然被民国政府取消了首都资格，名字也改成了北平，再时不时愤慨下那些金发红毛的洋鬼子们。差不多日头偏移了些许，就都会被自家的伙计们唤回去了。

是的，琉璃厂这里是北京城最繁华的古董街，从清初顺治年间，这里就是汉族官员的聚集地，到后来全国各地的会馆也都建在附近，官员、赶考的举子也常聚集于此逛书市，集市慢慢地变成街坊，连前门和城隍庙的书局古董店铺也都转移了过来。

都说"乱世黄金、盛世古董"，眼看着清末乱世将起，来琉璃厂当古董换黄金的人也络绎不绝。魏长旭一天天地这么看着，发现清晨来这里聊天遛鸟的店主们一天比一天少，大家脸上的表情也越来越凝重。现下时局艰难，眼看着小日本占了东三省，逼近关内，很多人都悄悄地收了铺子，南下避难去了。

今天这些老店主们的聊天，情绪也不高，胡乱聊了几句，就都各自散了。魏长旭见听不到什么消息，便扔下了几个硬币，抓着手中的报纸往琉璃厂的西南方向走去。街上的人并不多，往日热闹的街巷变得冷清萧条，每个行人脸上的表情都透着一股惶恐不安。不远处的北京城里还能听得到零星的几声枪响，也不知道是士兵们的冲突，还是百姓私藏的枪械。也许这几声枪响又带走了几个人的性命，但没有人会因此而动容，大家都不约而同地压低了头，加快了脚步。

熟练地穿过几个街巷，魏长旭推开了哑舍的大门，刚往里面迈了一步，就有一个小孩子撞进了他的怀里，摸走了他手里的《北平日报》。

"苏尧，你能认识几个字啊？还不是要我给你念？"魏长旭撇了撇嘴，没跟对方计较。

魏长旭今年九岁，小时候家里也是颇有资产。但乱世之中，越是富庶家族，就越是破落得厉害。在魏长旭六岁的时候，家破人亡，他流落街头当了个乞儿，差点就被饿死。幸亏这家古董店的老板大发善心救了他，见他对古物还有些兴趣和见识，便留他当了个学徒。

而苏尧小他三岁，当年魏长旭刚来哑舍时，苏尧还是一个孩童。老板说这孩子也是乱世之中他捡的，但魏长旭私下里却觉得这孩子八成就是老板的私生子。因为老板他也太偏心了，就算苏尧年纪小，但各种宠爱备至简直要闪瞎他的眼！看！这小孩儿从小戴在脖子上的白玉长命锁，一看就价值连城喂！他都没有这么好的东西戴！

魏长旭一边看着才六岁的小孩儿趴在黄花梨炕桌上识字看报纸，一边各种腹诽。他把出去买的早餐也放在了苏尧旁边，这时云母屏风后便转出了一个二十岁左右的年轻人，正是这哑舍的老板。

这人常年都穿着一身黑色的中山装，那上面用红线绣着一条栩栩如生的赤龙，老老实实地趴在他的右肩上，端的是无比霸气。魏长旭无论看多少回，都觉得移不开目光。他这么多年就没见老板穿过其他衣服，顶多秋冬时期在外面罩上一层外套而已。

见老板浸湿了毛巾，体贴地给苏尧擦干净了小手之后，把馅饼放在祭红瓷盘中，用小银刀整整齐齐地分成了六块，又把豆浆从罐子里倒出来，用青花瓷碗盛好放在苏尧手边。那一整套动作做得是无比熟练自如，让魏长旭看得各种眼红。

好吧，他也不应该跟小他三岁的小破孩争宠，更何况这个雪团子一样的孩子，也是他看着长大的。魏长旭老老实实地洗过手，抓过一张馅饼，一边吃一边活跃气氛似的说道："今天那些人聊天聊到了之前皇宫里的那场大火，老板，你有印象没？"

老板正在红泥小炭炉上烧了壶水，闻言微一沉吟，便缓缓道："那是九年前的事情了吧，最开始是从神武门开始烧的，由南向北。后来不知道为什么中正殿后面的大佛殿也起了火。那火足足烧了一晚上，据说总共烧毁宫中殿阁一百多间，烧掉了许多珍奇古玩。"老板的声音总是那么平和淡然，但说到最后一句，显然也掩不住话语间的遗憾和愤怒，丹凤眼都罕见地眯了起来。

魏长旭却兴致勃勃地接话下去道："我就是在那一年出生的，我娘被火惊了胎，我提前出来的呢！听说当时有人救火的时候，看到中正殿的火场之中，有或俊美或妖艳的许多人从火场中窜出，都说是那些年代久远的古董修炼成精，化形而出呢！"

这个说法坊间自有流传，但苏尧却是头一次听到，立刻就把小脑袋从报纸上抬了起来，黑白分明的大眼睛一瞬不瞬地盯着魏长旭，希望他再多讲一些。

老板却低垂眉眼，弯腰用火钳拨弄着小炭炉里的木炭，不甚在意地说道："都是那些监守自盗的宫人们特意传出来的谣言，你当这场火是怎么烧起来的？那些年宫中宝贝外流，来琉璃厂的客人们甚至可以预定宫里面的宝贝，连皇后凤冠上的珍珠、寿皇殿的百斤金钟都可以弄到手，肆无忌惮。最后闹得大发了，宫中要查，这才索性放了一把火，推说那些遗失的古董都被火烧得干干净净，当真是无法查证。"

魏长旭撇了撇嘴，其实这也是明眼人都能看出来的，连皇上都带头倒卖古董，上梁不正下梁歪，其他人不还学得有模有样吗？

苏尧见没故事听了，便把注意力放回到手中的报纸上，不一会儿又抬起了头，哼哼唧唧地问道："旭哥，拍卖？拍卖是什么啊？"

魏长旭凑过去一看，差点没把鼻子气歪，一拍桌子怒道："那些瘪犊子！居然想拍卖皇宫里的那些古董！好筹钱买飞机？这是哪个混账东西想出来的？真是岂有此理！"连九岁的他都知道，这虽说是公开拍卖，但其实是想把那些国宝卖给外国人。

真是可笑！连自己老祖宗的东西都守不住，还能期望守住国土？

"老板！你说这可怎么办？"魏长旭求助地看向一旁的老板，在七年前皇宫改成了故宫之后，就对公众开放展览，他也去看过好几次的。那些精美贵重的国宝，在他看来一个都不能少！更何况现在那些国宝根本都不属于皇室了，而是属于整个国家的！

老板依旧淡然地看着红泥小炭炉上的小水壶，等到水烧开之后，稳稳地拿了下来，沏了一杯三红七青的大红袍。嗅着茶香，老板抬起头，迎上一大一小两个期盼的目光，不禁勾唇一笑道："放心，这拍卖拍不成的。没看报纸都大肆宣扬了吗？要是敢拍卖国宝，首先学生们就不会同意。我估摸着，接下来就是游行抗议了吧。"

魏长旭放下几分心来，这北京城的大学生都是热血澎湃的，动不动就会有游行活动，再加上报纸的舆论渲染，恐怕这事成不了。

老板抿了一口澄黄的茶汤，叹了口气道："只是这战火迟早会烧到这里，那些东西若是不想毁在这里，大概很快就会迁到南方了吧。"

魏长旭和苏尧对视一眼。不同于苏尧懵懂的目光，魏长旭却心里明镜似的，知道自家老板和其他人一样，八成也是在考虑南下避难了。

在魏长旭的心中，老板总是料事如神的。

拍卖果然因为学生们的强烈反对和游行示威而夭折，但新的风波又掀了起来。风闻故宫的古董要南迁，一派人认为此举势在必行，但更多的人却觉得宁为玉碎不为瓦全，古董南迁空扰民心，乃是弃国土于不顾的丧家行为。

魏长旭看着报纸上那些文人大打嘴仗，说什么"寂寞空城在，仓皇古董迁"的话语，他只恨自己肚子里没有多少墨水，否则真想操起笔来跟其对骂。不作为的是那些军阀士兵！那些古董们根本没有错！凭什么要在这里陪着这座北京城一起消亡？

到底是人命重要，还是那些文物古董重要？

估计不同的人都会有不同的答案。

但魏长旭虽然小，却也知道故宫里的那些文物古董，并不能以常理来论。那是中华民族几千年传承下来的遗产。

是这个民族的文化。

绝对不可以被人掠走或者销毁！

"老板，我想去当兵。"魏长旭纠结了许多天，终于握着拳坚定地说道。

苏尧歪着头懵懂地看着他，小孩子的概念里，还没有意识到当兵是多么可怕的一件事。

老板放下手中的青花瓷盖碗，摸着魏长旭的头，笑了笑道："你才九岁，人家不收你的。"

"可是……"魏长旭也知道这是实话，恨不得自己一下子就长大。

"别急，我知道你的心思，会让你心愿达成的。"老板高深莫测地笑笑，奇迹地抚平了魏长旭心中的骚动和不甘。

二

过了没多久，在北京城的天气开始转冷的时候，老板带着他们去了一趟故宫。

因为时局日益恶劣，也少有人来故宫参观。本来红墙绿瓦金碧辉煌的皇宫，在硝烟战火的笼罩下，看起来无比的冷清萧索。穿梭于神武门的，就只有络绎不绝地运送木箱和棉花的车辆。魏长旭这时亲眼所见，才知国宝南迁的事情已成定局，不禁心中喜悦。

他不懂政治上的那些弯弯道道，也不管这南迁究竟是出于什么原因，但只要那些巧夺天工的国宝们可以保存下来免于战火，他就心满意足了。

只是文物古董南迁并不是想象中那么容易的事情，而是一项巨大的工程。清朝的皇帝自康熙起，就有超级强悍的收藏癖，接下去继位的儿孙们，也纷纷效仿，甚至变本加厉。所以故宫的宝贝当真是数不胜数，古董南迁也不可能全部都带走，只能选择最珍贵的。古董粗略就分为瓷器、玉器、铜器、字画、印章、如意、烟壶、成扇、朝珠、牙雕、漆器、玻璃器、乐器、盔甲、仪仗等若干种类，书籍文档也很多，例如文渊阁存的四库全书、摛藻堂存的四库荟要、善本方志，还有各种藏经佛经、军机处档案、奏折履历、起居注、玉牒、地图等各种繁杂书籍，数不胜数。

魏长旭带着苏尧一边走，一边听着老板如数家珍，觉得脑仁都开始疼了。等他好不容易走到目的地的时候，他就看到故宫的工作人员已经开始把那些文物古董分门别类地装箱了。

至于老板为何来这里，也是因为装箱的时候需要行内人的经验，琉璃厂的古董商被请来了好几位，细致地为工作人员介绍什么材质的古董需要什么样的箱子，中间需要除了棉絮外的其他哪些填充物，怎么合理利用每一处缝隙等等。而作为回报，这几家被请来的古董商，都是要随故宫的古董南下的，倒是要比自己单独上路安全稳妥得多，至少不用去另外自己找车票或者船票了。

魏长旭和苏尧是两个小孩子，老板是不放心把他们单独留在店里才带来的，只要他们乖乖地坐在一边不添乱就没人理会。魏长旭倒也不甘心就那样傻坐着，带着苏尧这个跟屁虫也帮帮递绳子搬搬棉花谷壳送送剪刀什么的，也懂事地不去碰那些珍贵的古董，生怕不小心弄坏了，卖了他们都赔不起。

魏长旭嘴甜勤快，苏尧腼腆乖巧，两个孩子很快就赢得了大家的喜爱，而魏长旭也在几天后得到了允许，可以去翻看那些不装箱的古董。当然即使是那些被淘汰的古董，他也不能随意带走，但只是看看也没有什么。

这一天，他翻出来很大的一箱珠子，他抓了几个去问老板，才知道那是一箱菩提子。

"菩提子？是英华殿院子里的那棵菩提树结的果子吗？"魏长旭想起那棵郁郁葱葱的菩提树，在盛夏的时候，就像一柄绿色的大伞亭亭如盖。经常听古董店掌柜们聊天的他其实了解得很多，他知道释迦牟尼在菩提树下静坐了七天七夜，修成正果顿悟成佛的故事；也知道菩提在佛家用语中，是觉悟的意思。

"不是，菩提子是一种川谷草结的果子，产于雪山。菩提子有许多种类，最适合做念珠。"老板伸手拈起一颗菩提子，细细端详道，"你看这念珠表面布有均匀的黑点，中间有一个凹的圆圈，宛如繁星托月，整颗菩提子呈周天星斗众星捧月之势，故名星月菩提子。这也是菩提子的四大名珠之一。"

"啊？这么贵重的东西，怎么不装箱一起带走啊？"魏长旭一听就急了，他天天去翻看那些被淘汰的古董，也是基于这样的心理，总觉得要带走所有的东西不扔下一个才更好。

老板拨弄着魏长旭手中的菩提子，淡淡道："那箱菩提子我之前也看到过，应是这么多年宫中的收藏，还未编成串的散珠。这是银线菩提、佛眼菩提、凤眼菩提、天意菩提……唔，虽然种类很多，也很难得，也许也被高僧加持过，但菩提子乃是一种植物的果实，只要川谷这种草不灭绝，就会有更多的菩提子结出来，并不那么珍贵。"老板神色淡然，语气中却透着说不出的萧瑟意味。他直起身，望着那些陆续被装箱的文物古董，叹了口气道："可是你看那些瓷器，烧制的秘法已经失传，那些玉件摆设，琢玉的师傅已经过世。那些都是真正的传世珍品，碎一件就少一件啊……"

"这……"魏长旭咬了咬下唇，想要说这一路不会出问题的，但也知道这是自欺欺人。这些天里，在故宫忙碌的所有人都面色凝重，即使知道前路茫茫，也要小心翼翼地摸索着前进。

老板只是偶发感慨，很快就回过了神。他摸着魏长旭的头，知道这个孩子喜爱古物到了一种走火入魔的地步，反而开解道："佛家讲有六道轮回，人是终将要死去的，器物也是会消亡的，所以一切要看得淡一些。做自己力所能及的事，尽心尽力了就好。"

魏长旭听得出这句话里饱含沧桑，他抬起头，发现老板正定定地看着不远处正在捧着古籍翻看的苏尧。

这一刻，老板的眼中，有些他看不出来的复杂意味，直到他多年以后回想起来这一幕，都参悟不透。

虽然被冷酷地告知这一大箱菩提子不能被带走，魏长旭也并不放弃，他执意找到了院长，得到了允许之后，便和苏尧开始了一项任务。他们俩用纸叠了方包，在里面放上一颗菩提子，在每封一箱文物的时候，都往里面虔诚地放上这个纸包，祈祷这些菩提子可以保佑这些古董不会遭受意外。他们还抽空把菩提子串成手钏，给每个工作人员都发了一串，祈祷可以保佑他们一路平安。

魏长旭自己戴了一串棕色的太阳菩提，苏尧是一串白色的雪禅菩提，老板则戴了一串金钟菩提。

然后，在1933年2月6日，故宫第一批文物古董开始正式装车起运。

尽管在最开始，魏长旭就知道这一路并不好走，但他也没能想到，居然会一路坎坷至此。

他们险些连北京城都没出去，装载古董的车辆一出故宫大门，就被一直守在门口的学生们包围了。好不容易一路艰难地挪移到了火车站，气氛也越来越失控。有激进的学生甚至直接躺在铁轨上，用卧轨来阻止国宝离京，馆长好说歹说发表了一阵演讲才把他们劝走。又因为之前报纸上把国宝南下的事情闹得沸沸扬扬，火车途经徐州之时，居然还有匪众出没想要抢劫国宝，结果这些亡命之徒真枪实弹地和当地军队打了一仗，发觉没有油水可以沾，才不甘心地离去。

装载文物的两列火车一直到第四天，才好不容易到达了南京下关，之后又有命令下来说古董要转运洛阳和西安。一起随着火车南下的其他古董店主，都纷纷带着自己的东西离去。魏长旭知道老板估计也会如此，但他却一点都不想走。

他还没看到这些国宝安定下来，又怎么肯轻易离开？

虽然他一个字都没说，但老板还是看透了他的心思，把他和苏尧留了下来。

"老板怎么自己走了？"苏尧拽着魏长旭的衣服，特别的不高兴，小嘴噘得都能挂酱油瓶了。

"乖，老板他去处置哑舍的古董了，他会回来的。"魏长旭却很高兴，自

第七章 菩提子

已还可以留下来。他细心地把苏尧脖颈上的白玉长命锁放进他的衣襟里，财不外露，尤其是在这样混乱的年代。

三

故宫的古董一直停放在南京下关火车站，直到两个多星期后，才用船转运到上海。这期间北京故宫的文物前后五次分批运到，包括颐和园和国子监等处的古董。魏长旭因为取得了工作人员的信任，已经可以帮得上忙，和苏尧两个人做些力所能及的事情。等到最后文物古董最终的数字统计出来，所有人都默然无语。

一共一万九千五百五十七箱，上百万件文物古董。

魏长旭被这个数字狠狠地震撼了一下，这还是大家挑拣过的，无一不是极其珍贵的宝贝。

但他现在完全没有办法看到那些琳琅满目的珍品，在偌大的仓库中，堆满的是整整齐齐的木箱，空气中盈满的是令人难受的灰尘和棉花味道，但魏长旭心中不禁感到一种莫名的悲哀。

到底一个民族，是要破落到何种地步，才会被迫做这样声势浩大的文化迁徙？

而到底要到什么时候，这些珍品才能免于蒙尘，重新擦拭一新地摆在展馆中供人观赏膜拜？

他……还能有看到那个景象的一天吗……他能保证这些珍品都一个不漏地继续存在于世间么……

"旭哥？"苏尧敏感地察觉到魏长旭低落的心情，不安地拉了拉他的衣角。已经换成粗布麻衫的苏尧，虽然还是白白净净，但由于这些时日的颠沛流离，已经瘦了许多，本来圆润的鹅蛋脸已经瘦成了尖下巴。

"不怕，我们会赢的。"魏长旭把苏尧搂在怀里，喃喃自语地说道。

像是在说服对方，更像是在说服自己。

但现实永远比人想象的还要残酷。

有人开始别有用心地散布谣言，说院长易培基先生监守自盗，从北京城运出这些古董是要卖给外国人的。三人市虎，曾参杀人，还真有人信以为真，事情也就传得越发有鼻子有眼，连南京政府都发了传票，要法院择日开庭审理。其间辛酸自不用提，有好几人被连累下了大狱，无处申冤，很久以后才被释放。

老板在几个月后到上海寻到了他们，就再没有提出离开，而是留下来参与了文物保管工作。

时间一晃就是三年，南京政府终于把朝天宫库房整理了出来，故宫的文物古董也从上海回到了南京。魏长旭此时已经是少年人了，瘦长的身材还在不停地拔高，苏尧也已经快要满十岁，越发的腼腆内向。他们和文物古董一起顺利到达南京后，陆续又做了一年整理工作，当所有人都以为可以安定下来，已经十三岁的魏长旭甚至动了念头想要离开参军了，可1937年却并不平静。

民国二十六年，也就是1937年7月7日，卢沟桥事变，北平沦陷。

随后的8月13日，上海爆发八一三事变，上海沦陷。

战火已经烧到了南京附近，有时候仰头看天，都能看得到天边那抹像是随时都能压下来的厚重乌云，压抑得让人无法喘息。

上海八一三事变的第二天，故宫博物院就做出决定，继续迁移文物，第一批14日早上就迅速转往长沙。老板当时就想让魏长旭和苏尧跟着第一批文物离开南京，但魏长旭知道老板定是不肯最先走的，强硬地陪他留了下来。文物陆续转移，但大体上一共分了三路，南路前往汉口转运长沙最终到安顺，中路去往宜昌转运重庆最终到达乐山，北路是经徐州、郑州到达西安。魏长旭他们最终选择了坐火车北上，据说最后中路的那批九千多箱文物，一直在南京滞留到12月8日，才终于搭上了黄浦号轮船，离开了南京。

而五天后，南京沦陷，日军做下了举世皆惊的南京大屠杀惨案。

究竟还要在黑暗中待多久，才能迎来黎明呢？

魏长旭和苏尧挤在卡车货厢的缝隙间，随着车厢的晃动而身体无意识地颠簸着。现在已经是1939年的春天，他们一路历经千辛万苦，两年前装载文物的火车从南京开出之后，才到徐州就遭到了日本空军的轰炸袭击，幸好火车停靠在了废弃的轨道上，才逃过一劫。过郑州的时候也经历了轰炸，幸好也是有惊无险，没有一点损伤。过了郑州之后又转往西安，后来又转去了宝鸡，因为日军轰炸得厉害，又被迫转移。结果从宝鸡到汉中仅仅一百多公里的秦岭路程，他们走了快三个月。在翻越秦岭的途中，他们遇到过土匪和野狼，几经历险，魏长旭觉得就算是当兵也不过如此了。

据说其他两路的文物古董也并不是风平浪静，水路去往重庆的那一路，在三峡时差点翻船入江，幸亏在最后时刻有经验的船夫力挽狂澜。转往长沙的那一路也是困难重重，险些遭受日军轰炸，最终决定把文物转往峨眉乐山一带。

魏长旭他们也是朝入蜀的方向去的，只是他们是从陆路入蜀。

李白曾有诗曰："蜀道难，难于上青天。"魏长旭本来以为翻越秦岭的山路就已经是够艰险的了，结果到了入川的栈道，他才知道什么叫作蜀道难。

所谓蜀道实际上就是栈道，是在悬崖峭壁间开凿一个个孔洞，在孔洞内插上石桩或木桩，上面再横铺木板或石板。这种狭窄的栈道承重有限，一辆车最多也只能载三四个箱子，还必须有人在前面领着卡车走，在峭壁上转弯时还要鸣笛示意，车队前进得出奇的缓慢。一段才二里的栈道，一个往返就要走上两三日，魏长旭问了一下带路的乡亲，他们若是按这样的速度走到峨眉，估计至少也要走六七个月。

"旭哥，你身体好了点没？"已经十二岁的苏尧完全是个少年人的模样，穿着的军大衣已经在路上磨损得破旧不堪，但他的脸庞依旧白皙，此时正满脸担忧地用手碰了碰魏长旭的额头。

整个寒冷的冬天，都在秦岭的山林间煎熬，魏长旭的身体就算再好也顶不住了。苏尧有些焦急起来，甚至还有些怨恨自己。若不是魏长旭把衣服执意都塞给他穿，又怎么能把身体冻得如此破败？想到这里，苏尧便把身上的军大衣脱了下来，不顾魏长旭的抗议又把他裹了一圈。"旭哥，你先坐着，我下去找老板，看看他那里还能不能弄来药。"

魏长旭想要抓住他不让他乱走，他们能蹭卡车坐着，就已经是别人多加照顾了，没看其他人都在下面用脚走路的吗？但苏尧的行动很快，他终归是病着，手伸出去什么都没有抓住。

这臭小子……魏长旭无奈地又闭上了眼睛，高热的身体让他的脑袋停止了思考。在迷迷糊糊间，他仿佛听到了有人高声呼叫，然后就是刺耳的汽车喇叭鸣笛声，他的身体仿佛不受控制地猛烈晃动起来，愕然地睁开眼睛，就看到他坐着的卡车冲出了栈道，一头朝山下的深涧跌去！

幸亏苏尧早就下车了。

魏长旭在那一瞬间，脑海中居然闪过了这样的念头。

也许是人在生死关头的潜能迸发，魏长旭迅速地做出了判断。若他此时立刻朝下跳去，说不定还能侥幸抓到栈道下面的木条。但他的第一个动作，就是把车上的箱子往下扔。上车时他习惯性地扫了一眼箱子上的编号开头，是"经"字，那就是《四库全书》的经部。既然是书，那就不怕摔，但就怕掉进江中，只要被水一泡就完了。

三箱书很沉，但在下落的过程中，魏长旭也不知道是自己绝境之中的力气倍增，还是上天赶巧，在卡车跌入江中之前，三个箱子都被他扔到了滩涂之上。也没工夫去看卡车司机是不是来得及跳车，他看准了一处草木繁盛之地，便斜身朝那个方向摔了过去。

魏长旭眼中最后的画面，就是手腕上的菩提子佛珠串被树枝挂断，漫天的佛珠飘散，在乌蓝的天空下弥漫着一种令人心安的氛围。他心神一松，之后就什么都不知道了。

四

"……为什么不让我救人？这孩子他还活着啊！"

"你这样，就改变历史了啊！如果你没有通过罗盘来到这个时间，这个人说不定就会这样死去。你若是救了他，产生了蝴蝶效应，以后一连串的事情发生变化，导致历史发生偏差，这个责任，你来负吗？"

"我是个医生！责任就是救死扶伤！我怎么可能就这样袖手旁观？"

"你要考虑大局，如果每次都这样，我觉得我们还是不要擅动洛书九星罗盘了。"

"……你这是在威胁我？"

"这不是威胁，而是实话实说。"

"你！"

这两人是谁啊？怎么在吵架？洛书九星罗盘？这名字听起来怎么有点耳熟啊？

魏长旭只是意识清醒了这么一瞬间，就又头昏眼花地陷入了黑暗。直到像是过了一辈子那么长的时间，他才重新感觉到自己身体各处传来的疼痛。

还痛着，就说明自己还活着。

魏长旭咬着牙坚持着感觉自己身体各处，他的腿应该是摔断了，幸好苏尧最后给他裹上的一层军大衣让他的胸腹上身没有遭受更大的创伤。真是上天保佑。

也不知道那三箱书有没有损坏。

魏长旭迷迷糊糊之间，隐约感觉到自己被人搬来搬去，也被喂了一些药片和打了针。等他可以睁开眼睛时，立刻就看到了苏尧哭红的小脸。

同样守在一旁的老板知道魏长旭还说不出话，但从他的目光中领会到他最想要问什么，便拍了拍他的头欣慰地说道："那三箱书一本都没丢也没浸水，真是多亏你了。你的腿也没什么事，不过要好好休养。有人救了你，是谁你还有印象吗？我们没找到人，可要好好谢谢人家。"

脑海中闪过一些争吵的片段，魏长旭不解地摇了摇头，事实上那些话他根本有听没有懂。

老板皱了皱眉，悬崖峭壁危险至极，他们绕了好大一圈，一天之后才下到悬崖底下的滩涂。当时司机已经坠亡，但魏长旭却好好地躺在滩涂上，断腿处被绑好了，还接骨接得极好，包扎得非常细致没有导致失血过多。滩涂上散落的书也被人一本本地摞好放得整整齐齐，甚至按照原本的顺序排列着。若不是在博物馆工作的人，是根本做不到这一点的。而且连书箱里苏尧塞的三颗菩提子还有掉落的太阳菩提子手钏也一个不少地都找了出来。

一切都很奇怪，但老板也没太深思，看着魏长旭勉强地撑着眼皮，便嘱咐他好好休息。

路还长着呢。

是的，路确实很长，一直到这一年的秋天，他们才到了高耸雄踞的剑门关。之后又辗转从成都到了峨眉山，然后一待就是七年。

"我们的正义必然战胜强权的真理，终于得到它最后的证明……日本天皇已经宣布无条件投降……"

嗞啦嗞啦的电波中，传出令人振奋的消息，一时间屋子里面欢呼和喜极而泣的声音不绝于耳，魏长旭使劲地闭了闭眼睛，还有些不相信这是真的。

在黑暗中待了太长的时间，对于光明的骤然降临，他有着本能的战栗和不敢置信。

"旭哥！我们可以回去了！"苏尧欣喜地扑向魏长旭。他已经十九岁，是个成年人了，魏长旭禁不住对方一扑，从小板凳上摔倒在地，疼痛让他清醒过来。

这不是梦！这是真的！

"嗯，我们可以回去了。"魏长旭压下心头狂喜，反而回头看着在寺院中堆积的木箱，理智地说道，"不会很快就走，最少也要再待两年，等国内形势平稳。"他今年二十二岁，已经完全是个大人了，也能很快地分析出形势利弊。

苏尧却小心翼翼地把他从地上扶了起来，因为在栈道上的那场事故，魏长旭的身体留下了病根，在山中清苦没法休养好，更是日渐消瘦。苏尧这些年来，简直就是把他当易碎的宝物来对待的，况且在老板离开之后，他们更是相依为命。

"老板他……应该不会跟我们回去了吧？"想起老板，苏尧低垂下头，抿紧了唇。

魏长旭捏了捏他的肩膀，并没有说话。

七年前他们在峨眉山落脚之后，老板就离开了，三年前才悄悄地回来看过他们一眼。魏长旭此时回想起来，才发觉老板的相貌居然和十多年前没有任何区别，现在若是和他们在一起，感觉都像是比他们还要年轻。

"别想了，我们还是好好庆祝一下吧！"魏长旭起身推开窗户，让久违的阳光照在脸上，长长地吐出一口气。

很快，很快他的愿望就可以实现了！

事实上回去的路也并没有想象中的那么好走。

日本天皇虽然签署条约宣布无条件投降，但国内的日本军阀并不甘心就此退走。再加上国内形势遽变，国共两党又起争端，局势一下子又扑朔迷离起来。

文物古董整理有条不紊，因为没有了空袭轰炸的隐忧，所以回南京的文物都在重庆集中，到了两年后才启程。一路上也是事故不断，好在他们队中没有伤亡，顺着长江而下，直达南京。北平故宫博物院在民国十四年双十节成立，终于在二十二年零两个月后，所有迁徙的文物古董又归于了一处。

国内的战争依旧没有结束，但魏长旭却并没有太担心了。毕竟都是国内争端，也绝不会危及老祖宗的遗产。他每日埋头整理那些价值连城的文物，每每在闲暇之余，都感叹这十五年的颠沛流离。无论哪一路的古董，行程都超过了一万两千多公里。而这上百万件古董，经历了万里长征，居然没有一件遗失或者破损的，当真是难能可贵，算得上是一场奇迹。

由于日夜辛劳，他的身体日趋衰弱，每每苏尧劝他多休息，他也无暇注意。

1948年底，开始陆续有文物分批转往台湾。魏长旭没有拦阻，也没有办法拦阻，他只是一个小小的管理员。而且分开又能如何？他知道这些文物会受到很好的对待，即使分隔海峡两岸。

也有人劝他一起离开大陆去台湾，他却没有应允，依旧留在南京的朝天宫，整理着剩下的那些文物古董，苏尧也一直默默地陪着他。

直到第二年的秋天，枫叶再次红了，但他却变成了孤单一个人。

五

老板再次出现在他面前，依旧是那样的年轻。

魏长旭抖着唇，把那个白玉长命锁放在了他手中。

"他是怎么走的？"老板的话语很平静，像是早就知道苏尧会出意外一般。

"在梯子上……摔下来的……"魏长旭闭了闭眼睛，仿佛还能看得到那天晚上的情景，"仓库很暗……为了怕有火灾……所以并没有点煤油灯……他……他一脚踩空……"

"嗯，又是没到二十四岁。他应该没有经历什么痛苦就去了，还好。"老板淡淡地说道，语气中有着说不出的怅然。他垂眼看了一下手中的长命锁，抬起头盯着魏长旭看了半晌，喟然叹道："谢谢你照顾他，虽然只是顺便的。现在战争已经平息了，你的心愿……应该已经达成了吧？"

魏长旭恍恍惚惚，并不能理解老板说的话究竟是什么意思。他环顾了一下四周整理得整整齐齐的仓库，像是若有所悟，放松地闭上了眼睛。

老板的面前，只剩下一摊衣物。他弯腰从衣服里面捡起一颗核桃大小的菩提子。

那是一颗金刚菩提子，是菩提子中最名贵的品种。

金刚，为坚硬无比无坚不摧之意，有可摧毁一切邪恶之力。金刚菩提子有分瓣的等级，一般常见的都是五六瓣，形似核桃，分瓣越多就越珍贵。老板手中的这一颗，是只有传说中才能存在的二十二瓣金刚菩提子。红棕色的表面还有着火烧火燎的痕迹，现在已是裂痕斑斑。

"二十六年前,中正殿后的大佛殿起火,你拼尽最后愿力转世投胎,化为人形……

"此间保护古物的心愿已了,我定会选个香火旺盛之地,令你多受供奉,重修愿力……"

此后,再也没有人看到过那名叫魏长旭的小管理员,熟悉的人都以为他由于弟弟的意外,也伤心离去了。

第八章　獬豸冠

一

公元前1年，长安。

初夏刚刚来临，金色的阳光透过树叶的缝隙，在地上形成一片片光斑。有些荒芜的庭院之中鸟鸣虫唱，此起彼伏，一派欢乐祥和。

王嬿轻手轻脚地拎着食盒，走过庭院的回廊时，发现一只色彩斑斓的蝴蝶黏在了蜘蛛网上，正垂死挣扎着。虽然有一些蛛丝被它挣断，但它还有一半的翅膀没有挣脱出来。

轻呼了一声，王嬿左右看了看，捡起草丛里的一截断枝，把那只可怜的蝴蝶从蜘蛛网上救了出来。

目送着蝴蝶跌跌撞撞地飞远，王嬿才想起自己还要去给父亲送饭，不禁撩起裙摆，加快了脚步。

王家是一个大家族，大到旁人无法想象，这一切也仅仅是因为当朝太皇太后姓王。

当年汉成帝即位后的第一件事，就是加封袭爵阳平侯的伯父王凤为大司马大将军领尚书事。这个可是比丞相还要厉害的官职，真可谓是一人之下万人之上。很快，汉成帝又在一天之内封了王家五位叔伯为侯。王家顿时成为长安新贵，权倾朝野，无人能敌。最后王氏兄弟全部封侯，王氏一族的子弟瓜分权柄。渐渐地，长安的官都不够分了，连地方上的臣僚，也大多姓王。

王家成为当朝第一大姓，王氏的府院宅邸在长安城内层楼叠榭连绵数里，后院姬妾成群奴仆千万。王氏兄弟们视宫中为自家宅院，随意出入留宿。还有王氏子弟擅自把长安城墙凿穿，引城外河水注入府内，只为了给庭院蓄个巨大的水池泛舟。甚至还有人在庭院内建造殿阁，与未央宫内白虎殿一模一样，严重僭越最后也不了了之，汉成帝也没有做出任何处罚。这长安城内的达官贵族们都知道，即使是惹到了姓刘的，也不能惹姓王的。因为刘姓王侯都分封诸地不在长安，但姓王的却都拐弯抹角地与王氏家族有所瓜葛。

在这样奢华无度声色犬马的王氏家族，王嬿觉得她父亲活得就像是一个异类。

因为她的爷爷去世得很早，没有赶上分封诸侯，所以王嬿的父亲是过得最清贫的一个，从小就在叔父们的家里轮流生活。也许是因为寄人篱下，她父亲为人谦恭严谨，生活简朴一丝不苟，在分家之后奉养母亲和寡嫂，对待兄长的遗子比自己的儿子还要好。再加上他坚韧好学，尊长爱幼，谦卑有礼，在王家一群纨绔子弟的映衬下，很快就成为了楷模，声名远播。

王嬿知道很多人都称赞她的父亲，但她也能看得出来有些人称赞得真心实意，有些人却透露着讽刺嘲笑。她家中确实清苦，即使她父亲之前官至大司马，但俸禄和赏赐都接济了下属或者平民。王嬿现在已经九岁，全身上下连一件饰品都没有，她娘亲之前还被来家中拜会父亲的下官认为是王家的婢女，可见她娘亲穿得是有多朴素。

右手拎着食盒有些酸了，王嬿把食盒换到了左手，用右手撩着裙摆。她这身墨绿色的襦裙为了省些银钱，是算着她身量会长，索性做得大了些，裙摆就暂时拖着地，不太好走路。往常给父亲送吃食的都是娘亲，但自从她二哥逝去，父亲和娘亲彻底闹翻，娘亲再也没给过父亲好脸色。

想起那疼爱自己的二哥，王嬿的小脸上也浮现出凄楚。即使过了半年多，他们家也从封国新都搬回了长安，但王嬿永远都忘不了那件事。

因为汉成帝驾崩，新帝即位，新的外戚家族傅氏上位。傅氏家族想要复制王氏家族的辉煌，当然首要就先处理王氏家族的几个出头人。王嬿的父亲黯然卸职，到了封国新都隐居。虽然离开了长安的繁华，他们一家也习惯了这种清静低调的生活，但有人却并不习惯。

连狗都会仗势欺人，更别说人了。

娘亲向来脾性柔弱，父亲后院简单，她和四位兄长都是娘亲一人所出，所以根本不用施展什么手段就能管家。但父亲身边的家奴，在父亲面前是一副唯唯诺诺的态度，转身又是一张狰狞凶残的嘴脸。直至到了封国新都，因为远离长安，周围都是平民百姓，他便越发嚣张跋扈起来。她二哥王获一次撞到那家奴欺压百姓差点逼死无辜女子的场面，积怨已久的愤怒当场爆发，一拳挥去，那名家奴摔倒在地，不巧头部磕到了砖石，竟是一命呜呼了。

其实说到底，这也并不是一件大事。在大汉朝，奴婢是主人家的财产。家里有多少奴婢，也是作为和马牛羊一样的财产登记在户籍中，都要征税的。这就和家里有一个碗一样，碎了就碎了，谁管你是不小心摔碎的，还是故意摔碎的。更何况那家奴本就死有余辜，王嬿在听到这事时，也只是怔了一下，并不当回事。

但在她父亲眼里，这是一件天大的事情。

他责骂王获，并不是用难听的词语，而是用各种王嬿所听不懂的圣人言论。骂得本就因为失手杀人而愧疚万分的王获，当天晚上就饮恨自尽了。

王嬿至今都还记得那个晚上，她的父亲宁肯相信他人的片面之词，也不肯相信自己的儿子，坚持他自己的孔孟之道，惩恶扬善。

可是，何为善恶？不杀生就是善了吗？漠然旁观就是善了吗？大义灭亲就是善了吗？

结果反而因为二哥为家奴偿命的这件事，她的父亲得到了长安城那帮达官贵族的关注，纷纷提议让他复出。不久之后他们便返回了长安。但王嬿一点都不开心，这是用二哥的命换回来的，她宁肯不要。

因为二哥的事情，娘亲闭门不出，三位兄长与父亲离心离德，王府的下人们也诚惶诚恐，不敢接近他们一家，生怕被其他兄长迁怒。所以现在给父亲送饭，也就只有她能做了。

二

王嬿穿过萧索的庭院，来到父亲的书房，轻车熟路地敲了门，得到应允后推门而入,弯腰把食盒放在了案几之上,不意外地看到了父亲正拿着一顶发冠端详着。

那是一顶獬豸冠。

王嬿自小和父亲的关系就很亲密,她也知道这獬豸冠是父亲的夫子赠予他的。传说獬豸是一种神兽,在尧做皇帝的时候,把獬豸饲养在宫里,它能分辨人的善恶好坏,在发现奸邪的官员时,就会用头上的独角把他顶倒,然后吃下肚子。在春秋战国时期,据说楚文王曾经有一只獬豸,之后照它的样子制成了发冠戴于头上,于是獬豸冠在楚国成为时尚。后来秦朝执法御史都戴着獬豸冠,汉承秦制也是如此,民间称其为法冠,是执法者所戴的发冠。

王嬿的父亲并不是御史,所以这顶獬豸冠他一直没有戴过,仅在书房内把玩,提醒自己一定要明辨曲直,惩恶扬善。王嬿以前看到这顶獬豸冠的时候,还会心生崇敬,但自从二哥去世后,她便觉得好笑,只是不便表露出来。

"嬿儿。"王莽放下手中的獬豸冠,慈爱地朝王嬿招了招手。王莽蓄有一把美须,颇有读书人的儒雅气质,而且因为性格温和谦恭,整个人看上去就让人心生亲近之意。

王嬿乖巧地跪坐在父亲身边,扬起脸娴静地浅笑。

王莽温和地摸了摸她的发顶,叹气道:"夫人把汝教养得很好,若非当今圣上不爱女色,老夫定要考虑送汝进宫。"

王嬿垂下眼帘,盯着自己裙摆上那抹被泥土沾染的污迹,心内不以为然。她父亲当真是糊涂了,她今年才九岁,还远远未到及笄的年纪。而当今圣上都已经二十有五,别说圣上不好女色专宠现任大司马,就算是好女色,也看不上她这个小丫头啊!

自从二儿子自尽后,妻与子都与他疏离,王莽也就只有和女儿说说话,并不在乎女儿听不听得懂。

王嬿百无聊赖,垂着的眼眸乱瞄之下,发现案几上的獬豸冠居然不翼而飞,取而代之的竟是一只巴掌大的白色小羊!

不敢置信地狠狠眨了几下眼睛,王嬿几乎以为自己是在做梦,耳边父亲絮絮叨叨的声音不断传来，但心里却明明听得到另外一种声音。

"丫头，尔能见本尊否？"

王嬿震惊地看着案几上忽然出现的小羊，准确来说，这也并不是小羊。

"嬿儿，怎么了？"女儿异常的表情让王莽警觉，连忙顺着她的目光看去，发现女儿正看着的是他手边的獬豸冠。

"没……没什么……"王嬿发觉自家父亲根本看不到那只忽然出现的小羊，便好奇地问道，"父亲，獬豸……是何模样？"

"獬豸，神羊也，身从羊，头从麒麟，额上生独角。"王莽难得见女儿询问他，便拿出十二分的耐心。

有着羊的身体，头长得和麒麟一样，额前有一枚独角……王嬿一边听父亲说，一边比对着那头小羊的模样，越看越心惊。这明明就是一头獬豸！

"嬿儿可识'善'字否？善字乃羊字头，獬豸能分辨善恶曲直，神羊也。"王莽已经记不起来曾经给王嬿讲过獬豸冠的来历了，于是又详尽地讲了一遍，并没有注意到自家女儿听得心不在焉。

"他说的没错。而且能看到本尊的人，都是至善之人。"那獬豸眨了眨那双黑色的眼瞳，王嬿竟能从那其中看出来一抹笑意。

但王嬿却觉得毛骨悚然，她并不觉得自己能看到神兽会是一件好事，要不然为何她以前从没看到过，偏偏今日才能看得到？她……才不是什么至善之人。

可是，为什么父亲会看不到獬豸？连他都不是至善之人吗？

"尔父乃伪善之人，自是视本尊为无物。"

见獬豸能知道她心中所想，王嬿有些骇然，转念一想，对方既是神兽，这点神通又算得了什么？但听到对方说自己父亲是伪善，当下便有些不太高兴。

那獬豸嘿嘿一笑，续道："尔父幼时对长辈稍有谦恭，便会得到赞誉。他醉心于赞誉，压抑自身天性。此等为赞誉而做出的善，并非真善，而是伪善。"

王嬿呆若木鸡，她并不想相信獬豸的话，但它说的每个字都直刺她的内心。

为何父亲一直独守清贫？为何父亲要洁身自好？为何父亲宁肯逼死自己的儿子……也要这世间人人称颂？

一切的一切，都是沽名钓誉吗……

"一人之善，对他人也可为恶。本尊观尔救那蝴蝶，可辛苦织网的蜘蛛，岂非因尔而饿死？同为世间生灵，蜘蛛丑而蝴蝶美，尔因何救蝴蝶而害蜘蛛？若非蝴蝶濒死，而是蚊虫落网，尔又当如何？是救还是不救？"

王嬿被獬豸一个接一个的问题，问得心神俱乱，也不知道自己是如何向父亲道别离开的。

她只记得，在这初夏的傍晚，她跌跌撞撞地走过回廊时，不经意地瞥见那破碎的蛛网，只剩下凌乱的蛛丝在风中四散飞舞。

三

那只有她一人能看得到的神兽獬豸，成为了王嬿的梦魇。

它经常会无声无息地出现在她的身周，虽然不会再跟她沟通，但那黑幽幽的目光，总会让她不寒而栗。让她每做一件事之前，都要再三思量，是善还是恶。

但这样的折磨过了没多久，王嬿就释然了，她又不是神佛，又不是圣人，又怎么可能尽善尽美？她尽量把时时刻刻存在的獬豸当成不存在，但由于对方说的一番话，她心中对父亲的孺慕之情，却已经削减了不少。

这一年的盛夏，汉哀帝英年早逝，并未留下子嗣，被汉哀帝专宠的大司马董贤也与帝共赴黄泉。王嬿的父亲重任大司马，立年幼的中山王为帝，新帝与她同岁。

君弱臣强，即使王嬿并不懂朝政，也知道自家父亲定是一手遮天。

但她父亲向来注重声誉，这一手遮天，自是不会落下他人话柄。据说她父亲上至推恩赏赐王公贵族，下至赡养鳏寡孤独的平民百姓，遇灾害便带头捐款全力救援，得到朝野上下赞声一片，均称其是周公再世。善事，谁不会做？更何况在父亲的那个位置，有时候他只需要做个姿态，自然会有人前赴后继地为他做事。

王嬿依旧默默地在简陋破旧的宅院中，陪着母亲做女红，偶尔也会对着神出鬼没的獬豸发发呆。时间很快就如流水般，从指间飞逝而去。

新帝转眼间已经十二岁了，到了《周礼》中可以结婚成亲的年纪。王嬿听说父亲发布了诏书，选天下名门女子入册，选拔皇后。而且为了避嫌，特意把她的名字当众划掉了。结果此举反而引起了世人强烈抗议，很多官员都觉得这是不公平的，每天都有人挤在大殿门口或者王府门口上书。

王嬿本觉得这次父亲做得对，她本就不想入宫为后。但在看到趴在蒲团上的獬豸似笑非笑的目光时，她猛然一惊。

这又是父亲的手段吗？

当她听到院外人群高声疾呼"愿得公女为天下母"时，便知道，自己这个皇后，还真是做定了。

王嬿其实并不想嫁，她也曾经对自己的夫君有过幻想，但从没想象过那会是皇帝。但她又不能不嫁，在家中反抗父亲的大哥王宇，觉得父亲一意孤行定会得罪新君，想要私底下帮助皇帝的母族不被外放。可风声走漏，她大哥被父亲用雷霆手段抓捕入狱亲手送了一杯毒酒。并且还把此事算在了皇帝的母族身上，借此将其一网打尽。朝中对于此事的态度，却是父亲大义灭亲奉公忘私。

所以王嬿不能不嫁，因为这定是父亲的期望。

父亲已经得到了和帝王一样的权力，那么，即使自己不能坐上那个位置，也想让拥有自己血脉的子孙坐上去。

可是，当王嬿这辈子第一次从头到脚戴着金簪玉佩厚施脂粉，以此生最美的装扮坐在未央宫中时，她就知道，她生不出来皇帝的孩子。

因为，他根本不让她靠近。

看来父亲的想法，对方也同样知道得一清二楚。

就像英明神武的汉武帝刘彻，也有个刘彘的乳名，皇族的子弟也和民间一样，乳名都会起得比较粗鄙，希望可以好养活。

刘衎在被王莽取名为刘衎之前，是叫刘箕子。并不是星宿的那个箕宿之意，而是装稻谷或者垃圾的簸箕的箕。不过好在有汉武帝的刘野猪之名在前，他其实对自己"刘箕子"这个乳名还是比较满意的。

但他现在叫刘衎，这个名字还是他最嫉恨的人给他取的。刘衎刘砍，那人是不是想要把他砍了？根本就不是什么快乐安定之意！看他现在从名字到皇后，都是他一手安排的，他能快乐安定得起来吗？

刘衎在宫中过得憋闷，自然就不会给王嬫好脸色看。王嬫自从嫁进宫中第二日起，就洗尽了铅华，脱掉了厚重的礼服，重新穿起朴素的旧衣服。宫女们都提醒她这样不会得皇帝欢心，但王嬫却很淡定。皇帝讨厌她，是因为她的父亲。她无法改变自己的出身，所以不管她打扮得好看还是不好看，也就没有什么区别了，又何必让自己过得不舒服？

况且有她父亲在，后宫的这些宫女们，有哪个敢偷偷爬上皇帝的床榻？除非是不要命了。就连小皇帝自己，恐怕都不敢擅自封夫人纳美人。

而且，王嬫看这小皇帝，也是有心无力。

刘衎与她同岁，身体却并不好，时时有痛心、胸痹、逆气等症状，据说是从娘胎里带出来的毛病。大抵，这也是她父亲从不计其数的刘氏宗族中选择刘衎的原因。年纪小，体弱多病，根本不会给他带来什么威胁。

看着少年皇帝故作冷硬实则虚弱的模样，甚至跟她吵架的时候也会吵到一半捂着胸口各种喘不上来气，这仿佛风一吹就会倒的模样，让王嬫忍不住从心底里泛起同情，也不顾对方冷着一张脸，总是温柔以待，小心伺候。

因为从小习惯了独立，王嬫从不让宫女们近前服侍，一些力所能及的事情她都尽量自己做。自从她二哥死后，父亲和母亲就从未说过话，父亲也很快就纳了侍妾，但王嬫从不承认那些侍妾生的儿女是她的弟妹，也从不假以

第八章　獬豸冠

辞色。她把刘衍当成自己的弟弟一样照顾，不管对方多么冷嘲热讽多么嗤之以鼻，她都尽心尽力。

"不劳皇后动手。"这是刘衍时常挂在嘴边的一句话。

但王嬿却全当没听见，亲力亲为地照顾着刘衍的衣食住行。刘衍是皇族子弟，自是一表人才，虽然年岁不高，身量不足，又体虚气短，但却已经颇有风姿。有时王嬿为他系着袍带，都会忍不住看着他发呆。

天下怎么会有这么好看的人呢？

少年瘦削的身躯根本无法撑起厚重的皇帝衮服，只显得出一两分皇族的威严，更能令人不由自主地产生怜惜的情绪。

这是她的夫，她的天。

王嬿越发尽心尽力了起来，虽然知道父亲应该不可能这么快就对年轻的皇帝动手，但所有要入口的东西，她都亲自检查，先尝过之后才会送到刘衍的面前。

刘衍也不是铁石心肠，在日复一日的相处中，年轻的帝后就像是刚刚认识的两个少年人，感情日益深厚。

只是，王嬿嫁入宫中的三年里，刘衍的身体越来越差。太医令和多位太医丞的诊断是痛心症，这病症尽管是锦衣玉食地奉养着，也终究是难以根治。王嬿捧着装满药膳的碗，按照惯例先尝了一口，再递到了卧病在床的刘衍唇边，而后者却直接一挥手，把那碗药膳打碎在地。

王嬿面不改色地招来宫女收拾，吩咐膳房再去熬一碗药膳来。

"切，此子定是疑尔下毒，尔不解释？"獬豸懒洋洋地在华美舒适的软榻上打了个滚，照样对王嬿和刘衍的相处大肆讽刺。在它看来，王嬿对刘衍这么好心简直就是多余，她明显可以过得更快活，不去管刘衍死活，更何况这刘衍还居然这么不领情。

王嬿却知道自己解释也没有用，刘衍本来就处在一个艰难的环境之中，没办法不多疑，再加上自身的病症越来越重，脾气也越发暴躁。坐在床前，看着刘衍撕心裂肺地咳嗽着，王嬿只好悄悄地点了一炉安息香。看着在缭绕的香气中刘衎渐渐地安静下来沉入梦乡，王嬿才轻舒了一口气。

"天下人只知王公，而不知陛下矣。"獬豸憋细了嗓子模仿着小黄门的语气，说完自己还觉得很有趣，嘎嘎地笑了起来。

王嬿瞥了它一眼，知道这家伙根本就不是什么能分辨善恶奸邪的神兽，而是唯恐天下不乱的主。幸好也就只有她一个人能看见，否则还不定怎么翻天呢。不过这种幸运，她也宁可不要。一边无奈地想着，一边走到床榻前为刘衎盖好了被子，王嬿忽然听到殿外有人喧哗。

不想好不容易睡着的刘衎被吵醒，王嬿皱着秀眉走出殿外，喝止了宫女和小黄门的骚乱。她虽然才不到十六岁，但却已经当了三年的皇后，尽管身上没有穿任何的绫罗绸缎，头上也只是随便插了一支凤凰珊瑚簪，但当她站在那里的时候，浑身上下的气度就让人不敢小觑。王嬿见宫女们安静了下来，便不悦地低声问道："何事如此惊慌？"

"禀皇后，有刺客！"宫女们战战兢兢地跪在地上，把听到的消息一五一十地禀报出来。

王嬿的秀眉拧得更紧了。准确来说闯入宫中的并不是刺客，而是小偷。有贼人混入太皇太后的宫中，把寝殿翻得乱七八糟。可王嬿的姑祖母一直带头节俭，那贼人既然有能力混入宫中，又为何非要往最没有油水的宫殿里跑？难道说那贼人想要的是太皇太后身边特定的宝物？王嬿忽然想到那传国玉玺和氏璧就收在姑祖母身边，特意询问了一下可有物品丢失，得到否定的答案后，才安心地点了点头。

吩咐侍卫们打起十二分精神护卫，王嬿一边沉吟着一边往殿内走回，只是才刚转过层层的帷幔，就听到殿内传来了说话声。殿内只有沉睡的刘衎，还能有谁在？一惊之下，王嬿想起了之前的那个贼人，差点失声惊呼。但她又怕那贼人已经劫持了刘衎，只好强迫自己凝神细细听去。

只听一个清朗的男声道："……你是说现在是在汉朝？喏，也对，这里连个桌椅都没有。这里也没有老板啊……咦？卧槽！这软榻上的小羊居然是活的！头怎么长得像麒麟？而且额头上还有角！尼玛！这是什么神兽？也是《山海经》里面跑出来的吗？"

王嬿怔了怔，悬着的心不知道为什么安定了下来。虽然那獬豸总是不着调，但它说能看到它的人是至善之人，这个说法她还是信的。

此时另一个沉稳点的男声开口道："小点声，没看到这床榻上有人睡着了吗？还想吵醒了对方让侍卫抓我们啊？还有，什么小羊啊？我怎么没看到？"

"……你看不到吗？好吧，也许是从《山海经》里跑出来的什么奇怪的神兽，不用理它……咦？话说床上这人有先天性心脏病啊！喏，看他这样子，口唇、鼻尖、颊部都已经有紫绀了，肯定时不时会有呼吸困难或者晕厥的症状。"

"你还想治他不成？"

"没法治，这要是在现代，只需要一个小手术就能解决，在这时代……"

王嬿用手揪着胸口的衣襟，难受得说不出话来，后面那两个人都说了什么，她也没听清。她不知道那两人是什么来历，又为何其中一个人能看得见獬豸，但她也能听得出来，刘衎的病并不是那么乐观。

静静地擦干泪水，等王嬿缓过神后，才发现寝殿内已经重新恢复了宁静。她轻手轻脚地走了进去，果然发现除了沉睡的刘衎，殿内并没有任何一个外人。

獬豸若有所思地趴在软榻上，面对着王嬿充满疑问的目光，缓缓地打了个哈欠。

四

未央宫进贼的事情，轰动一时，最后也还是不了了之。

天气越来越冷了，刘衎的身体也越来越差，经常整夜整夜地睡不着觉，气色也迅速地灰败了下去。到了这一年岁末之时，宫中宴会不断，刘衎缺席了几次，在某天终于起得来床的时候，不顾王嬿劝阻，强撑病体出现在了宴会之上。

王嬿可以理解刘衎的好强之心，毕竟他是一国之君，现在连上朝的力气都没有了，宫中的宴会都是她父亲在帮他主持。身为太皇太后的姑祖母因为年事已高，早就不出席宫中任何的宴会，而傅太后因为争权失败，也长居后宫闭门不出。王嬿自己也经常照顾刘衍，很少出现在这种场合。实际上在汉朝，女人是可以有很大的权力的，如果她想要染指朝纲，上朝听政也是可以做得到的，更何况是参加这样一个宴会。王嬿始终是不放心，最终同样换了一身礼服后，跟着刘衍出席了宴会。

父亲依旧是那样温文尔雅，谦恭有礼，甚至还主动站起来朝刘衍敬酒，态度恳切真挚。

殿内所有人的目光都落在了坐在最高处的少年皇帝身上，却没有人站起来说一句，皇帝的身体根本不适合喝酒。

王嬿坐在刘衍的下首，知道那沉重的衮服几乎要把他的身体压塌，看着他虚弱的手握着酒盅在不停地颤抖，不知道为什么忽然间就想起了很多年以前，在某个夏日的午后，看到的那只在蛛网上垂死挣扎的美丽蝴蝶。

王嬿款款地站起身来，走到了刘衍的身边，迎着满朝文武惊讶的目光，非常自然地把刘衍手中的酒盅拿了过来，恬静微笑道："父亲，皇帝身体欠佳，此杯本宫代之。"说罢仰头一饮而尽。

酒盅放在案几上发出细微清脆的响声，王嬿本来就清丽的面容被酒气一激，两颊泛起红晕，就像是上了一层上好的胭脂。她看着台阶下不动声色的父亲，又看了看身旁双眼迸发出难以形容的愉悦的刘衍，知道自己今天的选择没有错。

在场的所有人都知道，这杯酒不可能有毒，她父亲若是想要刘衍死，也绝不会用这样一种会落人话柄遭人诟病的笨方法。她父亲应该只是想要给妄想挣扎的刘衍一次警告，喝一杯酒，能让身体不好的刘衍痛苦辗转反侧几天，而且还是捏着鼻子忍着屈辱喝下去。得到了这次教训，刘衍应该就会乖乖地躺在寝殿里，不会再想着要出现在百官面前。

可是她帮他解了围，即使是冒着顶撞她父亲的危险。她头一次表明了立场，在满朝文武的目光下。

王嬿垂眸勾唇自嘲地一笑，他是她的夫啊，她又怎么可能抛弃他？

宴会在一种诡异的气氛中结束了，回到寝殿的王嬿一边坐在铜镜前卸下头发上的发簪，一边思索着是不是应该贴告示寻天下名医？毕竟这宫中的太医令保不准都是父亲的手下，万一刘衎的病都是被误诊了……

关心则乱。

王嬿看着掉到地上被摔碎的紫水晶雕花簪，头一次感觉到了彷徨的滋味。

"忤逆父亲，尔真不孝矣。"獬豸调侃的声音从软榻上传来，它分明没有出这寝殿半步，却像是什么都亲眼所见一般。

既是不孝，那岂不是她已非至善之人？可她为何还能看到獬豸？王嬿已经习惯把獬豸当成不存在，但还是忍不住在心中反驳了一下。

"善恶并非那么容易区分。"獬豸眨了眨那双黑色的眼瞳，幽幽地续道，"一人之善，对他人也可为恶。"

王嬿的心被狠狠地刺了一下，她忽然想起来，自家二哥和大哥先后都被父亲毫不留情地逼死，连对待自己的儿子都能铁石心肠……

就像是被诅咒了一般，獬豸的话语刚刚落下，就听到正殿那边传来了宫女们的惊呼。这种骚乱在未央宫已经是很常见了，定是刘衎又晕倒了。

只是，这回的声势看起来有些大，并且隐隐地传来宫女们的哭泣声。

仿佛已经有了某种预感，王嬿弯腰拾起地上碎裂成几段的紫水晶雕花簪，心如死灰。

元始五年十二月丙午日，刘衎因病复发，卒于未央宫，时年十五岁，谥号孝平皇帝。

王嬿心中那朵名为爱情的花，在刚刚开了个花苞的时候，就无情地被命运所摧毁，迅速地破败化为灰烬。

她才十五岁，就成为了太后，只是这次登上皇位的，并不是她的儿子，而是她父亲从刘姓宗室中选的一个两岁的孩童。

王嬿觉得自己应该庆幸，若是父亲之前便选择了少不更事的孩童当皇帝，那她也没有办法嫁给刘衎。虽然只有短短的三年时间，但她却觉得那是她这辈子过得最开心的三年。

尽管身份已经至高无上，但王嬿没有选择染指朝政。她知道她确实是有善心，但却也有自知之明。有时候有善心，并不一定代表自己做的善事对别人来说也是善事。獬豸那家伙挂在嘴边的那句话，并不是无的放矢。她冷眼看着自家父亲在隐忍了三年后，终于忍不住废掉了那个孩童皇帝，取而代之。

被愧疚的父亲封为黄皇室主，她紧闭了殿门，只留下几名宫女伺候，不再见任何人，过着幽闭的生活。

其实她过得也并不是太无聊，獬豸在闲得发慌的时候，也会跟她说说闲话讲讲故事。传说汉高祖刘邦斩白蟒起义，那白蟒也是一头灵物，竟口吐人言，说刘邦终会有报应的，斩了它的头，它就篡汉的头，斩它的尾，它就篡汉的尾。结果刘邦一剑把白蟒从正中间斩为两段，所以汉朝定是中期出现问题。

王嬿并没有把獬豸的这段闲话当成随便说说，她也知道自家父亲篡汉的根基不稳，迟早会被刘氏子弟重新夺回权柄。

事实上，王嬿知道她父亲虽然有野心，但伪善已成了习惯，也确确实实地想要做善事。她父亲企图通过复古西周时代的周礼制度，期望恢复礼乐崩坏的礼制国家，于是推行的新政完全仿照了周朝制度。

但礼制已经是被淘汰的制度了，秦始皇的法制、汉武帝的儒制都可以一统天下，她父亲真是伪善到了极点，却丝毫不知道自己推行礼制，会给朝野上下和平民百姓带来多大的伤害。就像是放生陆龟，却把它放生到水里一样，本是好心，却做了恶事。

王嬿冷眼看着父亲走上绝路，知道自己无论说什么都劝不回来。

时间也并没有持续太长，当起义军推翻了新朝、闯入未央宫、放火烧宫的时候，獬豸站在殿前的铜鹤头顶，看着王嬿头也不回地走向火海。

"尔可后悔？"獬豸幽深的黑瞳中反射着熊熊火焰。此时的王嬿正是一个女人最好的年华，她一生中的前十几年是在困苦冷清中度过，而随后的十几年虽然是在最奢华的宫殿之中，却依旧孤苦伶仃。

王嬿的脚下并没有停歇，后悔吗？

第八章　獬豸冠

也许她早一点选择站到刘衍身边，会给刘衍带来更早的灾祸，但她依旧不后悔当年的决定。

虽然她无法分辨这世上何为善何为恶，但若是让她回到当年夏日的那个午后，即使再让她做一次选择，她还是会救蝴蝶。因为它濒死的挣扎让她无法无动于衷，即使她应该站在蜘蛛这一边。只可惜，她的能力，也就只能救下一个小小的蝴蝶片刻而已……

王嬿窈窕的身影被火焰迅速吞没，獬豸盯着那片火海，陷入了冗长的沉默。

在它如此漫长的生命中，很多人都看不到它，有一部分人能看到它，也有人从能看到它到不能看到。却从来没有人能像王嬿这样，竟是让它目送她离开的。

遵从本心，即为至善。

这个女人，竟是从生到死，都保持着至善之心吗？

獬豸轻巧地从高高的铜鹤上跳落下来，这世间，又少了一个能看到它的人。

它一晃身，很轻松地便找到了在库房角落里落灰的獬豸冠，懒洋洋地打了个哈欠，重新滚进冠中，陷入了长眠……

五

公元2013年。

"咦？这么说，我们刚刚看到的少年，是汉平帝刘衍？"医生躺在哑舍的黄花梨躺椅上，拿着手机刷着网页查资料，"王莽篡汉，还有人说王莽是刘邦斩的那条白蟒转世，所以名为莽。刘邦斩白蟒起义的时候把白蟒从正中间斩为两段，而西汉和东汉正好各两百年。哎呀呀，真神奇，那白蟒不会跟白露有亲戚关系吧……"

陆子冈并没有注意医生的唠唠叨叨，他也在查资料。

身从羊，头从麒麟，额上生独角……那是獬豸？！而且为何他分明什么都没有看到，医生却看得到？难道只有至善之人才能看到獬豸的传言，是真的？

陆子冈笑了笑,什么至善,应该说的就是心地纯洁的傻瓜笨蛋吧?那倒是挺符合医生的性格。而且独角兽的传言,东西方都有,并且出奇的一致,独角兽都是能分辨是非善恶,喜欢身心纯洁的少女。

不过,这世上只有傻瓜才会真正纯善没有私心吧?

他的私心……

陆子冈捏紧了手掌之中的物事,若是医生朝他这边看来的话,就会觉得万分熟悉。

因为那正是他佩戴过二十四年的东西。

已经被金丝镶嵌好的白玉长命锁。

第九章　屈卢矛

一

陆子冈把玩着左手掌心的玉料，沉吟了片刻后，便拿起笔在玉料上画出一片片枯叶，那一片片叶子正好画在了黄褐色的和田玉籽料留皮上，虽然只是寥寥几笔，但秋风萧索的意味立刻就盈满整块玉料。

画完枯叶之后，陆子冈停顿了片刻，几次抬笔又几次放下，终究没有落笔。

他下意识地拿起了手边的锃刀，对准手中的玉料，微一用力，刀尖就如同切豆腐一般把玉料破开来。

从几千年前开始，琢玉师的工具，就是一种俗称"水凳"的砣机。砣是一种圆片状物，旋转起来之后，就用这种均匀的摩擦力开始琢玉。虽然数千年来，驱动砣机的方式从人工改进到了电能，但琢玉师依旧用各个尺寸的砣机来琢玉，除了陆子冈。

他的锃刀，因为缺少了解石的锟刀，所以只能雕刻一些小件的玉器。

这一世的他没有学过任何雕刻的技巧，但自从前世的记忆回来了之后，只要他握住锃刀，整个身体就像是有自主意识一般能够雕玉。一开始还有些生疏，但练习了数十块玉料之后，他的手感越来越好，以至于每时每刻不拿块玉料在手心捏着，就会全身都不舒服。

枯黄卷曲的枯叶在锃刀的雕琢下一片片地出现，陆子冈接下来连草稿都没有打，完全靠感觉继续雕琢了下去。哑舍内的长信宫灯在一闪一闪地跳跃着，却又异常的明亮，一点都不妨碍陆子冈琢玉的视线。很快，在萧萧而落的枯叶之下，出现了一个古式建筑的一角，一袭珠帘长长地垂下，珠帘下方露出一只白皙修长的手，正无限怅然地抚摸着栏杆，珠帘之上还仿佛挂着几抹清幽的霜华。

虽然只是一只手的剪影，但依旧能让人目不转睛地把视线聚焦在那里，恨不得想要挑开珠帘，看下藏在后面的美人究竟是何等倾城之色。

陆子冈抹去玉料之上的碎屑，定定地看了许久，才把玉料翻转过来，刻下了王昌龄的一首《长信秋词》："金井梧桐秋叶黄，珠帘不卷夜来霜。熏笼玉枕无颜色，卧听南宫清漏长。"

锃刀极其锋利，但这二十八个字陆子冈却写得婉转清丽，缱绻绵长，随后习惯地在后面落了一个子冈款。玉件雕琢之后并未抛光，却在黄色的灯火下映出一种沧桑晦涩的质感。

陆子冈呆怔地看了这块新鲜出炉的玉件半晌，自嘲地笑了笑，把它丢进了柜台下面的竹筐里，听到了一声清脆的玉器击撞的声响。那个竹筐里已经积攒了大半框未抛光的半成品玉件，都是陆子冈这些天练手的习作。若是有人看到的话，不禁会眼前一亮，说不定还会评价这个琢玉师仿子冈款仿得非常不错呢。

清洗了双手，又清理擦拭了柜台抹掉玉屑，把锃刀擦净放进怀里，陆子冈这才拿起锦布之上的长命锁，闭着眼睛摩挲着上面的纹路，向后靠在椅子上假寐。

也不知道过去了多久，直到医生带着晚餐推门而入，那小笼包的香气混合着医院消毒水的味道，夹杂在微凉的秋风中，就那么穿透了哑舍店内的熏香迎面袭来。

"这个月是今天吧？还有点时间，我们赶紧吃完就上路。"医生动作麻利地打开饭盒，熟练地从哑舍柜台里找到他常用的筷子，攥起小笼包就开吃。

上路什么的，用在这里真的好吗？陆子冈的额角抽搐了两下，也没挑剔医生言辞无忌，把手中的长命锁挂在脖子上戴好后，就闷头把属于他的那盒小笼包吃了个干干净净。

两人动作都很快，医生把饭盒拿出去丢掉之后，便抬手看着手表道："是不是还要等一会儿才能走？我还能睡一会儿不？今天这场手术站了八个多小时，真是累死了。"

陆子冈看着医生已经毫无形象地瘫倒在黄花梨躺椅上，沉声道："不能睡了，我们这回要换衣服。"说罢便起身朝哑舍的内间走去，不一会儿就拿出来两套衣服和两顶假发。

"哟嗬！玩cosplay吗？不用了吧？我们每次穿越也都只停留一小会儿，还换什么装啊？再说，我们目标不是回到几个月前吗？你怎么这么笃定我们这次又回到几百年前甚至更久之前啊？"医生嘟嘟囔囔着，但却没拒绝换装的提议，反而兴致勃勃地脱下休闲装，在陆子冈的指点下把青布直身的宽大长衣穿在了身上。

"就算是很短的时间，也要做到完美，我可不想在大街上被别人当疯子怪物一样看着。"陆子冈半真半假地抱怨道。

医生却完全没察觉到为何陆子冈这回这么精确地预计到他们会穿越到什么年代，毕竟每个时代的服饰也不同，而陆子冈拿给他的分明是明朝中期的服饰。医生只是隐约感觉有些奇怪，但他还没来得及细想，就听到哑舍的内间里传来一阵阵熟悉的鸟鸣和厮打声。

"三青和鸣鸿又闹起来了？"医生心疼地直咧嘴，但却半点要冲进去给自家三青撑场面的意思都没有。开什么玩笑，那是两只神鸟级别的战斗，他一个凡人冲进去岂不是要完蛋？"那胡亥哪里去了？都不过来领自家鸟回去？"

"我也不知道。"陆子冈径自往头上戴着假发，自从上次胡亥说下次要来一起用洛书九星罗盘后，就再也没出现过。

鸣鸿是一个月前失魂落魄地飞到哑舍的，一看就是与自家主人走散了。陆子冈也不是神仙，没有胡亥的联系方式，只好就养着鸣鸿。至于它愿意和三青干架，他就专门给它们俩腾出了一个单间，屋里什么都没放，随便它们打个天翻地覆。

医生一开始也是担心不已，但后来发现三青和鸣鸿势均力敌，顶多就是各掉几根毛，也就见怪不怪了，甚至还有闲心收集了它们的毛，用哑舍里的铜钱做了几个鸟毛毽子。

医生在陆子冈的帮助下戴好了假发，在头上戴了四方平定巾，摘了眼镜，对着镜子照了照，倒是真有种书生感觉。拿着手机自拍了几下，还发到了朋友圈炫耀，医生这时才发现陆子冈正拿着罗盘发呆："怎么了？罗盘出什么问题了吗？"

"没什么。"陆子冈深吸了一口气，默默地把罗盘微调了几个格。

医生不疑有他，把手机丢到一旁放好，因为科技用品穿越之后就会因为磁场缘故，完全不能用了。否则他真想带着手机去古代拍几张照片，留作纪念也好。像以往一样，医生一边默默吐槽一边和陆子冈一起把手按在了罗盘之上。

二

一阵熟悉的眩晕之后，医生首先闻到了一股清新得无法形容的草木味道，让在城市雾霾中已经污染的肺立刻重生了。

只是他还未等睁开眼睛确认自己到了哪里的时候，就感到一股人力袭向了双膝，他一下子就站立不稳摔倒在草丛中，后背还被人粗暴地用刀刃抵住，刚刚戴好的假发也被人揪了下来，露出了他们寸长的短发。

医生艰难地在草丛中睁开双目，不意外地发现陆子冈的下场也和他差不多，都被几名全副武装的古代士兵擒住。而陆子冈手中的罗盘却跌落在地，被一个士兵收缴了去。医生六神无主，他们万一拿不回罗盘，岂不是回不去了？

就在这时，医生听到押着自己的那名士兵高声禀报道："报告夫人！抓到倭寇奸细两名！"

随着这句吼声话音刚落，医生就感觉到有一个黑影遮住了太阳，笼罩在了他的头上。

他拼命地抬起头，看到了一名英姿飒爽的戎装女子，手持一柄系着红缨的战矛，正眼神锐利地低头看着他们。

医生揉着被磕出一块瘀青的膝盖，听着陆子冈在跟那名戎装女子解释他们的来历。陆子冈说话的语调和语气与现代的普通话有些差别，像是带了一种奇怪的口音,但医生多少还是能听得懂的,只是没想到他居然说得这么溜。

他们出现的地方并不像前几次那样,在繁华的城镇中,而是在一处荒郊野外,远远的还看得到旌旗招展,能闻得到些许海风咸腥的味道。医生看不出来自己究竟是到了什么年代,便把目光落到了和陆子冈交谈的年轻女子身上。

那女子看起来也就是二十岁刚出头的模样,杏目白肤,五官秀丽,个子能有一米七往上,一身黑色的戎装更是勾勒出她窈窕的身姿,若是放到现代,那绝对是个受人追捧的模特明星,现在即使不涂脂抹粉,也遮盖不住她的容姿。

医生平日里倒也不是见不到长得好看的女孩子,但这么个年轻女子居然还是一队士兵的领头,就忍不住多瞄了两眼。

周围的士兵们立刻对医生怒目而视,瞬间就有人用身体挡住了他的视线,医生连忙举起双手示意自己没有恶意。

王瑛也听到了那边的骚动,却只掀了掀眼皮,并没在意。

这两个来历不明的人,若是按照惯例,应该扔到大牢里严刑拷打的,但她看他们双手细白无力,这人又是一口京畿地区的官话,说起京中风物都侃侃道来,又说自己是苏州人士,换了苏浙一带的吴侬软语也说得无比熟练,便卸下了几分戒备。

只是王瑛也并不因此信了他们,现在近海的倭寇,也并不都是日本人,自从朝廷取消了朝贡贸易,执行海禁之后,竟有许多中国人心甘情愿地冒充倭寇,进行海上贸易,拥兵自重。说白了就是山贼土匪的另一种形式,换了地盘,成为了海盗。就是朝廷喜欢自欺欺人,依旧用倭寇来笼统称呼。

但王瑛看到这人头上的短发,倒是撇了撇嘴,没听说过哪个倭寇还有剃发的习惯。

就在此时,又有一队士兵小跑了过来,对王瑛恭敬行礼道:"夫人,将军有请。"

王瑛柳眉一敛,却并不多言,挥手指着陆子冈和医生两人道:"带走。"

虽然并未解除他们两人是奸细的嫌疑,但待遇倒是比之前好多了,陆子冈推说那罗盘是他们寻找风水宝地所用，倒也没人为难他，把罗盘塞了回来。医生见状赶紧低声问道："怎么样？我们什么时候能回去？"

陆子冈边走边低头看着罗盘，半晌苦笑道："可能是刚刚摔了一下，罗盘的指针往回走的速度有点慢，我们可能要在这里待上一阵了。"

"要待上一阵啊？那这里是哪个朝代，哪里啊？怎么是女人带兵啊？看起来也不像是花木兰或者杨门女将啊！"医生一听罗盘还有用，只不过是需要多待上一阵，也就没太担心，转而好奇起来他们所处的年代了。

"看这些士兵的穿着，长齐膝，窄袖，内实以棉花，颜色为红，所以又称红胖袄。这是典型的明朝士兵服饰。况且他们怀疑我们是倭寇，那么多半就是明朝嘉靖年间，而且听他们的口音，此处应是山东一带。"陆子冈一口气说了这么多，倒是把他们所处的时间地点猜了个七七八八，让医生各种崇拜侧目。

"那你再猜猜，那女子究竟是谁啊？"医生用下巴指了指走在他们前面的那名戎装女子，他就不信陆子冈这么神。

"其实很好猜。"陆子冈勾起唇角笑了笑，"戚继光戚元敬正是出自山东一带，他十七岁就秉承父命，袭职了登州卫指挥佥事，这可是正四品的官职，算得上是高干子弟。而他的夫人在历史上也是赫赫有名，父亲是总兵大人，将门虎女。据传戚王氏自小习武，舞枪弄棒，发起火来，连戚元敬都不是她的对手。"因为在背后评论，陆子冈的声音也尽量压到最低，但他分明还是看到走在最前面的王瑛步子慢了少许。

"这么厉害？你确定是她？"那可是抗倭英雄戚继光啊！就算是戚大将军让着老婆，那也挺恐怖的了……医生吞了吞口水，觉得自己现在还全须全尾地活着简直就是老天开眼。

"我刚刚问了下，现下是嘉靖三十三年，戚元敬二十六岁，应该已经是山东都指挥佥事，正三品的武官，可谓封疆大吏啊。一会儿要是见到了人，你可别扑上去求签名什么的，太丢人了。"陆子冈不放心地叮嘱着，主要是医生这人很不靠谱。

"看你说的……"医生悻悻然，不过他忽然一怔道，"嘉靖年间，炉子啊，那个陆子冈不也是嘉靖年间的吗？"

陆子冈拿着罗盘的手颤了一下，随后平静地说道："啊，前世的我，应该两年前就被处斩了。"

"真是巧啊……"医生一时不知道该说什么，因为他向来都不认为自己的前世跟自己有什么关系，也不会认为扶苏就是自己，所以分得很清楚。即使那次穿越到战国时期，也没半点不适应，并没有想要再去见见那时候的扶苏什么的。但陆子冈的情形和他好像有些不同，只是具体哪里不同他又说不明白。

也许是因为医生和陆子冈两人太没有威胁，走着走着，押着他们的这些士兵们就已经开始闲聊了起来。

他们是在戚夫人的手下做事，自然是偏向着她，说着什么自家将军和夫人斗气，又打不过夫人，一怒之下搬到了军营中去住，一连几天都没有消息，这次请夫人去军营，恐怕是要给夫人一个下马威。

医生听着这些八卦，感觉自己整个世界观都碎了，历史书里描画的那个威武强悍的戚继光，竟然怕老婆？还被赶出了家门？还要靠下属撑腰？

也许是不把他们两人放在眼里，或者急着去凑热闹干脆就把他们给忘记了，走了半个时辰之后，医生和陆子冈居然就跟在他们身后进了军营，甚至进了中军大帐。

只见中军大帐中乌泱泱的一片片甲胄银光，在王瑛走进去的那一刹那，众将齐刷刷地站了起来，那经历过沙场的气势毫无保留地释放出来，甲胄和兵器磕碰的肃杀声音几乎要震裂医生的耳膜。他拼命地从人群的缝隙中往中军大帐的正中央看去，果然看到一位身高足有一米八几的年轻男子站在那里，全身穿戴了银光锃亮的盔甲，看起来威武霸气，甚至朝王瑛举起了锋利的腰刀。

"叫我来做什么？"王瑛从容不迫的清冷声音在大帐之中响起，没有半分怯懦，甚至还有股迫人的杀气。

医生瞪大了双目，这是要上演家暴的节奏吗？

中军大帐内一片死一般的寂静，所有人的目光都落在了那名年轻的将军身上。

只听那人沉默了一会儿，中气十足地吼道："请……夫人阅兵！"

医生："……"

三

戚少将军和夫人的轶事，再次成为军营的笑谈，因为这两位的相处模式已经被他们看在眼里七八年了。倒也没人嘲笑戚少将军怕老婆，只不过都纷纷揣摩下次两夫妻交锋是什么时候，又或者戚少将军什么时候才能搬回去跟夫人住。

医生一开始也完全无法适应这种轻松调侃的氛围，这是礼教森严的封建时代吗？怎么感觉跟现代没什么两样啊？不过不管他适不适应都需要留下一阵子了。

和陆子冈确认了他们即使在古代待了很长时间，回到现代也不过是一瞬间而已，医生便心安理得地在军营住下了。反正他们也不用出操，只是帮忙做一些杂事，对于医生来说有种在电影片场的感觉。

陆子冈化名为夏子陆，因为"陆子冈"这个名字在此时还是比较出名的，而医生却对自己的化名颇有异议。

"为什么擅自就说我叫医生啊？姓医名生？你敢不敢直接报我的名字啊！"医生放下给马匹洗澡的刷子，按了按酸痛的肩膀，低声跟陆子冈抗议道。

"我这是为你着想，万一你要在历史上留名了怎么办？你父母还敢不敢给你起和历史名人一样的名字啊？你以为都像我爸那么强悍啊？"陆子冈义正词严，某种程度上来说，他父亲也算是厉害了，他又不是衔玉而生，身上也没留有子冈款，他爹怎么就给他起了个陆子冈的名字？

医生想了想，也觉得陆子冈说得很有道理，只好闷头继续干活。他们两人虽然只是做杂事，但事实上还是有人监视的，陆子冈说过看罗盘的指针移动速度，他们至少也要在这里待上几天。只是在半天之后，医生就已经开始怀念起现代的空调和手机了……

一声凄厉的号角声划破平和的军营上空，本来昏昏欲睡的医生立刻惊醒了过来，看着军营内忙乱跑动却又不慌乱的士兵们，随手抓到一个便问道："这是怎么了？"

"有倭寇上岸了呗！"那小兵指着远处冲天的烽火显然是习以为常，但随后号角声几长几短地陆续传来，他也随之变色道，"这回倭寇的规模庞大，你快松手，我要去列队了！"

医生看着那小兵跑向即将出征的队伍，惊愕非常，头一次意识到自己不是在和平年代。在这里，那个看起来只有十几岁的小兵，也需要拿起沉重的刀剑，保卫家园不受侵扰。

因为身份敏感，医生和陆子冈被勒令不许四处乱走，还由四名士兵看守。一半士兵出击了的军营显然冷清肃穆了许多，再也没有人有心情去闲聊戚少将军的八卦，而戚少夫人也全副武装，手持战矛，卓立在中军大帐之中，静候战果。

这样的场景，显然已经在这些年中不断发生，士兵们虽然心中担忧，但表面上依旧神色平静。医生却推了推不知道在想什么的陆子冈，按捺不住地问道："不会出什么事吧？"

陆子冈笑了笑道："不会，戚家军战无不胜，这么点日常骚扰，不在话下。况且抗倭的重点在江浙一带，这几年戚家军只是在山东练兵，明年就会调任浙江台州了。"

陆子冈说得声音很低，但话一说出口就有些后悔了，因为他明显察觉到监视他们的一个士兵皱了下眉毛。此后不管医生再缠着他问些历史上的问题，陆子冈也都咬紧牙关，一句话都不再透露了。

一直到第二天天明，捷报才传来，随着捷报而回的，就是数百名伤兵。除了护送伤兵而回的几队士兵外，其余将士都随着戚少将军继续清剿倭寇，而戚少夫人则主持大局，安排随军医官救治伤兵。

陆子冈一个没有留意到，就发现医生已经消失了，而他也没太意外地，就在伤兵营发现了忙得不亦乐乎的医生。

"你在做什么？"陆子冈脸色阴沉地擒住了医生的手臂。

"救人啊。"医生抹了把脸上溅到的血水，理所当然地说道。

"我们到这里来，并不是为了救人。"陆子冈沉声道。

医生定定地看着陆子冈，难得地收起了笑容："你是对我上次在民国年间救了那个人的事情耿耿于怀，是不是？"

陆子冈沉默了片刻，便诚实地点了点头道："没错。你不应该救他的。"

"那还是个十五六岁的孩子！若是在现代，也不过是初中生而已！你看看这些士兵，他们也同样不过是十几二十岁，你扪心自问，是不是真的能硬下心肠？"

也许是因为想起了当时惨烈的情况，也许是因为身处满是伤患的伤兵营导致的心绪烦躁，医生的语气尖锐了许多。

陆子冈锁紧了眉，好半响才呼出一口气，缓缓说道："是的，我的确没办法硬下心肠，所以当时也就没有拦下你而袖手旁观。但如果我们不去找老板，就不会出现在那里。我们确实干扰了历史，这是事实。还好看起来这个小插曲对现世影响并不大，因为我们上次救的可能是一个无名小卒。但这次呢？万一你救了一个本该在历史上铁定会死去的重要人物，历史出现了拐点，这个责任谁来负？"

他后面的话隐去没说，上次他们在汉朝就直接出现在汉平帝刘衎的寝宫里，也是上天保佑，刘衎得的是先天性心脏病，否则被医生一救，岂不就是完全改变历史了？

医生冷冷地甩开了他的手："倭寇们杀人是想要抢夺百姓的财物，士兵们杀人是要保护家园，杀人是需要动机的，但救人从来都不需要理由。"

陆子冈束手无策地看着医生继续埋头给一名小兵接骨，周围刺向他的目光令他坐立难安。其他人听不太懂他们在争执什么，但却都能领会到他是想阻止医生救治他们。随军的医官都只会简单粗暴的外伤治疗，又怎么能跟一个受过良好教育的现代外科医生相提并论。即使医生只是心胸外科而不是创伤外科，可那医术也是甩随军医官几条街去了。

伤病营帐中的目光让陆子冈无地自容，更像是看透了他心中藏有的全部隐私一般，让他慌忙离开。等他出得帐后，便看到一身黑色戎装的王瑛站在帐外，正静静地等着他。

"我不知道你们二人是何来历，也不知道你们二人有何矛盾。"王瑛淡淡说道，右手战矛上的红缨随着晚风徐徐飘扬，"人生存在这世间，就有矛盾，无法避免。但在军营，请你尊重士兵为守护家园而做出的牺牲。"

四

陆子冈怔怔地站在伤兵营帐前，许久都回不过神。王瑛早就离开了，来来去去许多士兵都忙碌得没工夫在意他站在这里，直到太阳移到正午，军营前传来阵阵人声，正是戚少将军凯旋。

军营上下一片欢声，火头兵早就准备了庆贺的伙食，军营飘散着一股浓郁的肉香。陆子冈这时才觉得肚子有些饿了，正想寻地方去领吃的，顺便帮医生也领一点。虽然他还是无法赞同对方的行动，但显然他也无法阻止。

就在这时，他却被人在背后叫住了。

"子冈……陆子冈？"那人的声音中充满了不可思议。

陆子冈反射性地回过了头，却立刻就后悔了。他不知道自己究竟和前世的自己长得像不像，因为毕竟前世记忆中的铜镜看起来比较模糊。但看那人惊愕万分的眼神，他就知道答案了。

"你是陆子冈？"那人满身血污，却不掩那英俊神武的身姿，正是大名鼎鼎的戚少将军。他一回到军营就赶到伤兵营来看受伤的属下，结果发现了那名疑似倭寇奸细的人正在全力救治伤兵，难免就对和他同行的另一个人感兴趣起来，却不承想竟是个认识的。

戚少将军忽然收住脸上的惊疑不定，拉着陆子冈走到一旁稍微僻静点的营帐里，盯着他疑惑地问道："子冈，你不是……不是被处决了吗？"

陆子冈深吸了一口气，从尘封的久远前世记忆中，找到了与戚少将军的交集，勾唇苦笑道："想来……是陛下不忍我的技艺失传吧。"

地方官难当，如今的世道，每次上京述职的时候，都要上缴京官很多年礼，想当初戚少将军上京的时候，也曾在哑舍变卖过戚少夫人的首饰，当时陆子冈虽然名满天下，但仍在哑舍帮忙，一来二去，倒是熟识了。那王瑛手中的屈卢矛，就是当年陆子冈在哑舍之中翻找出来，戚少将军买来送夫人的礼物。

虽然陆子冈给的理由有点离谱，但今上的性子本就难以琢磨，十多年都未曾上过朝，一心求仙问道，当时要处决陆子冈的理由更为离谱，所以戚少将军也没太细想就相信了。他看着陆子冈寸许的短发，心情颇好地取笑道："怎么？一时没想开，剃度出家了？"

陆子冈也不知道怎么解释自己的短发，没好气地反击道："剃度出家也比请夫人阅兵的好。"

戚少将军没想到自己窘迫的一幕都被别人看到了，若是下属还好，反正他官职比他们大，倒也不怕他们私下嘲笑，但换了旁人，他就忍不住解释两句道："夫人为我吃了太多的苦，男子汉大丈夫自然要疼老婆。"

陆子冈熟读历史，知道这戚少将军虽然算得上是明朝嘉靖年间的高干子弟，但却算不上真正的高帅富。因为他要自己养兵练兵，还要四处打点京官。戚少夫人把嫁妆都拿出来给他，还要操持家务，甚至在几年后的台州，还要以女子之身上战场守护整个城池的百姓，真可谓是历史上少有的奇女子。

想到那个手持战矛在晨光中坚强而立的女子，陆子冈忍不住说道："少将军，对夫人再好一些吧……"他不知道医生是否能救得别人的性命，因为在他的眼中，那些伤兵都已经是作古的人了。但他真的不忍心那名敢爱敢恨的女子受到伤害，即使他知道自己多说一句话，也不可能改变分毫。

戚少将军闻言立刻警惕地看了他一眼："那是我夫人，你可别有什么歪念头！"

陆子冈彻底无语，他能有什么歪念头啊？王瑛明显已经是全体戚家军士兵心中的女神，戚少将军要防的人海了去了！

"哦，对了，都忘记了，你都剃度出家了。"戚少将军看到了陆子冈颈间从衣襟处滑出来的长命锁，想起他的往事，拍了拍他的肩，叹气道，"人死不能复生，子冈，看开些吧。"

陆子冈还以为自己藏着的心事被人看穿，瞬间就僵硬在原地，还好他马上就反应了过来，借着低头看长命锁的姿势，掩饰了眼中的失态。

五

戚少将军身负重职，刚刚打完一场剿倭战，需要做的事情狂多，自然不能站在这里陪陆子冈闲聊。但经过他确认了陆子冈的身份，至少能摆脱被监视的待遇了，还专门给他和医生整理了一间营帐休憩。

陆子冈给医生领了饭食，两人在伤兵营中草草吃了一顿之后，稍微休息了一会儿，医生就又被叫起来查看伤兵的情况。好在他也不用每个伤兵都照顾，只是需要救治一些随军医官束手无策的重伤兵。陆子冈也没有再拦阻他，甚至还伸手帮忙，毕竟没吃过猪肉也见过猪跑路，看过医务剧的陆子冈总比其他古代人适合当助手。

"怎么想通了？"医生嘿嘿直笑，显然很高兴陆子冈能回心转意，不过也还是不好意思地解释道，"虽然我们是在历史之中，但命运是在自己的掌握之中。我们既然已经来到了这里，万一历史上这些人就是命不该绝呢？"

"没有人说不能改变什么，对于我来说，我回到的是过去，但现在遇到的人都是活着的。也许这就是上天的安排。"

陆子冈系着绷带的手一紧，见他手下的伤兵无力地闷哼了一声表示抗议，医生便连忙接过手去重新帮他绑好绷带。陆子冈站在一旁，苦涩地抹了把脸。

并不是上天的安排，而是他想要来到这个时代，只是……时间上还是差了那么些许……

"对了，为什么这回没有看到老板啊？"医生忽然想起了他们穿越的重点，"老板一般都是在城市里开古董店的啊……所以我们以前穿越才那么安全，这回也太危险了。"

"……也许是罗盘出现了问题。"陆子冈回答得有些没底气。

医生很轻易地就相信了,再次专注于救治伤员中。虽然他是一个优秀的外科医生,但也无法做到百分百地从死神手中抢人,再加上古代的急救设施简陋,还是有一部分重伤兵遗憾地逝去。医生也并不太难过,只是感到些许遗憾,毕竟他尽了自己最大的努力。外科医生是见惯了人的生死的,但他并没有因为见得多了而感到麻木,反而会因为知道每个生命背后所牵挂的亲人家属们,更加全力以赴。

陆子冈再也没有多说一句话,因为他本身就没有立场阻止。若不是他对罗盘动了手脚,他们压根就不会遭遇到这样的情况。

重伤兵安置好了之后,还有一些其他伤兵来陆续排队给医生查看,一切都看起来是那么的正常,直到医生再抬起头时,才发现坐在他面前的居然是那个黑衣戎装女子,一想到那个大名鼎鼎的戚少将军在她面前都唯唯诺诺,医生就忍不住畏缩,小心翼翼地问道:"夫人,您也受伤了?"

他们现在身处伤兵营,王瑛却一点都不在意投注在她身上的目光,大大方方地伸出右手递了过去:"帮我把把脉。"

医生看着递到他面前的那只修长优美的手,很想跟她解释中医和西医的区别,他虽然学过些许中医药学,但完全不会把脉好不好?

王瑛也没催促。虽然她的夫君是在山东本地服役,亲眷也是可以随军的,但她平时并不住在军营,而是住在附近的城镇中,若不是昨日她夫君来了那么一出"请夫人阅兵",她压根不会留在这里。但昨晚倭寇进犯得蹊跷,她也不能现在就冒着危险离开,索性就住下了。

医生端详着王瑛的脸色,忽然福至心灵,开口问了几句对方的身体状况,沉吟了半晌,才不确定地说道:"夫人这种情况,很像是喜脉啊。可惜我学的是外科技术,对把脉实在是不在行。"

一旁的随军医官立刻请缨,虽然他医术不高,但分辨是不是喜脉还是会的。一时间伤兵营内人人紧张,戚少将军和少夫人伉俪情深,但一直没有子息也是大家都看在眼里的。只见那名留着山羊胡子的随军医官诊了又诊,终于面露微笑地宣布道少夫人是有了喜脉，已有两月有余。

就算王瑛再性格坚毅不似一般女子，此时也忍不住霞飞双颊，低头抿唇而笑。

当即就有人呼喝着要去跟戚少将军报喜，可那几人还未跑出伤兵营，急促的号角就又在军营上空响起。

王瑛听着不同寻常的号角脸色一变，还未说话时，就听到有人冲进营帐，疾声禀报道："少夫人！倭寇于牟平县、蓬莱县、文登县三处登岸！少将军和同知大人已经分别带兵迎击，请少夫人回登州城暂避！"

"不用凭空浪费兵力。"王瑛淡然道，"我就在此，元敬还能如此无用，连老巢都被那帮倭寇端了不成？"

伤兵营内众人轰然应允，许多自认为轻伤的士兵，只要是能爬起来的都重新站了起来，穿戴好盔甲，准备随时上战场，士气昂扬。

六

这是一场硬战，不远处不断有烽火冲天而起。

倭寇登陆是有规律的，他们多来自海上，船在海上行驶必须依靠风力。一定的季节就刮一定的风，倭寇什么时候在沿海登陆，大致会在哪里登陆，基本上戚家军都已经摸得很透彻了。

北风多时，南侵广东，东风多时，西扰福建，东北风或者正东风多时，分犯浙江和江苏，只有当东南风多时，才直扑山东的登州和莱州。现在分明已经是重阳节之后，早就已经不再刮东南风，可倭寇却连连登岸，可见这次侵扰不同寻常。

医生再也没有了休息的时间，伤兵源源不断地从前线运送过来，有些人甚至等不及救治，在送过来的路上就已经死去，医生从未经受过如此艰难的抢救过程，到后来整个人都已经麻木。

陆子冈陪在他身边，寸步不离，是怕罗盘指针恢复的时候他们不在一起。

他并没有医生那么忙,所以有闲暇注意到,其实医生抢救回来的伤员,大部分都因为再上战场或者伤口感染恶化,一个接一个地踏上了黄泉路。

难道说,命运终归是命运,就算他们已经做出了微小的改变,但依旧会被历史无情地修正过来吗?

陆子冈无法不让自己多想,但还是想到了某件让他胆寒的事情。

所以当他踏入中军大帐时,丝毫没有意外地看到那已经穿戴起盔甲的王瑛,正坐在椅子上郑重其事地擦拭着手中的战矛。

"《吴越春秋·勾践伐吴外传》有云,越王乃被唐夷之甲,带步光之剑,杖屈卢之矛,出死士以三百人为阵关下。"陆子冈缓缓说道,"屈卢之劲矛,干将之雄戟。屈卢乃是古代善造弓矛的良匠,能与干将并称,可见其名望。少夫人手中这支屈卢矛乃是令夫君当年在哑舍所买,我当时还在好奇,何样女子才会喜欢此物。"

王瑛并未说话,而是在擦拭好锋利的战矛之后,几近肃穆地开始整理战矛上系着的红缨。

战矛上所系的缨其实也是实战的需要,并不是装饰用的。因为当矛刺进或是抽出敌人的肉体时,都会有鲜血喷溅而出。为了防止在战斗中被血污溅得满身,避免枪杆湿滑,所以缨是必不可少的存在,而且缨的长短多少也是需要调整的。而缨是红色的,也是因为被血浸染了太多次,不管是什么颜色最终也都会变成暗红色。

"元敬曾跟我说过,这是一柄无坚不摧的战矛,可以刺穿任何阻挡在它面前的事物,不管是敌人还是命运。"王瑛重新系好红缨之后,抬起头,目光直视着擅闯中军大帐的陆子冈,"我很喜欢它,自从元敬把它送给了我,我就觉得这世上没有什么可以阻止我想要做的事。"

陆子冈无语,原来戚少将军怕老婆是因为这屈卢矛吗?看来罪魁祸首还是他来着……前世的他怎么就想不开,把这个惹祸的屈卢矛卖出去了?

"人生存在这世间,就有矛盾,无法避免。"王瑛缓缓地重复着她不久前说过的那句话,"我虽拥有这世间最锋利的矛,却也知道终有一天会有一面盾是我永远都刺不透的。"

她坚毅地扬起下巴，毫不犹豫地站起身，铁质的盔甲随着她的动作发出了清脆的金属碰撞声。

"元敬练兵，他知道跟京官低头与他们同流合污，在历史上会对他的评价留下怎样的污点，但他依旧如此。我也知道和夫君相处，应该和颜悦色举案齐眉，但我也依旧如此。

"我知道此去有可能失去孩子，我应该听元敬的话好好退回登州，但我依旧如此。

"所以不用来劝我，作为锋利的矛，一生的命运，就只能是一直向前！"

身着盔甲的女子手持战矛，目光坚定地向前走着，浑身都透着一股凌厉的杀气。

"元敬若是死了，我亦不会独活。"

陆子冈听得有些怅然，待王瑛即将走出中军大帐之时，不由得出声问道："你们上战场……就不怕死吗？"

王瑛没有回头，她带着淡笑的声音却随着晚风缓缓飘来。

"不管上不上战场，人不都是一样会死的吗？"

七

陆子冈并不知道王瑛有没有凯旋，因为他很快就发现罗盘的指针快要复位，急忙跑回了伤兵营，拽着医生到了僻静处，两人经过了一阵熟悉的眩晕，终于顺利地重新回到了哑舍之中。

哑舍的店铺内还飘散着小笼包的油腻味道，他们看起来只离开了一瞬间，但事实上他们已经在明朝的军营里待上了好几天。

两人身心都疲惫到了极点，各自找了椅子瘫坐了下去，一时间谁都没有说话。

"对了，那个戚少夫人，后来没出事吧？"医生揉了揉眼睛，找到自己丢在一边的眼镜戴起来，忽然想起他刚要离开的时候，好像隐约听到有人说戚少夫人要亲自带兵出征。

"没事……历史上，她和戚将军都活了很久。"

"哦，那就好，他们这一对真让人羡慕，他们的孩子一定也很牛叉。"

"不……事实上，戚少夫人一辈子都没有生下孩子……她怀上的这一个，定是流产了……"

"啊？不会吧？"

"而且因为她没有生下孩子，戚元敬在十年后纳妾，本是神仙眷侣的两人就此貌合神离，最终戚少夫人毅然和离……宁为玉碎不为瓦全……"

哑舍之中再次陷入了沉默，两人同时想到了那个身穿黑色戎装手持战矛的刚烈女子。明明已经是历史上逝去几百年的人了，但却仿佛之前还活在他们的视线中，一伸手，就能碰触得到。

陆子冈低头隔着衣服按了按颈间的长命锁，端详着手中的罗盘，面上露出了踌躇不决的神色……

第十章　双跳脱

一

陆子冈坐在哑舍的柜台前，借着长信宫灯的光线，看着手中那对新鲜出炉的镂空缠枝雕花镯。

这对玉镯是上好的和田玉籽料，细看其实是两层，玉镯的表面用极细致的刀工，雕出了一条蔓藤连理枝，连叶片上的脉络都清晰可见，还有些许露珠。而第二层则是光滑圆润的镯体，两层之间巧妙地用连理枝相连，但若是被人戴在手腕之上，就只能看得到一圈栩栩如生的连理枝缠绕在手上，简直可称得上巧夺天工。而在手镯的内侧，则刻着闻名遐迩的子冈款。

把这对手镯轻轻地放在了锦布之上，陆子冈捏了捏微痛的右手手腕。

他几乎花光了自己所有的积蓄，用了大批的玉料来锻炼自己的琢玉技巧，终于在雕坏了几块玉料之后，雕出了自己比较满意的一对玉镯。

陆子冈盯着这对玉镯，像是在想一个犹疑不决的问题，他向后往椅背上靠去，把自己的脸藏在了长信宫灯照不到的地方，一动不动。

哑舍内只有那尊鎏金翔龙博山香炉安静地吞吐着熏香烟雾，那丝丝缕缕的烟雾在空气中寂静无声地蜿蜒而升。

沉默地坐在黑暗中许久，陆子冈终于拿起手机，拨通了一个号码，对方过了很久才接通。因为哑舍实在是太静了，所以当电话接通的时候，对面那嘈杂的声音也在哑舍里随着对方的声音响起。

"炉子啊！怎么？不是还有两个小时才到时间吗？"医生一向是那么的大嗓门。

陆子冈把手机拿开了少许，才不自然地说道："上次罗盘不是出了毛病，我们滞留明朝好几天才回来吗？为了以防万一，还是暂时别用了，我需要再算一下罗盘上的地盘方位。"

"那行！等能用记得叫我！正好我在急诊这边带班还走不开。"医生的回答很干脆，穿越时空这么高端大气上档次的事情，当然要万无一失才可以进行，否则万一穿不回来了，医生可不想离开手机电脑空调。而且除了前几个月因为老板的突然下落不明而心急如焚之外，他现在也逐渐看开了。他有时间，耗得起，甚至他都考虑请掉今年的年假，去国内的名山大川走走，说不定还真能找到什么线索。

陆子冈面无表情地挂掉电话，深深地吐出一口气，静止了数秒之后，便开始行动起来。

拿出一套明代的青布直身宽大长衣套在身上，又对着镜子戴好了假发，把锦布上的对镯小心翼翼地装进锦盒揣入怀里。做好一切准备之后，他才拿起了洛书九星罗盘，仔仔细细地拨动着上面的指针。

他早把算好的角度默记于心，在脑海中想了千百遍，怎么都不会拨错，但他还是屏住了呼吸，手心出汗。

是的，他确实是动了不该有的心思。

洛书九星罗盘上有五十二层，最多的那一层有三百八十四个格子，如果是不懂的人，肯定看到就会双眼发晕，陆子冈一开始拿到手的时候也感到极为棘手。

但经过几次穿越，他记录下波动的角度和相应穿越的朝代，已经掌握了规律所在。所以，他其实在几个月前，就能带医生穿越回几个月前，找到老板到底去哪里了。

可是他并不想就这样做，老板回来的话，他就不能再擅用洛书九星罗盘了。

每个人在一生中都有后悔的往事，他也有想要回到的过去。

一开始，他并没有这样的想法，只是抱着多试几次才会更保险的念头，放任自己带着医生穿梭在各个朝代之间。因为他知道，就算他回到过去，也什么都不能做，只能当个旁观者，不能改变历史。但在医生救治了那名民国少年之后，他没有发现任何不妥，虽然口中还是反对的，但心中的想法也慢慢变了。

所以在上个月穿到戚少将军的兵营里,陆子冈也抱着这样的心理,没有强硬地阻止医生救人。

而回到现在一个月了,什么意外都没有发生,也许他们救的都是历史上微不足道的人,根本不会影响大的历史走向。

那么,他是不是也可以抱着一丝希望呢?

陆子冈的手离开指针,罗盘发出了一阵白光,带着期望和忐忑,他缓缓地闭上了眼睛。

二

明朝嘉靖二十一年,京城。

夏泽兰按了按腰间微鼓的荷包,秀丽的脸上不禁露出些许笑容来,本来答应李公公做一桌子苏州菜的,但碾玉作司正想请的那名琢玉师因为她的缘故,提前离开了,她反而不用做菜了。

不用忙一下午,就能直接得到不菲的酬劳,任是谁都会觉得是天上掉馅饼吧。

想起那个有点傻乎乎的琢玉师,夏泽兰唇边的笑意又深了些许。可以免费请一个技艺高超的琢玉师雕琢她的玉料,她今天的收获真是不小呢!

只是脖子上少了那块玉料的重量,真是有些不太习惯。

夏泽兰挎着包着锟刀的小包袱,从碾玉作司正的小院转出来。虽然这次没有人给她带路,但她依旧凭着记忆从迷宫一样的碾玉作走了出来。在经过隔壁御用监灯作的时候,看到工匠们在准备各种鳌山灯、花灯和滚灯的前期制作。每年京城在腊月廿四到来年的正月十七都是灯节,整个皇宫京城的御用灯笼都是御用监灯作负责的,虽然现在还有两个月才到腊月底,但这些工匠们就已经开始忙碌起来了。

只要看着那些红色的灯纸和绢布,就会让人从心底里愉悦起来。夏泽兰放纵自己停步观看了一会儿，这才心满意足地转身离开。

既然晚上无事，那就回尚膳监当值吧，夏泽兰一边走一边想着。皇宫内的各个宫苑中，都有着小厨房，尚膳监的人也轮流去小厨房内帮忙。今天晚上她应该是去端妃娘娘那里轮值，为了接李公公的这个活，她可是跟玉梅特意换了班的，现在这个点回去，说不定都不用麻烦玉梅。

盘算着荷包里多出来的银两可以在冬天来临之前多置备几套冬装，夏泽兰快步地往御用监的大门走去，她的腰间还带着尚膳监的腰牌，所以御用监的守卫并没有为难她。夏泽兰刚一迈出御用监大门的门槛，就看到街对面遥遥地站着一个人，对方目光炯炯地看着她，就算是她想要忽略都不行。

居然就是刚刚走掉的那个琢玉师，而且显然就是在等她。

夏泽兰马上就走了过去，好奇地仰起头问道："陆大师，你怎么在这里？是不是要回去找司正？"夏泽兰觉得对方的表情很奇怪，她也察觉到他身上穿的衣服并不是刚刚那件，只是颜色很相近罢了，细看完全不一样。难道是已经回去换了套衣服？

"不用叫我陆大师，叫我陆大哥就可以了。呃……我……"年轻的琢玉师一时有些手足无措，俊脸上居然泛出些许微红。

夏泽兰愣了一下，刚刚两人在厨房私下相处的时候，也没见这人这样容易害羞啊！不过旋即夏泽兰就发现自己的思维有问题，什么叫私下相处，孤男寡女的，幸好没有人看见，否则她的名节还要不要了？她又想到刚才是她主动走过来找他说话的，顿时也霞飞双颊。在大庭广众之下，就算夏泽兰再大大咧咧，也发觉了不妥。

谁叫尚膳监一般不是女子就是大叔们，她能接触到的年轻一点的男子，更多的就是太监，所以她压根没有男女授受不亲的概念。

这两人在御用监大门口相看脸红也不是个事啊！夏泽兰垂下头想要赶紧行个礼掉头就走，却不想这琢玉师首先开了口。

"他乡遇故知乃是人生四大喜事之一，姑娘可否容在下回请一顿？为了……十年前的那顿蛋炒饭？"

夏泽兰一怔，看着面前英俊的琢玉师，越看越觉得面熟，想起他刚刚提的哑舍，"啊"的一声轻呼道："你就是隔壁的那个小哥哥？！"

年轻的琢玉师缓缓地点了点头，清澈的目光中蕴含着夏泽兰看不透的复杂含义。

"天啊，没想到真的这么巧！"确认了两人的身份，夏泽兰也不由得惊叹缘分的奇妙，也明白了之前为何这名琢玉师看到她脖颈间的玉料会那么激动，还主动讨要过去琢磨，原来他们是旧识啊！

互相表明了身份，刚刚的尴尬便一扫而空，夏泽兰想了想，觉得机会难得，她反正都已经和玉梅换班了，还不如直接轻松一下，反正下次也能回替玉梅一次的。

可是当她点头应允的时候，年轻的琢玉师脸上的表情却忽然僵住了。

看着他着急地在身上摸了摸，夏泽兰便了然了，他必是换衣服换得急，没带钱袋。

夏泽兰哭笑不得，就这样还想请客呢？她翻了个白眼，拍了拍腰间的荷包，大方地说道："这顿我请吧！"

三

碾玉作所在的御用监衙址是在西华门外西南一里地，这一带在五百多年后，是陆子冈在国家博物馆实习期间经常逛的地方，北京城的西单。御用监占地非常广阔，从复兴门北京二环外的真武庙，到前门一带，都是属于御用监的范围，东边是外库和大库，西边是花房库，南边是冰窖库，左右有木漆作、碾玉作、灯作、佛作这四作。

陆子冈记得五百多年后他曾经去的前门东路的关帝庙，都是御用监的南库旧址，便觉得世事变迁，实在是让人匪夷所思。

他现在眼中观察到的，都是明朝嘉靖年间精巧夺目的古建筑，身边经过的，都是已经作古的人。按理说他已经穿越了多次，应该不会有任何不适感，但却没有一次像这样悠闲自在地走在古代的街道上,而且还可以同自己心中未来的北京城对上号,这种感觉,实在是无法对人言。

这时候,陆子冈甚至开始觉得如果医生和自己一起来就好了,这样还能有个吐槽的对象。

想到这里,陆子冈不自觉地把目光落在了脚步刻意落后他半步的少女身上。

是的,是少女,虽然十八九岁对于古代人来说都可以当孩子娘了,但对于陆子冈来说,她也就是个高中刚毕业的女孩子。事实上,陆子冈对这个少女没有什么特别的想法,毕竟他虽然知道了自己的前世曾经用生命在苦恋着她,但对于现在的他来说,也只是发生在上一世的事情,就像是看别人的故事一样。

但他也深深地为这个故事而唏嘘。从始至终,前世的他都不知道少女的名字,而少女也不知道曾经有个人把她视为生命中唯一的光。这也直接导致他这一年多来,不断地在睡梦中重复看前世的景象,连一些细节都回忆得清清楚楚,甚至连前世的琢玉技巧也在几个月之间练成了。这简直……像是被硬生生地承受了另一段人生。

正好辞职接手了哑舍后,他特意去找大师问过,明明医生找回前世记忆的时候并不是这样,为什么他会如此?

大师摸着他那个光溜溜的秃头,解释说医生因为是魂魄不全转世,所以不光是每次转世活不过十二岁,有长命锁守护也只能活到二十四岁,每次投胎也都是厄运连连,不是家破人亡就是命不久矣,照着时髦的说法那就是天煞孤星转世。这样的情况自也不会被前世的怨念所纠缠,看过前世的景象,也只是过眼云烟而已。

而陆子冈这样想起了前世,实乃是前世的怨念极强,很难摆脱。陆子冈深以为然,因为他见过许多例子,例如那个依旧每天来哑舍画一笔的画师,那个在街角开花店的种田宅男,那对偶尔会来哑舍坐一坐的大学生情侣……他不知道还会有多少人像他一样想起前世,但他知道,若是给那个画师穿越回去的机会，他必定会直接禅位给适合的人，再也不会贪恋那个孤高冰冷的龙椅。

但他自己的情况和其他人又不一样，身后的这少女其实是扶苏的其中一次转世，因为魂魄不全，所以根本不会再有转世记忆。也就是说，前世的他只能拥有这一世，若不能圆满，那就只能怨恨终身。不能像街角开花店的宅男一样在这一世找回自己的恋人。

因此在有了洛书九星罗盘的时候，一个抑制不住的念头就在他心间滋生着。

他的前世只是一个玉匠，爱恋的人也只是一名小小的厨娘，两人的生存或者死亡，根本无法撼动历史车轮的轨迹。为什么他就不能做点什么呢？

前世的他和少女偶然在碾玉作相遇，因为她胸前的那块玉料认出是幼时的青梅竹马，便讨要了那块玉料去雕琢。也许是巧合，玉料一离体，少女便在当晚遭遇了壬寅宫变，被牵连问斩了。

若是把他脖子上的长命锁还给这少女，会不会保佑她能平安度过几年？

但两个相同的东西存在于同一时间段，若只是须臾间还不会扰乱什么，时间长了万一出了什么乱子可怎么办？陆子冈不敢轻举妄动。他只是想阻止少女卷入那场震惊朝野的壬寅宫变之中，如果能顺便撮合她和前世的他在一起，岂不是能把那一直缠绕在他脑海的怨念驱散一些？

毕竟他们只是历史上的小人物，不是吗？

所以他雕了那对玉镯，想找机会送给少女。

玉镯在古代，是等同于戒指在现代的意义的。汉朝就有《定情诗》云："何以致契阔，绕腕双跳脱。"其中的契阔就是出自《诗经》中的"死生契阔，与子成说。执子之手，与子偕老"，而跳脱便是古时手镯的意思，是恋人定情时所赠。

前世的他只要看到这雕工和这落款，就知道是谁雕的。估计虽然会不明白为什么这世上会有第二个自己，但前世的他一直在哑舍看店，什么稀奇古怪的东西没见过，自然也会猜得到。陆子冈按了按怀中的锦盒，心情颇好，他已阻止了少女回宫当值，那么现在只需要找个机会把这对玉跳脱送给她就大功告成了。

思绪起伏间，陆子冈发觉他们已经在胡同中穿梭许久了。京城向来有着东富西贵南贫北贱的说法，皇城的东边一般住的都是商人，富贵遮天。而百官为了应诏方便，一般都是云集在西城一带。南贫说的是前门外的天桥一直到永定门都是三教九流平民百姓聚集的地方，而钟鼓楼往北到德胜门的地方，都是宫女和太监的家眷所住，这些人往往都被人瞧不起，才有北贱之称。陆子冈知道他们现在就在西城一带，入目所及的都是高官的宅邸，处处深宅大院，就算有个别酒楼，看起来也非常高档，估计他们连给店小二的赏钱都出不起。

夏泽兰简单地介绍了一下自己，陆子冈至少知道了她的姓氏，但闺名不好问得太详细。古代在订婚之前的三书六礼时，才会有问名这个环节，他一个偶然相逢的外男，对方肯请他吃顿饭，就已经是于礼不合了。

好在明朝虽然对于女子的管制很严，也仅限于大户人家的小姐夫人们，平民百姓的女人家也是会迫于生计抛头露面的。所以陆子冈和夏泽兰一路上几乎并肩而行，也没有引起太多的人注意。夏泽兰等褪去了初时的羞涩，便开始沿路介绍京城的风貌来，因为她知道身边这位年轻的琢玉师是刚刚进京不久的。

有人当导游，陆子冈自是求之不得，但他听着听着就觉得不对劲了。

"哎呀，那家天福斋的酱肘子做得太腻而且很咸，肯定不会合我们南方人的口味。

"这家糖火烧倒是不错，但早上来吃比较好，晚上吃太随便了一点。

"鸿丰楼的烤鸭好吃，可都是要提前一天预约才可以的，今天肯定是来不及了。

"泰德福的涮羊肉也还可以，但腥臊味道很重，我怕你适应不了。"

陆子冈一路走，一路听着夏泽兰絮絮叨叨地点评着路过的饭馆，最后终于听明白了，这绝对就是同行相轻啊……夏泽兰一边说，一边也在心里思量着。她偶尔偷瞄着年轻琢玉师俊朗的侧脸，忽然想起之前在李公公那里听到的八卦。据说这位新来的苏州琢玉师，虽然已是二十余岁，但却没有家眷随行安置。

没有家眷，就是没有娶妻的意思吗？

夏泽兰想要习惯性地隔着衣服摸摸脖颈间的玉料，手上却摸了个空，才醒悟到自己已把玉料交给了眼前的人去雕琢。伸手摸了摸腰间的荷包，夏泽兰一咬牙，漾出一抹微笑道："陆大哥，为表诚意，我还是请你去我家吃吧！"

陆子冈受宠若惊，简直不知道这一路是怎么走的，直到他站在一家兴旺的小餐馆外面，又看了看左右。

呃……如果他没记错的话，五百多年以后，这里开的应该是一家肯德基……

夏泽兰十年前随父母进京，当时她家的境况还不错，父母用积蓄在前门附近开了家小餐馆，主营苏州菜和淮扬菜。因为手艺地道，菜肴物美价廉，小有名气。可惜好景不长，夏父因为积劳成疾早早过世，母亲也因为悲伤过度撒手人寰，独留夏泽兰一人。

夏泽兰本应遵循父母遗命，扶棺回乡后留在苏州，但因亲戚多已疏远，夏泽兰也不愿在他们的指手画脚下被安排盲婚哑嫁，便在安葬父母之后重新回了京城。她一个人支撑不了一家餐馆，便把铺面租了出去，自己又因为手艺精湛被招入了尚膳监当厨娘。因双亲早逝，无人管她婚嫁，独自一人不知道有多逍遥自在。

当然，经常有那左邻右舍的热心姑婆来攀谈介绍，夏泽兰总是婉言谢绝，毕竟她一人孤身在京，无亲无故，那些三姑六婆又能给她介绍什么好人家？宁缺毋滥，就算一辈子不嫁也没有什么不好，这是夏泽兰早就定下的决心。

只是，现在这个决心，微微地有些动摇了。

夏泽兰面不改色地带着陆子冈踏入自家那个租出去的小餐馆，因为已经快到晚饭时分，客流量已经增多，他们的到来并没有引起多少人注意。

陆子冈跟着她轻车熟路地穿过厅堂绕过后厨，之后便进到了一间狭窄的小院里。这间小院里已经堆满了许多晾晒的干菜，那穿好的山蘑菇、萝卜条和堆砌成一摞摞的大白菜，还有房檐下那一串串垂下来的金黄色玉米，混合成了一股扑面而来的温馨气息。

夏泽兰见陆子冈的目光流连在玉米上，便连忙解释道："这是玉蜀黍，从海外传进来的，据说好保存，很多海上讨生活的人都喜欢吃。这个又好种产量又高，最近京城也很风靡，我闲时正研究些玉蜀黍的新菜肴。"

陆子冈闻言一怔，才想起这种原产于中美洲、是印第安人主要粮食作物的玉米，正是因为哥伦布发现了美洲大陆，在嘉靖年间才传入中国，但大范围地种植却是在清朝时期。正因为玉米的生长期和冬小麦交错，在黄河流域附近的北方地区，可以和冬小麦轮流耕作，达到作物一年两熟，成为下层人口的主要粮食，这也是18世纪后中国人口迅速增长的主要原因之一。所以玉米还被世人称之为五谷之外的又一种谷，可见其重要程度。

想到这里，陆子冈不禁道："玉米直接煮着吃或者烤着吃就很不错，炖汤或者搓成玉米面，剥粒炒菜，或者加点油和面做成玉米烙也好吃。"

"啊？"夏泽兰请陆子冈回来给他做饭，也有让他吃吃这种稀奇的玉蜀黍显摆的意思，结果对方居然比她更了解。夏泽兰泄气后又重新振作，问清楚了如何做玉米烙之后，便选了两根玉蜀黍一头扎进院子里的小厨房中。

陆子冈也没有进屋，而是陪在外面，按照夏泽兰的指示帮她做一些力所能及的事情，挑水、择菜等等。夏泽兰的小厨房虽然比起碾玉作司正的厨房小了许多，但麻雀虽小五脏俱全，其中坛坛罐罐甚多，显然都是夏泽兰的私家珍藏。

陆子冈从不知道做菜还有如此多繁琐的工序，因为现代厨房都是全自动或半自动的机器，此时目睹了古法厨艺，觉得无比神奇。连煮饭时添加柴火的多少都有讲究，那个在厨房中忙碌的曼妙身影，更像是在制作艺术品一般，一举一动都充满了令人移不开目光的魅力，和着充盈鼻间的香气四溢，更令人永生难忘。

两人直接在院子里支起了圆桌，等天色稍暗下来的时候，摆在圆桌上的已经是一席颇为丰富的菜肴。

蒸得红彤彤的四只河蟹、辣赤焦香的五香排骨、金黄香脆的玉米烙、酱褐色的爆鳝片，还有一砂锅的清炖蟹粉狮子头，色香味俱全，令人口齿生津，食指大动。陆子冈帮忙摆好碗筷之后，就端坐在桌前忍受煎熬，他这才想起来自己因为穿越前的紧张，今天还没吃过饭。

夏泽兰洗净了手，进屋把满是油烟的衣服换下，再出来时已换上了一袭青绿色的襦裙，又套了缃色的宽袖背子，只在衣襟上以粉色桃花花边做装饰，且领子一直通到下摆，更衬得她容姿清丽夺人，未施半点脂粉的肌肤艳若桃李，陆子冈一时之间竟是看呆了。

有那么一瞬，陆子冈居然有些嫉妒前世的自己了。

漂亮、温柔、爽利、做菜又好……这样的女朋友谁不想要啊！当真是出得厅堂，入得厨房，宜室宜家。

夏泽兰也注意到了年轻琢玉师灼热的目光，她脚步微滞了片刻，随后低垂着眼帘，把怀里的一小坛酒放在了圆桌上。再抬起头的时候已是恢复了往日的微笑，只是脸颊微带些许红晕。"这是一小坛从御茶房那边要来的桂花酝酿，正好配这时候的蟹子吃。这京城中的人不那么喜吃蟹子，这是前面餐馆剩下的四只公蟹，这时候吃正是膏肥之时，倒是便宜你了。"

陆子冈知道这只是夏泽兰的客气话，十月份的河蟹，正是一年之中最贵的时候，这四只螃蟹，个头都比成年男人的拳头还大，一只就比这桌上的其他菜都贵重了。他也不多说什么，拿过那坛酒，拍开坛口的封泥，一股沁人心扉的浓醇酒香迅速在小院中散开。

倒入瓷白酒盅中的酒液呈琥珀色，入口清新醇和，绵甜纯净，带着桂花的香气，令人唇齿生香。虽然酿酒都是良酝署所制，但御茶房都是管着御赐的茶酒，这一小坛桂花酝酿也是夏泽兰机缘巧合之际存下来的。她倒是不喜欢杯中之物，所以才留存至今。

看着年轻的琢玉师毫不掩饰的赞叹表情和举筷如飞的动作，已经完全取悦了夏泽兰一颗厨师的心。她这顿晚餐虽然看似简单，但所使用的香油、甜酱、豆豉、酱油、醋等都是她巧手秘制的，不比宫中掌醢署御制的差，所做的菜肴也非平日能吃到的。就拿那盘蒸蟹来说，她之前就一直用浸了些许黄酒的湿布罩着，将养了几天，让蟹子排干净了肚内污油，本想着这几天一天吃一只的，结果正巧碰上这个冤家，只好一起料理了。蒸笼里都铺着荷叶和紫苏叶，蟹肚脐内都塞了几粒花椒去腥，又放了几朵白线菊花一起上蒸笼，这一盘菊花蟹在鸿丰楼可要卖上三两银子。

"居然那么贵啊，那还真是令姑娘破费了。"

夏泽兰一呆，随后就恨不得把自己藏到桌子底下，没想到她竟然不知不觉地把自己想的说出来了。她连忙补救道："陆大哥你别介意，你帮我雕琢那玉料，我给不起你工钱，只好做这顿饭聊表心意。"

明朝初期的时候银子的购买力还强一些，到明中期，一两银子大概能抵现代的人民币六百多块。三两银子就是将近两千块人民币了，当真是贵。不过古时交通不便，在长江一带的河蟹运到京城，确实是不易。陆子冈一边咋舌一边觉得自己今天真的是有口福了，他用手拿起一只螃蟹放在夏泽兰盘里，笑着道："本就说好替姑娘你雕琢那玉料就是为了还十年前的那顿蛋炒饭的，这顿又是在下先提出来相请，实在不好意思让姑娘忙碌多时。"

夏泽兰抿了抿唇，心中生起一股期待，是不是之后还会请她去吃一顿？这样有来有往的……可是她却见年轻的琢玉师用手边的方巾擦了擦手，珍而重之地从怀中取出一个锦盒，放到了她的面前。

"夏姑娘，这是在下这顿饭的谢礼。但，请等我走以后再打开如何？"陆子冈说得极为认真。

夏泽兰迎着他深沉的目光，一颗心怦怦直跳，只能点头应允。

这一番说笑，两人间的隔阂便如冰雪般融化，很快就打破食不语的惯例，一边吃喝一边聊起天来。夏泽兰离开苏州多年，自是希望知道一些苏州的事情。而陆子冈虽然并不是原装货，但他对前世的记忆烂熟于心，对夏泽兰的问题回答得滴水不漏，又因为他实际上博学多才，言辞谈吐都异于普通人，更像是夏泽兰颇为仰慕的读书人，更令后者美目连连停驻。

等到天色已然全黑，夏泽兰点燃了圆桌上的油灯，院墙外人声鼎沸的餐馆更显得小院内的寂静，陆子冈忽然想到一个迫在眉睫的问题。

之前他就偷看过罗盘指针的移动速度，估计等到指针归位天道十字线至少要等到凌晨了，那他今天晚上要睡哪儿啊？

身无分文，他连客栈都去不了，又拉不下来脸管夏泽兰借银子。在吃了一顿顶级菜肴之后，他就更不想去睡大街了。陆子冈思考了半晌，终于决定不要脸一次，喝酒装醉。

夏泽兰哭笑不得地看着陆子冈接连不断地喝着桂花酝酿，最终不胜酒力地趴在桌子上昏睡了过去。她怎么就忘记告诉他这桂花酝酿的后劲十足呢？她只好把一片狼藉的桌子都收拾干净，之后口中唤着陆大哥，夏泽兰试着伸手推了推对方，却毫无动静。

目光落在了桌子上仅剩的那个锦盒上面，夏泽兰咬着唇踌躇了半晌，最终还是忍不住伸手拿了过来。

在打开锦盒的那一刹那，夏泽兰倒抽了一口凉气。即使是灯光昏暗，她也能看得出来这对手镯那巧夺天工的雕琢，而且一对镂空玉镯并排放在一起，还有着在地愿为连理枝之意。即使是个傻子，也能明白对方巧妙蕴含其中的情意。

不禁拿起一枚玉镯在手中把玩，夏泽兰看清楚手镯内的子冈款，不由自主地晕红了双颊喃喃自语道："子冈……陆子冈……"

四

陆子冈是被嘈杂声吵醒的，他迷糊了片刻，才发现自己本来是想装醉的，结果后来真趴在圆桌上在院子里睡着了。随着他坐起身，肩上披着的厚厚毯子便滑落而下，夜晚的秋风立刻让他混沌的大脑清醒了过来。

天色暗沉，连星光都不见一分，只有桌上闪烁的油灯在秋风中不安地跳动着。陆子冈听到外院街道上疾驰的马蹄声，不禁心下忐忑起来。算起来应该是后半夜了，壬寅宫变应该已经结束，那些刺杀嘉靖皇帝的宫女们肯定都已经被拿下，难道还会波及无辜吗？

陆子冈忽然间想起，前世的他虽然不知道夏泽兰真正的名字，但老板曾经告诉过他，那张皇城门口张贴着的名单上，有少女的名字。

面色惨白地回忆着前世的画面，尽管那张黄纸并不经常出现在回忆中，但陆子冈还是把它从记忆深处找了出来。

确实是有一个名字姓夏。

此时，夏泽兰摸着锦盒中精致的手镯，并未入睡。她知道自己留下那年轻的琢玉师过夜，肯定会被看到的人戳脊梁骨的。

可是那又怎样？他送了她这双跳脱，她也心悦于他，守不守礼，只在他们两人之间，与他人何干？

只是她确实不能不知廉耻地扶着他进屋歇息，只能给他盖上一层厚厚的毛毯，一直坐在黑暗中细细思量。此刻听到院中的动静，便披着衣服走了出来，羞涩地低头想要解释自己没叫醒他。

可在她开口之前，那人就已经冲到了她面前，按住了她的双肩，急切地问道："夏姑娘，你是不是叫夏泽兰？"

夏泽兰以为陆子冈是从哑舍老板那处得知了她的闺名，一时之间羞意更甚，心中小鹿乱撞，只能胡乱点头应是。没想到，下一刻她的手便被对方拽住，拉着她就往院外冲去。夏泽兰把惊呼憋在喉咙里，她此时也察觉出来些许不对劲，京城的夜晚一向都是安静死寂的，只有在出大事的时候才会马蹄声阵阵，而当他们出了后院的门时，就听到有人高呼"锦衣卫办事，闲人退避！"的声音从前面的餐馆处传来。

夏泽兰听到那声音的时候，遍体生寒。锦衣卫在民间那就是地狱的代名词，而且她看陆子冈如临大敌的态度，便知道那些锦衣卫应该是冲着她来的。她抖着唇不敢置信地问道："出了什么事？"

陆子冈一边艰难地在黑暗中辨认方向道路，一边低咒。壬寅宫变是几个宫女不堪嘉靖帝的淫威，奋起反抗，结果没把嘉靖帝勒死，还闹大发了。现在宫变事发，嘉靖帝肯定大发雷霆，自然也会彻查端妃宫中上下一切人员，本来应该当值的夏泽兰不在，被人代职，已经成为惊弓之鸟、疑神疑鬼的嘉靖帝肯定会下令捉拿。

怎么办？京城守卫森严，锦衣卫无孔不入，就算他领着夏泽兰去哑舍找老板，后者恐怕也无法把她保下。且老板估计已习惯了每一世的扶苏都会死于各种无妄之灾，像夏泽兰这样只是幼时给了她一块玉料便撒手不管的情况，现在肯定也不会再多看一眼。

几乎听得到身后的脚步声，锦衣卫只要闯进那间小院，就会知道他们刚跑没多久，他之前披的那条毯子还留有余温。陆子冈茫然地看着五百多年前的世界，一股无力感从心头弥散开来，令他连呼吸都觉得沉重。

"陆大哥……你先走吧……"夏泽兰气喘吁吁地低声说道。她冰雪聪明，知道定是宫中出事了，锦衣卫来找的肯定是她，而不是才刚刚进京的陆子冈。夏泽兰觉得前面的人停下了脚步，不禁凄然。

也罢，他们今生本就是有缘无分。

夏泽兰想了想，把一直抱在怀里的锦盒递还过去。幸亏她今晚一直抱着它没松过手，所以才会一起带出来。"陆大哥，这对手镯……还是还给你吧……"她的声音中带着极度的不舍，她无比喜欢这对雕琢精致的玉镯，更喜欢这双玉跳脱中所蕴含的情意。

何以致契阔，绕腕双跳脱……

可是此时此刻，她不得不让自己硬下心肠，只能暗叹一声造化弄人了。

感到锦盒被人接了过去，夏泽兰垂下头，不想被对方看到自己一副要哭出来的表情，可是她却在下一秒发现自己要收回的双手被人死死握住了。

陆子冈从锦盒中把那对玉手镯拿了出来，动作迅速地往她的两只手腕上一套，纤细白皙的手腕上戴着那对镂空连理枝玉镯，更是衬得她那双并不算柔嫩的手如同珍宝般娇贵。

何以致契阔，绕腕双跳脱……

看着夏泽兰惊愕的双眼朝他看来，陆子冈伸手抹去她眼角溢出的泪滴，低声询问道："愿不愿意和我一起走？离开这里？"

他不想让历史重新上演，他要赌一次。

夏泽兰不知道陆子冈说的是什么意思,但却下意识地点了点头。明明已经知道锦衣卫的马蹄声如迅雷般疾驰而来,她的心却平静了下来,不管结果如何,这双玉跳脱已经抚平了她心中的不甘。

她静静地看着年轻的琢玉师从怀中掏出一个罗盘,拉着她的手按在罗盘上,然后罗盘便发出了夺目的白光。

五

三青和鸣鸿正在哑舍的店铺中大打出手,鸣鸿不想闷在那狭窄的黑屋子里,便把锁打开了从哑舍的内间飞了出来,而三青自是勃然大怒。自从鸣鸿来了之后,它觉得自己就被赋予了一项看管鸣鸿这小子的艰巨使命,此时见它要逃走,自然紧追不舍。

两只鸟又掐成一团,好在它们都有灵智,知道哑舍内的古董价值连城又不好惹,所以非常克制,倒没碰坏什么东西,但看起来却是惊险非常。

砰!一声突如其来的巨响,让两只鸟都吓了一跳,赶紧分开,却见突然出现在哑舍店内的陆子冈单膝跪地,正是他刚刚一拳砸在了地面上。

三青落在陆子冈的肩膀上,小脑袋安慰地蹭了蹭他的脸。

陆子冈干脆一屁股坐在了冰凉的地面上,抚摸着三青柔软的翎羽,平复着心中的哀恸,许久都没办法冷静下来。

罗盘根本无法带着夏泽兰一起回到现代。

他无法想象她是如何眼睁睁看着他消失的,他的身体变得半透明,她虽然讶异,但依旧欣喜地看着他,为他可以逃脱而高兴着。而他却毫无办法,无论他怎么去抓她的手,最终也只是从她的腕间交错而过,别说那温暖的手,就连那冰凉的手镯都没有碰触到。

陆子冈就那么默默地呆坐了许久,一直到天色发亮,隔壁报刊亭的老大爷拧开了广播,字正腔圆的播报员在念着清晨的新闻。

"昨日北京燕郊发现一座明朝古墓,出土了若干件珍品,其中有一对镂空连理枝玉手镯，其内侧有清晰可见的子冈款，被专家初步认定是嘉靖年间著名琢玉师陆子冈难得一见的玉镯雕品……"

陆子冈从迷茫中惊醒，连忙跌跌撞撞地站起身，从柜台里翻出手机，上网调出这一则新闻。当他看到那对手镯的照片时，不禁跌坐在了椅子里。除了因为埋在土中而产生的沁色，那款式纹路大小，无一不和他昨日送出去的那对玉跳脱一模一样。

他抱着头低低地笑出了声，没有管三青在他身边关心地跳来跳去。

他没有改变历史吗？

不，某种程度上，还是改变了。

只是……这并不是他想要的……

第十一章　蘅芜香

一

窗外漫天飞雪,古朴的丹房内却温暖如春。

老板坐在一座半人高的丹炉前,聚精会神地盯着丹炉下的火候。他靠得极近,火光映照着他的脸颊,若是换了旁人早就热得受不了了,但他的脸上却一滴汗都没有流下。

一只白皙的手从他的背后探了出来,揽着他的脖颈往后拽了拽,一个略带忧心的声音传来:"不要靠得太近,万一烧伤了如何是好?"

老板眨了眨眼睛,拍了拍那只攀在他肩上的手安慰道:"无妨,又不会感觉到痛。"

"就是因为你感觉不到痛才有问题。"一张戴着半截银质面具的脸从阴影中显露出来,虽然只有半张脸露在外面,但依旧可以看得出来对方那直挺的鼻梁、两片薄厚适中的唇和线条优美的下颌。

对方的声音也悦耳动听:"为什么人会感觉到痛呢?就是因为能感受到痛,才会保护好自己,下次不会再做伤害到自己的事情。例如被刀剑伤害到,下次再遇到刀剑及体的时候,就会提前躲开。曾经被火灼痛过,就会在用火的时候离得远一些。你这样感觉不到疼痛,等被火烧焦了你手指头的时候就晚了。"

老板无奈地用手按了按两眼之间的睛明穴,随着抛掉了为大秦复辟的包袱,扶苏越来越适应这个社会,他的性格也越来越开朗了起来。然后随之而来的就是越来越会教育人了,而且也越来越话痨了。

一年前离开哑舍的时候,他确实是想把自己的身体换给扶苏,但后者又怎么可能同意？最后商量了一下，扶苏便把身体换给了医生，魂魄依附在水苍玉之上，由他带着去寻找合适的身体。当然，这种过程中，有七成的几率是魂飞魄散。

也许真的是机缘，没过多久就让他找到了一个死于交通意外的年轻男子，可惜脸部被烧伤了一部分，并不算完美无缺。不过扶苏也不是拘泥于皮相之人，只是平日里需要戴着半截面具，以免吓到其他人。

扶苏成功地借尸还魂之后，因为这具身体并不像附身医生那样合适，还时不时会有灵魂和身体的排异反应，所以这大半年来，老板一直在给扶苏炼制丹药，期待可以顺利地解决这个问题。

"如果……师父还在就好了。"被强迫着往后坐了半米，老板看着烟火缭绕的丹炉，不禁喃喃自语。他自幼和师父学的并不是炼丹，更多的是诸子百家，若是师父在这里，说不定还能炼出长生不老药来……老板想到这里自嘲地一笑，就算是师父仍在，估计也炼不出来了。如今天地之间灵气稀薄，那些远古时代的灵草灵药早已绝迹，又上哪里去凑齐丹方上的那些药材？他走遍了名山大川，也就找到了几种勉强可以入药的，还失败了好几炉。

"无妨，这一炉若是再失败的话，你就陪我去各地走走，我这个身体至少还能撑个三五年的，我已经很满足了。"扶苏盘膝坐在老板身旁，伸手抚平了他眉间蹙起的褶皱，语气温和。

这样平静祥和的生活，是以前他完全不能想象的，他故意语气轻松地说道："之前为了不让那臭小子的工作丢掉，我忙活了一年，实在是太累人了。这具身体的家世好像不错，而且也不用工作……你可以出国吧？陪我去世界各地转转吧。

"况且我看那历史书记载的，后来的明朝清朝实在是太不像话，那姓朱的居然让外族入主了中原，而那满族更是离谱，最后居然还被那弹丸之地的蛮族入侵，许多宝贝都被抢走了！我们去世界各地的时候，也要想办法把它们都弄回来。"

老板这回倒是没有嫌弃扶苏的话痨，他看着丹炉下面跳跃的火光，一时间默然无语。

扶苏也没有再言语,他笼起双手,静静地陪在老板身边。他只是从历史书中看到了那些片段,而他身边的这个人却实实在在地经历过那些动荡的年代,扶苏简直不敢去细想,这人究竟是怎么熬过这两千多年的。

丹房内一直寂静无声,直到丹炉内发出一声爆响,老板才跳了起来,不顾炉盖火烫地掀开来,面带失望地看着丹炉内的一片焦黑。

扶苏却并不意外,他拉着老板的手浸到了一旁的水缸中,让冰凉的水缓解后者通红的手指,口中劝慰道:"别这样,毕之,天命如此,莫要强求。"

老板低头看着自己的手指在水缸中浸了片刻,又被扶苏拉出来细细地擦干,涂上了一层厚厚的獾子油。他的指尖没有痛苦的感觉,却依旧觉得心里有把刀在来回拉锯,痛得他几乎说不出话来。

若是一年前,他也许不会有如此感受,但和扶苏重新朝夕相处了一年,埋藏在记忆深处的那些回忆又重新找了回来。他是他的君,他理应一直站在他的身后,不管付出任何代价。

更何况,他只是想要活下去,就算是拥有正常人的性命也无妨,毕竟他的扶苏殿下,是在人生中最美好的年月逝去的。

"我要回去一趟。"老板淡淡地说道。快一年了,当时走得急,怕扶苏灵魂消散,也不知道医生什么时候能醒过来,所以他突然消失了什么话都没留,也该回去打声招呼了。

"回哑舍吗?好,我陪你。"

扶苏暗自松了口气,他就怕毕之又钻牛角尖了。这人的性子看起来极为软绵,但实际上倔得十头牛都拉不回来。

他摸了摸脸上的面具,勾起唇角笑道:"你说我们先去哪个国家玩好呢?喏,要不先就近去趟韩国吧,我去植个皮再整个容,省得戴着个面具会吓坏小朋友。"

老板的嘴角抽搐了两下,扶苏在医院待过一年,知道整容手术也不稀奇,但他委实没想到这大秦皇太子殿下居然如此看得开。

他瞥了眼扶苏那就快及肩的长发，取笑道："你不是说身体发肤受之父母，不敢毁伤吗？还想着整容？你先把头发剪剪再说吧。"

扶苏摸着面具的手僵了僵，随即落到老板整齐利落的短发上，好奇道："毕之，你是什么时候剪的头发呢？民国时期？"

"有机会再说给你听，我们收拾收拾回去吧。"老板若无其事地转移话题，"我要回哑舍拿一个东西。"

"嗯？什么东西？"

"一个罗盘。"

"……我们出国也用不着罗盘定位吧？现在手机的 GPRS 导航很好用。"

"……那是 GPS 导航，殿下。"

二

医生从医院的大楼里走出，头顶上冬日难得的明艳阳光让已经习惯了室内光线的他不舒服地眯了一下眼睛。他停下脚步，摘下眼镜按了按鼻梁上的睛明穴。他已经转为正式的医生，刚协助主任做了一场连续十五个小时的大手术，胡乱吃了点东西，在休息室小憩了一会儿，便挣扎着爬了起来。

因为今天是约定好的时间。

医生重新戴上眼镜，拿出手机再次确认了一下自己今天确实轮休，便大步朝哑舍走去。

这次罗盘会不会顺利回到一年前呢？他真的想知道老板被扶苏拐带到哪里去了，为什么一丁点消息都没有……

啊……居然一晃都已经快一年过去了……

来到商业街，医生很远就看到了哑舍外面的招牌，和平日里没有什么两样，但他知道，无论他推开那扇沉重的雕花大门多少次，都无法看到那个熟悉的身影了。

医生的脚步不知不觉地慢了下来，身体的疲惫令他精神上也难免悲观起来，他有时也不知道自己的坚持究竟对不对，也许老板已经结束了这么多年的等待，和他一直期待见到的人隐姓埋名，去过另外一种生活了。

但是……这并不符合老板的性格，于情于理，老板都应该跟他打个招呼，而不是什么话都没有留下来的不告而别。

就算只能再看一眼也好，就算是不能交谈只能旁观也好，他一定要确定老板还好好地活在这个世界上，即使以后再也不见面了也无所谓。

医生再次坚定了自己的信念，加快脚步朝哑舍走去。他深吸一口气推开那扇雕花大门，便见一个人穿着古旧的中山装，正静静地坐在柜台后，听到门响之时抬头朝他看来。

这样的画面，居然让医生有些错愕失神，却在看清楚对方相貌时，又不禁无比失落。

"欢迎……来了啊。"陆子冈收起脸上欢迎光临的虚假笑容，把手中的书小心地平放在柜台上。这是一本古籍，虽然他拥有上一世的记忆，但依旧看繁体古文有些困难。

"来了。"医生也不和他客气，坐在黄花梨官帽椅上，一把抓过柜台上的茶壶，直接往嘴里倒茶水。茶壶里的热茶正好温度适合，让医生有些冻僵的身体缓和了过来。不过说来也奇怪，这哑舍之中并未安装空调，却是冬暖夏凉，极为舒适。

陆子冈对医生粗鲁的喝茶习惯嫌弃地撇了撇嘴，心想这货被老板拽在身边培养了足有三四年了，怎么就没熏陶出来半点温文尔雅的气质呢？好歹像他这样装也能装出来个唬唬人的模样啊！

"啧，没老板泡的好喝。"医生一点都不知道陆子冈心中的吐槽，一口喝完茶壶里的茶水，还咂巴咂嘴评价了一番。

陆子冈黑线了一下，决定不和这货一般计较。他把线装书收入锦盒之中，又摸了摸胸口衣服下面的长命锁，平静地宣布道："对了，我以后打算不再用洛书九星罗盘了。"

"啊？"医生一怔，连忙追问道，"你又找到更靠谱的罗盘了？这可好，省得我们在各个朝代晃悠了。喏，虽然能看到以前的老板很不错，但不能上前打招呼也很痛苦啊！"

"没有其他罗盘。"陆子冈回过身看着医生，坦然道。

"……那有其他方法可以找到老板的下落？"医生推了推鼻梁上的眼镜，感觉到陆子冈今天的态度有些奇怪，导致他脸上的笑容都有些僵硬。

"没有。"陆子冈摊了摊手，表示自己很无奈，"其实从一开始想要去找老板回来的念头就不对，老板给我的留言是让我帮他看店，根本没必要非要去找他回来。"

"……这不是实话。"医生收起了笑容，用看透视图的锐利目光审视着面前的陆子冈，"你做了什么？"

陆子冈抿紧了唇，想起了那双他精心雕琢的玉跳脱，现在说不定就在某个研究古物学者的案头上，最终的归宿就是某个博物馆的展柜之中。他的眼前不断出现那张俏丽容颜最后看向他的微笑，就像是镌刻在他的心间，永远都难以磨灭。

他并不知道这是一种什么样的感受，但他觉得自己宁愿忘记。

真是可笑，他本是想解除缠绕在脑海间的前世怨念，结果好像反而作茧自缚了。

"我没有做什么。"陆子冈深吸了一口气，难得地规劝道，"你不是也转正了吗？心胸外科的负担和压力有多重，我即使没经历过也能猜得出来，这一个月以来你都没来哑舍几次。你看看你的脸色，估计在医院里，你更像是个重病患者。忘掉老板，好好生活吧。他几乎是一个无所不能的人，依我看根本不用担心他的。说不定哪天，他就若无其事地回来了。"

医生低头看着自己的双手，这双即使是切割人体最重要器官的血管时都稳定不会出错的手，此时居然在微微颤抖。

陆子冈其实有些不理解医生的坚持，不管在前世还是这辈子，他所接触到的老板，都是让他仰望的存在，根本不需要任何人的陪伴与救赎。

"不是的。"

医生的声音有些模糊不清，陆子冈愣了一下，下意识地问道："不是什么？"

医生握紧了还在颤抖的双手，不知道如何表达心底泛起的情绪。

那个人独自坚强地活了两千多年，虽然看起来像是无所不能，但事实上内心无比脆弱。尽管一直以来寻找扶苏转世是老板能熬过来的原因，但那个人从心底里爱着那些拥有着各种喜怒哀乐却无法述说于口的器物。

如果……如果连哑舍都能托付给旁人，那么就说明他真的舍去了一切，很有可能不会再回来了……

那个人……其实根本如同那些不能说话的古董一般，即使有再多的苦痛和哀伤，都只会埋在心里，不会宣之于口……

"不是你想的那样。"医生重新抬起了头，这回说话的声音大了许多，带着坐立不安的焦虑。

他总觉得老板不告而别，会陷入极大的危险之中，又或者若是那扶苏出了什么事情，老板可能都不想继续活下去了。那个人本来就有着厌世的念头……医生越是想得多，就越发焦躁，但当他接触到陆子冈茫然的目光时，不禁颓然。

这个人根本不了解老板，没法交流啊！想起陆子冈居然想东想西地拒绝去寻找老板，医生忽然气血上涌，恼羞成怒地站起身一拍柜台，毫不客气地质问道："你为什么不去找老板？是不是老板不在了，你就可以把哑舍里的古董都私吞了？"

陆子冈英俊的脸容一变，目光立刻凌厉了起来。

这简直就是对他的侮辱！若不是老板亲自留信让他过来照顾哑舍，他又怎么可能辞去国家博物馆那边待遇优渥前途无量的工作？这个人又有什么立场来指责他？

医生话一出口，便知道自己说错话了，只是看着陆子冈抿紧了唇，脸色煞白浑身怒气地一言不发，他也一时找不到圆场的话。

就在这气氛无比尴尬的时候，雕花大门吱呀一声开启。

一个嘶哑的声音带着笑意地传来："哎哟，这都在吵些什么啊？谁要把哑舍私吞了？求都转给博物馆啊！跪求啊！必须跪求啊！"

医生抬手按了按微痛的太阳穴，叹了口气道："都是我口不择言，馆长大叔你就不要添乱了。话说你不是去昆明疗养去了吗？病好回来了？要不要去医院那边我再给你安排个检查？"

进来的正是许久都没来哑舍的博物馆馆长，这位大叔看起来又比年前苍老了些许，他这回换了一根鸡翅木龙骨拐杖，倒是有几分旁人所不能及的风雅气度。

"腿脚的老毛病了，不用费心了。"馆长笑呵呵地说道，金丝边眼镜因为他的抬头而反射出一道诡异的光芒，只听他朝柜台后的陆子冈笑问道，"小陆，怎么变成你看店了啊？老板呢？来，给叔我掰扯掰扯。"

陆子冈的脸色因为馆长的打岔，缓和了一些，但他还是看着医生，目光淡淡的。

医生知道今天有这馆长在，是别想再探讨罗盘的事情了，况且他的精神状态确实也不好，再待下去恐怕要得罪到底了，只好叹了口气道："我改日再来，那件事我不会改变主意的。"说罢便丝毫不停留地转身离去。

"咦？哪件事啊小陆？快说说！"馆长大感八卦，一迭声地追问道。

陆子冈盯着木雕窗格外医生的身影在街角隐去，藏在柜台下一直紧握的拳头才慢慢松开。

他低头看着掌心被指甲刺出的半月形痕迹，淡淡笑道："没什么大事，真的，马上就能解决好。"

三

"毕之，有没有可以让人遗忘记忆的东西？"扶苏把身上穿着的长袍脱下，换上出门穿着的衬衫牛仔裤，状似不经意地问道。

"有很多，但一般都是让人把前尘往事忘得一干二净，如同初生的婴儿一样。这种我很少用，更像是害人。"老板淡淡地说道。他已经收拾好了东西，本来想帮扶苏穿衣服，但后者却拒绝了。想想也是，他的殿下虽然这一年足不出户的时候都穿长袍，但之前也算是在现代社会生活了一阵，怎么可能不会穿现代的衣服？

"那有没有可以让人保留大部分记忆，只是专门忘掉生命中出现过的一个人？"扶苏慢悠悠地扣着衬衫上的扣子，他的动作轻柔利落，从头发丝到指尖都流露着让人赞赏的优雅。

老板眯着双眼想了想，这才诚实地说道："确实有，在蘅芜香中混入某人的发丝，点燃后让人嗅闻，便可以在这人的记忆中抹去那人的痕迹。"

"蘅芜香？"扶苏挑了挑眉，"这又是什么香？居然还有如此功效？"

"北方有佳人，绝世而独立。一顾倾人城，再顾倾人国。"

老板抑扬顿挫的声音回荡在丹房之间，像是在言语间回忆着什么，半晌后淡笑道："这首诗所描写的绝世美人，就是汉武帝的李夫人。"

扶苏已经熟读史书，闻言笑道："就是那个病死前不让刘彻见到她病容的女子，之后引得见遍天下美色的汉武帝对她念念不忘，倒是个有手段的。"

"正是那个李夫人。她死后，汉武帝偶然间梦见她入梦，赠予他蘅芜香。汉武帝醒后遍寻不着，却闻到一阵香气，芳香经久不息。"

"其实那并不是汉武帝做梦，而是卫皇后为了让汉武帝忘记那李夫人，特意点燃的蘅芜香。只是那李夫人算无遗策，又怎么可能让卫皇后得到自己真正的头发？汉武帝经过此梦，反而对其越发思之如狂。"

"真是可以让人脑补一场跌宕起伏的宫斗剧。喏，这么说，你也有那蘅芜香？"

老板走过去替扶苏整了整领子，又把手边的羊绒衫递了过去："我也只有那么一小块蘅芜香而已，时间长了也已经成了粉末状。以前若是想要谁忘记我，便给他燃上一炉蘅芜香，同时我自己闻着配好的蘅芜香丸就不会受影响。"

扶苏摸了摸自己及肩的头发，半真半假地取笑道："真是难办呢，我这个身体的头发就算混入蘅芜香中给你闻，也不是我真正的身体，你也忘不掉我啊。"

老板笑得更假,他还能不知道扶苏的心思是什么?他既然明明白白地说出来了,自然就是警告他不许给他自己用罢了。老板伸手把扶苏脸上的面具摘了下来,又把他过长的刘海梳了下来,挡住烧伤的那半边脸。

灼热的视线一直存在,老板轻叹了口气,迎着扶苏认真的双眸,只好承诺道:"我知道你的顾虑,放心,我不会再燃蘼芜香的。"

扶苏满意地笑了起来。他真的是怕老板会做出什么以命换命的举措,最后给他点一炉蘼芜香,让他把他忘得一干二净。

对于某些人来说,遗忘也许是个很好的选择,但在不知情的情况下,未免就太不公平了。

打着自认为对其他人好的旗号,在对方不知情的情况下替他做出决断,这根本就是好心办坏事。

肚了闷气的医生回到家后就倒头大睡,一直睡到下午才清醒,一起来便开始面壁思过。

这是他最近才养成的习惯。重回自己的身体后,虽然被扶苏的灵魂占据了一年的记忆还在,但因为并不是他亲身经历的,所以必须要不停地回放才能加深自己的记忆。而且他没料到扶苏的手术技巧居然比他还高出许多,这一年中连续做了好几个大手术,甚至还有机会参加了一个心脏移植手术。也正因为之前扶苏的优异表现,他才能转正得这么顺利。

他重回自己的身体以后,在家里的抽屉里,找到了扶苏留下来的字条。对方诚恳地对于夺舍一事道了歉,并且还说这些手术技巧就算是鸠占鹊巢的补偿,当然,还附有数额激增的银行卡存款……

为了融会贯通这些技巧,这半年来,他要付出的更多,不仅是一些深奥的专业知识需要学习,手术技巧更是需要不断锻炼的。

所以他经常坐在床边,对着家中那一片白花花的墙壁,反复地在脑海中回放自己的记忆。而现在的他却是要反思今天失控的情绪。

对着墙壁发呆了半个小时，医生总结出他最近应该是压力太大了，必须要出去吃一顿大餐才能减压，便立刻换了衣服去商业街吃了顿自助。只是他一个人吃饭的时候胃口总是不好，以前这种时候，他总会先跑去哑舍把老板拖出来一起吃，尽管老板吃的并不多，但有个朋友陪伴，可以倾听他牢骚抱怨的感觉就是不一样。

翻了翻手机通讯录，发现他的同事们基本上都在医院值班，不值班的也忙着补眠，没有人有空。

食不知味地吃饱肚子，医生下意识地又溜达到了哑舍的门前，等到他推开雕花大门，看到陆子冈意外的目光，才暗骂一句"习惯的力量真可怕"。

他们早上才刚吵过架，也许那根本算不上真正的争吵，但医生觉得还是不能这样僵持下去，率先走过去坐了下来。他自来熟地从架子上捞过一个茶盏，随意地用手擦了擦，拎起柜台上的茶壶便给自己倒了盏茶。

陆子冈的嘴角抽了抽，医生手里拿着的是北宋建窑兔毫盏。兔毫盏的釉面颜色是黝黑如漆，光泽莹润如同墨翠，釉面上布满均匀细密的筋脉，犹如兔子身上的毫毛一样纤细柔长而得名，其中又以医生手中的这种银兔毫最为名贵。

这种茶盏是在宋朝时期点茶所用，根本不是用来泡茶的。但他也知道跟医生这种人讲古董根本就是对牛弹琴，只要不打碎就行了。陆子冈瞥了他一眼就继续专注于自己手中的活计。

"在做什么？"医生喝了几口温茶，解了腹中油腻，更是缓和了心中烦躁。他本来就脸皮够厚，此时见陆子冈都没搭理他，反而凑上前去，全当上午的事情没发生过。

陆子冈却没他这么粗的神经，硬邦邦地说道："打香篆。"

医生发现陆子冈放在面前的香炉并不是老板经常用的那尊鎏金翔龙博山香炉，而是一个开口很大的莲花造型的青瓷小香炉。

医生扫了一眼店铺的摆设，发现不光那尊鎏金翔龙博山香炉不见踪影，还有几个很眼熟的摆件和古董都不见了。他忍不住追问道："那尊博山炉呢？

怎么不用它?"

陆子冈眼皮都没抬一下,冷冰冰地说道:"放心,我可没胆把它们都卖了。"等他说完,连他自己都觉得语气不对,但又不知道怎么补救。他一直都是在和古董打交道,根本不用理会什么人情世故,所以今天上午被医生质疑的那一句,才让他非常在意。就像一根刺一样,不知道怎么拔出去,不拔又刺得他生疼。

医生却是在工作中见惯了各种无理取闹的患者和家属,陆子冈的这点别扭脾气对于他来说根本不是什么问题。不过陆子冈不回答,医生也慢慢地回想起来,好像之前有一次他来哑舍的时候,就看到陆子冈收起了几件古董放进了内间,想必也是怕能力不及老板,压制不住这些古古怪怪的家伙们。

八成那个博山炉老祖宗,现在正在阴暗狭窄的锦盒里气得直冒烟吧!

医生心底吐槽得自娱自乐,一边看着陆子冈小心翼翼地拿出一包象牙白色的香灰铺在青瓷香炉里,一边掏出手机来搜索香篆。啧,这都信息社会了,谁还非要求别人解释专有名词啊?很快,医生浏览了一下网页,就看到陆子冈压平了香灰之后,从锦盒里取出了一排十二个莲子形状的青瓷小香罐。

这些小香罐每个大概只有大拇指的一个指节那么高,圆滚滚的特别可爱。陆子冈取来一个同款的莲花瓣形状的青瓷香碟,开始用紫铜竹节香勺挨个从香罐取香粉,取出每种香的分量都不一样,多的有小拇指手盖那么大,少的只有一小撮。

医生想起来,他以前也见老板取过香粉,但是却没看他打过香篆,当时老板就说过,在汉代的时候还没有线香,只有香料磨成的香粉。看这青瓷的香道用具应该至少是北宋年间,但看陆子冈取用这香粉的珍惜劲儿,恐怕这些香粉是上了年头的。

因为香粉都是粉末状的,陆子冈生怕吹散了香粉,便屏气凝神,一脸严肃。

医生也被他的表情感染,大气都不敢出一口,但随着一个个香罐被打开,鼻尖流动着或轻柔或香甜或肃穆或悠远的香气,他不禁深深地吸了一口气,陶醉地闭上了眼睛。

此时，陆子冈的香勺停在了最后一个香罐处，从他的角度，可以看得到这个香罐的盖子上贴着一个细小的封条。他犹豫了许久，抬眼看了下面前的医生，过了半晌才坚定信念，伸手旋开了这个香罐。

他用香勺在罐底刮了好一会儿，才掏出少得可怜的一点点，放入香碟中。随后又趁医生低头刷网页的时候，从锦盒中拿出一小根头发，用香剪剪成一截一截的，也混在香粉之中。

十二种香粉在香碟中混合，陆子冈拿出一个刻着镂空篆体福字的紫铜香篆印，轻轻地放在了铺平的香灰上，随后把配好的香粉用香勺放在香篆印上，再用小香铲把香粉细心地铲到镂空的福字之中。最后把香篆印小心地拿开，一个端正的福字便出现在香灰之上。

"咦？好像挺简单的嘛！"虽然已经在手机上看过打香篆的过程，但亲眼见到就是不一样，医生见陆子冈做得熟练，不禁有些手痒。

"没那么简单，拿香篆印的时候手不能抖，否则香篆字如果断了的话，这一次就不能烧到底了。"看着那个完美的福字，陆子冈心情也好转了许多，便开口解释道。

其实打香篆也是一种锻炼手的稳定性的训练方式，越是线条繁复的香篆印，就对打香篆的人要求越高，否则细细的香篆字断掉一点，都会前功尽弃。陆子冈当年为了锻炼自己修复书画的手不会抖，打香篆了很多次。但他旋即看了眼脸上写满得意的医生，这才想起对方的职业，便不再多话。

医生笑嘻嘻地刮了刮下巴，和心胸外科的他来比谁的手稳？这不是开玩笑吧？

陆子冈拿过一旁的线香，从长信宫灯那边借了火，点燃了香炉里的香篆字。一缕氤氲的烟升腾而起，缓缓地在空中打转、腾移、跳跃、回旋……就像是冥冥之中有什么在操纵着这烟气，让人不由自主地把视线凝聚在其上，看得如痴如醉。

陆子冈拿过一旁的香炉盖子，把香炉盖上。这个香炉的盖子是莲蓬形状，正好每个莲蓬中间都有一个孔，烧造得精致细巧。更兼因这香炉用的时间颇久，那些孔眼处还有些被香熏黄的痕迹，看上去更像是莲蓬的尖尖，惟妙惟肖。香炉的盖子盖上之后，烟气就没有那么浓重了，分了若干缕，丝丝绕绕地冒了出来，很快就散发在空气之中。

很快，一股说不出来的香气渐渐地随着这烟气四散开来。医生也是闻惯了奇楠香的人，但此时竟觉得，这股香气像是勾动着他内心深处，一时间竟是痴了。

陆子冈拿起一个香丸凑在鼻尖处嗅闻着，状似不经意地询问道："你有什么想要忘记的吗？"

"忘记？"医生觉得平时绷紧的神经都因为这香气而放松了下来，一时浑浑噩噩的，也并不觉得陆子冈的这个问题突兀了。他倒是很认真地想了想，才道："确实是有想忘记的啦，例如我父母的惨死、亲戚的挤对，要知道我在小时候，几乎每一两年就要换个人家收留呢……"医生说着说着，像是深藏在心底的负面情绪都被勾了起来，单手按着额头想要把那些回忆重新塞回去，"咦……奇怪……我怎么感觉闻到了一股蛋白质燃烧的味道……"

陆子冈看着医生陷入了沉默，随后又沉沉地在柜台上睡去，不禁叹了口气。

"你鼻子可真灵，我在蘅芜香里加了老板的头发。忘了他吧……忘了他对你比较好。人过分地执着，并不是一件好事。况且这事老板以前常做，估计他若是能回来，肯定也会这样对你做的。我只是替他做了该做的事而已。顺便清理一下你不想要的记忆，作为补偿吧……"

陆子冈闻着手中的香丸，喃喃地自言自语，其实更像是在说服自己。

他也有想要忘记的人，但可惜他没有对方的头发。

他知道医生这样下去会变成什么样子，他会越来越失去正常的生活，甚至连工作都做不好。

这样不行，医生的工作是救死扶伤，手的一次颤抖也许就会失去一个人的生命。今天的吵架就已经出现这样失控的苗头了，长此以往，迟早会出问题。

这样的话，还不如让他来替他下决心。

他和老板本来就是两条平行线，即使命运的捉弄让他们偶然间交汇，也是时候各自远去了。

　　陆子冈闻着手中的香丸,自然是不受屋中点燃的蘅芜香影响,但这时,他却已然有些后悔。

　　他是不是……做错了呢?

　　罢了,就算是错了,也无法挽回了……

　　哑舍的店铺之中,蜿蜒盘旋的香线无声寂静地弥散着,清冷,孤寂……

第十二章　涅罗盘

一

三青用尖尖的嘴喙慢条斯理地梳着身后的翎羽，时不时看一眼悠然停在房梁上的鸣鸿，全然没把在房间中愁得团团转的陆子冈放在眼里。

陆子冈这一年间，最先开始的时候是拼命地演算洛书九星罗盘究竟是怎么运转的，之后起了其他的心思，按照前世的记忆开始练习琢玉技巧，而现在，因为放弃了用罗盘寻找老板，也没有了医生经常过来串门，闲下来的陆子冈才想起来应该抽空检查一下哑舍里面的古董，该晒的就要晒晒，该防虫的就要换樟脑丸，该除尘的就要擦擦灰什么的。结果这么一大扫除，就发现了严重的问题。

放织成裙的房间里，只剩下了那个小叶紫檀的立式衣架，本应该挂在那里的织成裙已经杳无踪迹。

若是其他古董，陆子冈可能还会以为是被老板收起来了，或者是被老板卖给了有缘人，可是他分明记得他和医生穿越回唐朝见过安乐公主李裹儿之后，来到这个房间看过那件冠绝古今的织成裙。而现在却只剩了一个空空的衣架子！

陆子冈犹如困兽一般在房间里来回踱步，在眼角余光扫见了三青后，就像是抓住了救命稻草一样，冲过去摸了摸它的背脊，尽量放轻了声音问道："三青啊，你有没有看到这里的织成裙？喏，就是用很多鸟的羽毛做的一件裙子。"

三青无辜地摇了摇头，它自然是知道那件裙子的，不过它一向厌恶人类用鸟类的羽毛做装饰，也就一直看不惯这件织成裙，极少进来溜达，所以也不知道这裙子什么时候不见的。站在房梁上的鸣鸿见陆子冈疑问的目光朝它投射过来，也连忙摇了摇头，它虽然也是不一般的傲气，可是成天和三青打架打得它的毛都快秃了，此时人在屋檐下，又怎么可能不低头？

陆子冈的浓眉深深地皱了起来，医生从不进哑舍的内间，天天来的画师也不会任意动其他房间的古董，那么……这织成裙是被人偷走了？究竟是谁有此能力？哑舍里居然还能丢东西？简直闻所未闻啊！

揉了揉酸痛的额角，陆子冈觉得自己这一年过得实在是糟糕透了。果然只有老板才能管得了哑舍，他现在都不敢详细去检查哑舍究竟有多少古董不见了，又或者他即使检查了也查不出来，他又没有哑舍内所有古董的清单。

鸣鸿在房梁上歪着头站了一小会儿，却忽然像是似有所感，张开翅膀从房间里飞了出去。三青这回却并没有追过去，而是目送着它飞出了哑舍，轻轻叫了两声表示这呆鸟终于走了，它很满意。

陆子冈也没想拦鸣鸿，本来这小赤鸟就是自己飞过来的，这会儿自己飞走了，是不是感应到它的主人回来了？

站在本该挂有织成裙的小房间里发了一会儿呆，陆子冈又在哑舍之中把能找的地方都翻了个遍，也没有翻到那件织成裙，只能垂头丧气地走出里间，却在绕出屏风之后看到了一个他完全意想不到的人。

"老板！你回来了？！"陆子冈站在当场，无比震惊。

老板坐在柜台里，正捧着一把明朝的紫砂供春壶暖手。他的神情柔和淡漠，动作悠然平静，与他之前多少岁月中日日所做的一样，就像从来没有离开过。见陆子冈从里间走出，他便勾唇露出一个浅淡的微笑，点头应道："我只是回来拿个东西，辛苦子冈你了。"

陆子冈的脸色数变，最终还是轻吐了一口气，喟然叹道："老板，子冈有负所托。"

"先坐吧。"老板却并未在意，示意陆子冈坐下，翻出两盏紫砂杯。扶苏回去找胡亥了，所以他倒是有时间听陆子冈说下这一年来的情况。

陆子冈坐下来先是喝了杯热茶定了定心神，然后把自己擅用洛书九星罗盘的事情交代了一下。

"哦？我正是为了拿那个罗盘而回来的，你们倒是胆子大，也不怕穿越过去之后回不来。"老板饶有兴趣地挑了挑眉,"说说,你们都去了哪些朝代?"

陆子冈老老实实地把这一年来时空旅游的行程从头到尾说了个遍,连最后他去找夏泽兰的经过都没有漏下。事实上陆子冈在内心积累了许多压力,不知道该找谁去倾述,老板适时的出现,让他彻底松了口气,也顾不得有什么后果了,便一股脑地全说了出来。

老板看到陆子冈说完一脸忐忑不安的神情,也就没有再苛责于他,反而微微一笑道:"若不是我回来,你是不是这个月还要再去明朝一次?"

陆子冈一怔,他本想摇头否认,但在老板灼灼的目光中,无法说谎,只好艰难地点了点头。确实,他不能接受之前的那个结局,他若是早一点就直接带夏泽兰离开京城呢?是不是就能躲开锦衣卫的追捕?又或者他早一点与夏泽兰相遇,彻底劝她离开尚膳监……陆子冈没办法不让自己这样想,就算是只有万分之一的可能,他都想继续尝试。

"痴儿,若是洛书九星罗盘如此好用的话,那我为何不用?"看着陆子冈的脸上露出了震惊的神色,老板不由得苦笑道,"我自从得到洛书九星罗盘后,便不断地穿越回扶苏死前的那段时间。可是不管我用罗盘重返历史多少次,就算救活了扶苏,很快他也会因为其他事情而死去。这是完全无法改变的,是已经发生过的历史。"

陆子冈忽然想起之前他和医生在戚少将军的军营里,医生救治了许多兵卒,其中大部分的人都因为随之而来的战事很快阵亡,当时他也没有多想,难道原因真的是历史的不可逆性吗?

"我总以为是自己做得还不够,总觉得自己下一次会做得更好。"老板低头看着手中茶杯里轻轻摇曳的茶水,言语中有着说不出的苦涩,"可是看着他一次次因为各种原因在自己面前死去,就像是一个永远都无法醒过来的噩梦,最终我只能无奈地屈服,把洛书九星罗盘封存起来,再不动用。"

陆子冈面色苍白,终于认识到自己是多么的天真。

是的,历史永远只是历史,发生过的事情已经成为了既定事实,即便他再怎么付出努力,也都无法挽回了。

陆子冈发了会儿呆，最后用手抹了抹脸，颓然道："老板，我可能还做了一件傻事。"说罢便把自己对医生用了蘅芜香的事情说了出来。他没法隐瞒，也没有太过辩解。陆子冈隐约觉得自己前段时间的精神状态有些危险，也许是坐拥众多稀奇古怪的古董，举手投足之间就能轻易穿梭古今，可以随意地掌控别人的命运，让他产生了一种无所不能的错觉。他也是普通人，无法在强大的诱惑面前把持自己。

还好老板及时地回来了，否则他说不定会做出什么令他更懊悔的事情。

陆子冈一边说，一边注意着老板的神色，却并未发现任何端倪，老板甚至连眼角眉梢都分毫未动。

"哦，这样也好。"等陆子冈说完，老板便缓缓地点了点头，"这样也好，医生他应该回到正常人的生活了。就算你没有用蘅芜香，我也会给他用的。"

陆子冈闻言，终于松了口气，悬着的心又重新地落回了肚子里。他就说嘛，老板在两千多年的岁月中，不知道用过多少回那蘅芜香了，没见那香罐中就只剩下那么一点点香粉了吗？这次自然也和以前那么多次一样，没有什么区别。

老板还如平日般微笑着，把手中的茶杯送到嘴边，入口冰凉的茶水却让他的眉心一皱。

默默地把冷涩的茶水咽下喉咙，老板无奈地笑了笑。

原来他虽然不再能感受到伤痛与否，但却依然能分辨温暖还是冰冷……

二

扶苏从大门口的地毯下方摸出了备用钥匙，打开了公寓的大门。在门开的那一刹那，扶苏忍不住用手摸了摸被脸上半边刘海挡住的烧伤位置，指尖下接触到的都是凹凸不平的触感。他并不是一个在意外表的人，但此时也不禁想到若是胡亥看到他这个陌生人，会不会认出他来。

其实扶苏一点都不喜欢自己这个幼弟，自小就被父皇别有用心地宠坏了，长大之后又篡夺了他的皇位，虽然都是赵高教唆造成的，但他因此而死是不能更改的事实。只是他现在连复辟秦朝的执着都放下了，对这个血脉相连的弟弟又有什么不可以原谅的呢？

毕竟，已经是两千多年过去了，不是吗？连记忆中的那个大秦都已经灰飞烟灭，又有什么可以证明他们曾经存在过？

只有寥寥数人矣。

公寓里面一片寂静，扶苏已经闻到了一股许久没有人居住的霉味，他试着开了开门口的灯开关，灯却没有亮。应该是很久没有交电费，被掐断了供电。扶苏皱了皱眉，发现屋中的灰尘已经落了厚厚的一层，客厅的窗户并没有关紧，靠着窗户的地板有被雨淋过泡涨了的痕迹，也是屋中这股霉味的来源。

看起来，胡亥已有好几个月都没有回来过了。

扶苏走到桌边，上面还有燃了一半就被熄灭的月麒香香篆，但吸引他注意力的，却是桌上有一个方块形状的痕迹，这里与旁边落灰的薄厚程度完全不一样，就像是原来有什么东西放在这里，之后又被人拿走了。

屋里没有任何字条或者其他信息，柜子里的衣服都在，没有被人收拾过的痕迹，甚至连床上的被子都没有叠起来。门口胡亥出门经常带的黑伞少了一把，整个房间就像是主人只是随意地出了趟门，然后就再也没有回来一样。

扶苏心中的疑惑越来越大，胡亥不用手机，他也不知道如何去联系对方。只有这种时候，他才会觉得现代社会的各种通讯手段有多么先进，若是换了古代，几个月没有音讯都是很正常的事情，又怎么会觉得一时之间联系不到这么难熬？也不知道胡亥这一年来是怎么过的……想到这里，扶苏不禁对自己不告而别有了些歉疚。

正在这时，扶苏听到了扑棱棱的展翼声，循声看去，就见小赤鸟从客厅窗户的缝隙钻了进来。扶苏立刻迎上去问道："鸣鸿，你的主人呢？"

鸣鸿歪着头看着突然出现在家里的陌生人，并没有冲上去啄两口。它急忙挥舞着翅膀在屋里绕了一圈，没有看到主人的身影，不禁焦急地哀鸣起来。

扶苏一见鸣鸿这样的反应，心下一沉，胡亥究竟发生了什么事情，居然连鸣鸿都没有带走？

三

　　胡亥压根不知道在千里之外，有人正为他的安危而担忧着，他现在正站在一间质朴古意的庭院中，仰头凝望着璀璨的星空。

　　一件狐皮大氅轻轻地搭在了他的肩头，胡亥收回的目光落在了立于他身后半步的男子身上，赤红色的眼瞳中依旧闪烁着不可思议的神色。

　　拘谨地半弓着腰，永远地低着头，小心翼翼地跟在他的身后，从不妄言，总是把他放在心尖上伺候，最后还因为误会而被他亲手杀掉的那个人。

　　已经很久远的记忆依然十分鲜明，那是因为胡亥永远不会忘记当他得知自己是误会了孙朔时，赵高那一脸淡然的解释。

　　哈，说什么那是给他上的第二节课，教会他如何分辨忠诚还是奸诈……

　　是的，他又怎么会忘记，他随后所有的内侍全部都叫着和这个人一样的名字，是因为他生怕自己会忘记所犯过的错误……

　　"孙朔……"胡亥闷闷地唤道，却知道眼前的人并不是真正活着的，而是因为魂魄依附在了那枚铜权之上，又被赵高所捡到，用傀儡之术做出的一个人形傀儡。

　　"臣在。"孙朔低低地应道，声音在夜色下听起来有些虚无缥缈。

　　"赵高他……究竟想做什么？"胡亥终于忍耐不住地询问道。当时赵高出现在他面前，对他来说简直就像是一场噩梦，对赵高深入骨髓的恐惧让他下意识地就跟着走了，毫无反抗。

　　呵，他也知道史书中那些人都是怎么写赵高的，认为他昏庸荒诞，居然胆敢在朝堂上指着一只鹿，说那是一匹骏马。

　　可也就是这样看似有伤大雅的一个把戏，就让赵高轻易地分辨出朝堂上哪些人是服从他的，哪些人是口是心非的，哪些人是坚决不低头的。这样直白简单大胆的试探手段，更是衬得后世那些拐弯抹角磨磨唧唧的党争都弱爆了！

也由此可见此人的心机和手段究竟是有多么恐怖。

所以当胡亥等同于被软禁在这一处偏僻的山间宅院里时，就更是噤若寒蝉，即使有孙朔在旁伺候得舒舒服服，他也日夜提心吊胆，终于忍不住在此时问出了口。

当然，他问出这问题的时候，也是觉得孙朔其实并不知道答案，他只是想找个人聊聊天而已。

结果没想到孙朔沉吟了片刻，居然开口道："主人他应该是有所图谋。"

胡亥听到本应是自己内侍的孙朔，竟然那么自然地叫着赵高"主人"，当下怒极反笑道："哦？你都知道什么？说来听听。"

"应该是和一个叫'哑舍'的店有关。"冬夜寒冷，孙朔虽然只是一介傀儡，但依旧拥有着人类的习惯。一阵寒风袭来，他拢着袖筒，缩着肩膀建议道，"小公子，我们还是进屋说吧。"

"不用，我披着大氅，你又不怕冷，做什么进屋？我想在外面站会儿。"胡亥冷哼道。有孙朔在身边，他好像又回到了那个秦朝的倨傲小公子，就是不想别人舒服。"你继续说，这跟哑舍那家店有什么关系？"难道是赵高发现了老板的身份？胡亥心下一惊，想到下落不明的皇兄，更是焦急了起来。

孙朔见自家小公子并不想回屋，也没有再劝，而是微微向前又迈了半步，巧妙地挡住了夜风吹来的方向，之后才低头缓缓说道："这要从哑舍的历史说起。"

"历史？哑舍不就是那个老板建起来的古董店吗？还有什么历史？"胡亥抬手顺了顺自己被夜风吹得四散的银发，随意地掖在了大氅的帽子里。

"非也，事实上，从甘上卿的师父起，就已经开始收集古董了。相传那道长所在的门派，就是喜好收罗天地间遗留的上古神器。而在炎帝黄帝尧舜禹的传奇年代过后，天地灵气消弭，遗留世间的神器会对凡人产生巨大影响，所以便在中原各处建立了数个宝库，把这些神器都一一封印在其中。当然，神器也只是占了一小部分，许多像我这样被依附了魂魄或者自己滋生了灵智的器物，也属于需要被封印的范畴。"孙朔徐徐说着，语气和声调都如往昔般温和平静，就连说到自己的时候，也没有丝毫波动。

"宝库？"胡亥的注意力立刻被这两个字吸引住，一双赤目无法抑制地放出光芒，"如此说来，确实有道理。上古的那些神器都是极难损坏的，也没道理就忽然默默无闻了。我原以为是因为主人命殒而蒙尘，居然是因为这个原因！"

"《广雅》曰：库，舍也。又有'庫'，即'库'之俗音，但读音不作 kù，而作 shè，与'舍'音同。"孙朔的声音顿了顿，像是在给胡亥思考的时间，半息之后才缓缓说道，"所以，哑舍并不是一个简单的店名，而是其中一个宝库。"

"居然是这样！"胡亥一怔，"我还曾经觉得老板取的这个店名很有意境，因为很有故事的古董们都不能说话，所以陈列这些古董的屋舍才叫哑舍。"

"哑字从口，从亚，亚亦声。其中口指发声，亚本义为宫城大内。舍字乃库之意，所以哑舍这个名字在最早的时候，其实是皇帝的内库之意，是指那些宝物在宫城之内才能说话的意思。那些宝物都能说话，可想而知那内库之中收藏的都是些何等宝物。当然，之后还建有数个其他宝库，而随着夏商周春秋战国的朝代更替，哑舍之名也就少有人知了。直到老板的师父又重新做起了收罗古董之事，便把这名字又重新用了起来。"孙朔除了说了自己所知的事情，也难免夹杂了自己的猜测，"也许老板在千年颠沛流离之中，也继承了他师父的意志，才把哑舍当成了古董店开起来掩人耳目。"

胡亥神色莫名地看着身边低头躬身的男人："孙朔，你怎么知道得这么多？"

孙朔笑了笑道："小公子，臣一直都有神智，也活了两千多年。况且古董们也都是很八卦的，尤其那些会说话的。"

胡亥的气息一滞，想到自己就是造成这样的元凶，立时就无话可说。狠狠地吸了一口冰凉的空气，他生硬地转移话题道："哑舍只是其中一个宝库吧？而且其中的古董还都是没经过封印的，赵高的胃口不应该那么小。那他的目的是什么？想要霸占其他那些宝库？"

"这臣却不知。只是想要找到那些宝库，就必须要用到一个罗盘。"孙朔简单地回答道。

"罗盘？"胡亥忽然想起了哑舍里的洛书九星罗盘。

"是的，那个罗盘被称为涅罗盘，传说可以扭转时空，让一个人在灵魂上倒流时间，真正的涅槃重生。"孙朔说着也不禁有些激动，因为他也是想重生的，想得都要疯了，话语中都带着明显的颤抖，"只是这个涅罗盘因为太过逆天，罗盘针和罗盘被拆开收藏，已经不知道流落何处了。"

胡亥眯了眯双目，觉得哑舍中的洛书九星罗盘也是扭转时空，就不知那上面的是涅罗盘的罗盘针还是罗盘。默默地把这个情报记在心里，胡亥见孙朔不再说什么了，便皱眉问道："赵高那人想挖宝库，抓我过来干吗？"

孙朔闻言低低地笑了起来："主人说他既然凑巧地找到了我，便说欠我一次愿望。"

"愿望？"胡亥呆呆地看着一直低着头的孙朔终于抬起了头。傀儡的脸色都非常奇怪，虽然相貌隐约还是原来孙朔所拥有的那张脸，但他的皮肤却是青白色的，冷不丁看到就像是看到一具能说会动的僵尸。

"因为我的愿望，就是再回到小公子身边啊……"孙朔依旧是那样柔和谦恭地笑着，但唇角的笑容却勾起了一个诡异的弧度。

四

与此同时，沐浴在同一片星空下的，还有一大一小两个人。

因为身处在四季如春的小院中，汤远就只穿着一件印着钢铁侠的T恤衫，面前铺着一张大大的星图，周围堆着一大摞星象书，正埋头苦学星占学。而他身边的年轻道人依旧穿着那身鸦青色的湖纱道袍，低头沉思着。

"南北两星正直悬，中有平道上天田，总是黑星两相连，别有一乌名进贤……"汤远正翻着《步天歌》，这是一部讲述整个星象的诗歌，在古代是只在钦天监中代代监正们口口相传，从不外传的秘本。当然，在现代来说，这已经算不上是什么不传之秘了，汤远被师父责令学习星占学，入门就是要把这一本《步天歌》全部都背下来。

这对过目不忘的汤远来说根本算不上什么难事，很快他已经把紫微垣、太微垣、天市垣的诗歌背完了，正要开始背二十八星宿。只是他需要一边背《步天歌》一边背对照的星图，相对来说比较麻烦一些。更何况他最初先背的是八十八个星座，现在还要他把星图重新分割成三垣二十八星宿，简直等同于把武功废了重练的痛苦。

"师父，《步天歌》好难背啊！"汤远终于忍不住嘟嘟囔囔地抱怨了两声。他仰头想要在天空中寻找角宿的星星，却忽然想起角宿是东方七宿之首，大部分都是室女座和半人马座的星星，在春末夏初的日落后，才会出现在南方的天空。现在是隆冬季节，天空又怎么会有角宿的踪迹？要不他改从整个冬季天空中最亮最明显的参宿开始背起？

"《易·系辞》有云：天垂象，见吉凶。观星象可推断世间万物走向，多实用的技能。"年轻的道人抬起头，尽职尽责地开始给自家徒弟洗脑。

"根本就不实用好么……我宁肯相信网上的十二星座运程，多简单多直白。"汤远鼓起了腮帮子，气呼呼地说道，"我才不要看什么太岁、神煞、七曜、八卦、三元、九星呢！"

"嗯？汤圆你知道的还挺多嘛！"年轻的道人挑了挑眉，俊秀的脸容上露出了惊讶的神色。

"那是！小爷我天资聪颖，区区星占学又怎么能难倒我？"汤远骄傲地挺了挺胸。

"乖，小汤圆真厉害，要继续加油哦！"年轻的道人语气真诚地夸奖着。

又斗志昂扬地翻了阵手中的《步天歌》，汤远这才僵硬了表情，觉得自己好像又被哄骗了。他抬起头正要再理论几句，却见他师父正拿着一个巴掌大的龟甲，右手使了个法诀，指间一张黄色的道符无火自燃，随后被龟甲扣在了石桌之上。一时间，龟甲燃烧的劈啪声接连不断地传来。

汤远也不由得屏住了呼吸，这是传说中的龟甲灼卜？！

那道符看上去只有小小的一条，但却燃烧了很长时间，龟甲的劈啪声夹杂不断，等完全安静下来之后，汤远才发现那龟甲之上有几处清晰的裂纹，却恰好并没有让龟甲断裂。

年轻的道人用右手指尖仔仔细细地摸索着这几处裂纹，同时伸出左手掐指一算，最终大拇指停在了中指最下方的指节处。

汤远一呆，他自然学过掐指小六壬算法，中指的下节叫"空亡"，这是最凶的卦，预示着所占事宜均有很大的不利。不管师父这是在算什么，都是大凶之卦啊！

"师父……"汤远忧心忡忡地唤道，心中如同压着一块巨石一般喘不过气。若是换了别人恐怕也不会太在意什么占卜，但他虽然口中说是看不起师父的能耐，却也知道这看起来非常不靠谱的吃货师父，其实是等同于仙人般的存在。而最近师父连最爱吃的美食都难得碰一下了，现在想想果然是各种不对劲。汤远忽然面色阴沉地问道："师父，是不是那个破阵而出的大师兄要找上门来了？"

年轻的道人仰首看向星空，怅然叹道："是已经找上门了。"

随着他的话语，半空中的结界忽然毫无预警地发出了巨大的劈啪声，在汤远骇然的目光中出现了些许裂纹。汤远目瞪口呆，因为他发现结界上的裂纹，居然和师父刚刚烧的龟甲上裂纹走向一模一样。

咔嚓！石桌上的龟甲终于彻底地裂开，真正的四分五裂。

"小汤圆，你大师兄来找我算账啦！因果报应，倒是轮回不休，此事与你无关，我送你去你二师兄处吧。"年轻的道人像是完全不在意频现的凶兆，甚至还伸手摸着汤远的头顶笑了出来。

"我不去！师父！你不是说要罩我一辈子的吗？我们一起走！"汤远站起来拉扯着道人的道袍袍袖，圆圆的脸上神情坚毅。他虽然平日和自家师父斗嘴斗得天翻地覆，但其实非常依赖对方，师父是他在这世上相依为命的存在。

"他倒也不至于杀了我，八成是想让我也尝尝被困两千年的滋味。放心，即便他用九九八十一件古董做阵眼，重设封神阵，你师父我也不是束手就擒的主。"年轻的道人温柔地笑笑，说罢也不管汤远的哭闹，抬手从莲花池中隔空捞起一个小背篓丢进他怀中，之后直接伸出食指，准确地点中了汤远的眉心。

汤远只觉得后背有一股强大的吸力朝他袭来，很像是溺水掉进漩涡的感觉，在失去意识的那一瞬间，他看到了师父背后透明的结界已经变成了蜘蛛网，片片龟裂。

"这是冬天！至少让我拿个羽绒服啊师父！"

汤远破碎的呼喊声传来时，道人发现自家小徒弟已经被他完美地传送走了，不禁讪讪地用手指刮了刮脸颊。

小汤圆应该不会冻死吧……应该……吧……

五

刚走出医院的大楼，就感到一阵刺骨的寒风吹了过来。医生紧了紧身上厚重的羊呢大衣，有点后悔早上出门的时候没有看天气预报，天上都已经飘了一阵雪花了。

和几位同事打了招呼离开，医生下意识地就往医院旁边商业街的方向拐去。

喏，也是，回家也还要自己做饭吃，还不如去商业街吃碗热乎乎的面条，还能暖和一下。医生为自己身体的本能找着借口。在过马路的时候，他看到街口有个刘海挡住脸的男人举着一把黑伞等在那里。

只是很不经意地惊鸿一瞥，正巧一股寒风卷着雪花吹开了对方的刘海，露出了他眼眶周围曾经被烧伤的痕迹。

医生在心中感到惋惜，对方看相貌也是个长得很不错的男子，也不知道是遇到了什么祸事，竟是破了相。不过这种念头也只是在脑海中一晃而过，医生很快收回了视线，完全没注意到对方的目光在他身上流连了多久。

此时天色已暗，商业街上已经亮起了五光十色的霓虹灯，医生踩在薄薄一层积雪上，举目四顾，总觉得心中空空荡荡的。

像是有什么重要的事情重要的人忘记了一样。

可是不管他怎么回忆,却依旧想不出任何蛛丝马迹。

揉了揉被冻得有些发红的脸,医生觉得自己应该是最近手术安排太多,压力太大而产生的错觉。

掏出手机搜索着附近有什么实惠的团购,医生按照地图指向拐进了一个僻静的小胡同,却差点被绊了一跤。等他扶着墙站稳回头看去,发现那竟然是一个昏迷的小男孩!

这个小男孩看起来只有十岁出头,身上只穿着一件印着钢铁侠的T恤衫,冻得小脸都已经发青了。

医生赶紧蹲下身,小男孩怀里还抱着一个古朴的藤编药篓,里面居然是一条蜷成一团正在冬眠的小白蛇。看起来应该是无毒的样子,应该是家养宠物蛇。

来不及细想,医生赶紧把身上的大衣脱下来裹在小男孩的身上,比起打110电话,倒是他抱着这孩子直接冲回医院更快一些。

抱着小男孩穿过小胡同,医生决定走医院的后门。

他这样的举动,在走到商业街上时,引来了路人纷纷侧目。医生也没有当回事,他一边走一边用手测着怀里男孩儿的心跳,看起来应该只是冻坏了,没什么外伤。医生这样抱着个几十斤的孩童快步行走,即使没有穿大衣,也让他出了一身汗,呼出的气都在眼镜片上蒙上了一层薄霜。

此时正是夜生活的高峰期,商业街上人流量特别多,医生左躲右闪,直到迎面好像有个人挡住了他的路。

"请让让。"医生好脾气地说道。

那人怔了怔,慢慢地侧过了身。

医生没有多想,道了声谢便大步流星地向前走,浑然没注意到身后那人正用极其复杂的目光一直追随着他。

老板呆呆地看着医生离开的方向,即使他的身影早就消失在其他人的身后。

头顶上飘落的雪花不知道什么时候停了下来，老板抬头一看，才发现有把黑伞替他遮住了风雪。

"想要拿的东西拿到了吗？"扶苏低着头温柔地问着。

"拿到了。"老板回以一笑，"我们走吧。"

第十二章　涅罗盘

后记

逝去的历史

《哑舍》第四部的主题,是关于逝去的历史。

手持着洛书九星罗盘的陆子冈和医生,为了追寻老板的下落,一次次地穿梭在历史的幻影之中。

这也是我一直想要描写的情节。

历史究竟可不可以改变。

根据联立求解麦克斯韦方程组得到的,并为迈克尔逊-莫雷实验所证实,光速不变原理成为了爱因斯坦提出狭义相对论的重要论据之一。爱因斯坦1905年9月发表在德国《物理学年鉴》上的那篇著名的相对论论文《论动体的电动力学》,其中就提到了令整个世界都为之疯狂的一句话:

"正像我们以前的结果一样,超光速的速度没有存在的可能。"

超光速能穿越时空其实并不是爱因斯坦的本意,但这并不妨碍人类做出一次又一次的幻想、尝试和努力。首先把这种幻想付之于行动的,就是科幻小说家。

从此有关于穿越时空的小说,层出不穷,数不胜数。

为什么大家都抵挡不住这样的题材,一次又一次地沉浸在所描写的情节中不能自拔?

那是因为不管是人还是国家,都会有后悔想要重新来过的事情。

小到一个不小心打碎的碗碟,大到整片中原的哀鸿遍野,若是有机会可以重来,也许能够有机会挽回?

抱着这样的念头,我开始尝试了《哑舍·肆》的创作,但最开始还是不敢碰触最让人难受的历史片段,努力先从比较轻松的情节写起。

《织成裙》中的安乐公主,就像是唐朝版的灰姑娘,生下来的时候连一块襁褓都没有的女孩子,长大后成为了人人艳羡的公主。脱下了褴褛的衣衫,穿上了华美的绫罗绸缎,但却遮掩不住内心已经被扭曲的欲望。当她在最美的年华被屠刀及颈,若是给她重生的机会,是不是还会干涉朝政、骄奢淫逸、妄图那个遥不可及的位置?

分等级的,并不是衣服,而是人。

《玉翁仲》讲述的是一个关于误解的故事。一个受到诅咒的玉翁仲,在世间流传,据说它会给它的主人带来无穷无尽的厄运。事实上玉翁仲为主人挡下了一次次的灾祸,一次次地变得支离破碎。不知道王俊民在得癔症而亡的时候,若是知晓了玉翁仲为了他一次次地产生裂纹,会不会追悔莫及。

人都是这样的,永远都看不清楚真相。

谁都想要一柄天如意。这个只要许愿了就能如意的神器物事，成就了李定远。被血海深仇蒙蔽了双眼的少年，最终还是无法抉择在自己人生之中最重要的是什么。那么，他也注定什么都得不到。

人人都愿事事如意，可事实往往都事与愿违。

一枚铜钱有正面也有背面，正如这世间的所有事一般，有人喜欢从正面去看，也有人喜欢从背面去看。而无背钱，则是有两个正面的铜钱，虽然代表着比较偏激的态度，但也意味着坚定的信念。

《无背钱》中所讲述的历史，也就是狄咏英勇殉国的事迹，事实上在史书上就只有一句话，甚至有些史书上连记载都没有。在历史的洪流中，无数将士都像是一滴滴水珠一般，偶尔会泛起个浪花，旋即又会变得了无痕迹。

其实我最开始是想描写狄青的，作为历史上和兰陵王一样美貌帅气到必须戴面具才能上战场的将军，狄青的身世比兰陵王还要坎坷。十六岁时就替兄长顶罪，脸上被刺字，后又越狱去当了兵，从底层一步步爬到大宋武将的顶端，整个过程都像是一部传奇小说。无背钱的史实也是存在的，可见其不光骁勇善战，智谋也可见一斑。

狄青的一生是个传奇，但我越了解，就越替他憋屈。宋朝重文抑武，这是谁都知道的，生不逢时也是狄青的无奈，最后只能郁郁而终。

但就像铜钱有正面也有背面一样，宋朝重文抑武事实上也是维持了大宋多年长治久安的根基。唐朝中后期的武将动乱，还有五代十国的朝代频繁更替,给宋朝敲响了警钟,从太祖那一代就定了整个大宋朝的基调。正如我文中通过陆子冈的话所要表达的意思,宋朝花点钱打发叫花子,交点保护费,就可以解决心腹大患,那何乐而不为呢?

只是在长期的花钱买平安的思想下,整个国家都陷入了萎靡不振的颓态,这就是过犹不及了。

所以我把故事发生的时间定在了狄咏身上,这是一个真正帅气、光明磊落、有血性的汉子,虽然他在历史上的名声根本及不上他爹一星半点,甚至大多数人都没有听说过他的名字,但我希望用我的文章,能让更多的人知道他的存在,知道历史上还有许多许多类似于狄咏的将士,为了疆土为了民族为了国家而誓死守卫,才让我们拥有现在安逸的生活。

破财消灾是一种办法,但有时候并不是一味地忍让就能解决问题。

一柄可以指向帝君位置的司南杓,引出了胡亥内心不可碰触的渴望。他清楚地知道,废兄长而自立,是不仁;不遵父皇诏命,是不孝;己身才识浅薄,勉强登基,是不能。天下人皆非昏庸之辈,岂能不知其中另有内情?如何向天下人交代?如何向列祖列宗交代?胡亥清楚地知道自己的结局,但却根本无力扭转。

有时候上天总会给予无法承受的伤痛或者惊喜,我们要有毅力并且清醒地认识到自己所应该在的位置。

姬青只比燕丹小三天,他们是堂兄弟,被燕王喜亲自赐名。丹与青是朱红色和青色,因其不易褪色,史家以丹册多记勋,青册多记事，故丹青意同史册。姬青和燕丹长得很相似，有时候不光别人无法分辨他们谁是谁，连姬青自己有时候都分不清。

一对同样的犀角印，分别刻着两个人不同的名字。但最终，只有一个犀角印留了下来。

何时才能算真正长大成人？可以为自己的选择所负责的时候。

一直都有读者在问我老板在抗战时期是怎么度过的，那是我一直都不敢碰触的历史片段，终于现在笔力有所增长，写出了令我自己比较满意的故事。写《菩提子》的时候，我不断地翻阅那个年代的各种历史资料，心情沉重郁结，在写的时候甚至几次都鼻子酸涩眼眶模糊。

到底一个民族，是要破落到何种地步，才会被迫做这样声势浩大的文化迁徙？

而到底要到什么时候，这些珍品才能免于蒙尘，重新擦拭一新地摆在展馆中供人观赏膜拜？

不知道大家还记不记得故宫宋哥窑青釉葵瓣口盘的报道。我当时看着网上那碎成六片的碎片图片，好久都回不过神。

在那样战火滔天的艰难岁月里，我们都没有损坏过一件古董，但却在和平年代中，那么轻易地在保养维护的时候让它碎掉了。

简直让人难过得说不出话来。

谨以此文《菩提子》献给那些为文物迁徙做出贡献的学者和士兵们。我们现在在博物馆看到的每一件古物，都是他们历经千辛万苦才保存下来的。

勿忘国耻！向他们致敬！

人人都想惩恶扬善，但更多的时候，他们根本无法分辨什么是真正的善和恶。一顶獬豸冠，让真正至善之人才能看到獬豸神兽。一人之善，对他人也可为恶。遵从本心，即为至善。

每个人心中的善恶标准都不一样，何为善？何为恶？擦亮双眼，相信自己的判断。

究竟是何样的女子，才会不喜欢珠宝绸缎，而是对一杆战矛爱不释手？作为世间最锋利的矛，即使知道有一天会撞碎在一面永远都刺不透的盾前，但这一生的命运，也只能是一直向前！

人生存在这世间，就有矛盾，永远无法避免。

何以致契阔，绕腕双跳脱。一对玉镯，穿越了时空，却依旧挽回不了曾经逝去的生命。

每个人在一生中都有后悔的往事，所以才会更加珍惜现在。

哑舍中所描写的古董，并不是每个都价值连城，古董的价值，根本不能用金钱来衡量。即使是几块钱的东西，一旦陪伴你多年，也就赋予了与其他物事不一样的意义。所以要爱惜自己手边的物品，也许多少年后，它们也会成为古董。

偶尔会有读者在微博上跟我说，觉得《哑舍·壹》写得要比《哑舍·贰》和《哑舍·叁》还要好看，但事实上大部分读者给我的反馈，都觉得哑舍是越写越好看。因为我的笔力也在增长，很多以前想到却不敢碰触的历史片段，现在也可以写出让自己满意的故事了。

所以《哑舍·壹》大部分都是简单的情情爱爱，看起来轻松，喜欢第一部的读者一般都是年纪比较小的。哑舍越往后，我所下的功夫就越大，《哑舍·贰》的逐渐成熟，到《哑舍·叁》的帝王古董，只要是随着哑舍一路走来的读者，都会看得到我的进步。

而《哑舍·肆》虽然看似毫无主题，事实上是在回顾老板在两千年之中的历史片段。而通过陆子冈和医生的穿越，来尝试一下现代思想和历史事件的碰撞。

我一直希望我写出的故事，能让大家掩卷之后反复思索反复回味，我也一直朝着这个方向在努力。

不过也许是因为我尽量避免去生硬地讲大道理，减少大篇幅的说教词语，所以就会有些深层次的东西，读哑舍的同学们有可能会看不太出来。

幸好还有哑舍的百度贴吧、我的微博可以及时看到大家看到《小说绘》故事连载之后的反馈，确实有很多。

例如《哑舍·叁》的《青镇圭》，不仅仅是讲规则这个主题，我还通过描写扶苏的一生片段，从他把青镇圭供在高处仰望，到把青镇圭放在桌上不敢碰触，再到鼓起勇气私下摸两下，最后到开始随意用手指弹玩，来体现一个少年人建立自己世界观的过程。

每个人心中，都有着属于自己的青镇圭。

只是有些人会完全复制其他人的模样形状，有些人却是喜欢自己雕琢。

每个人在确立世界观的时候，总是会一味地继承长辈的观点，奉为圭臬。等年纪再大了一些后，就会渐渐有了自己的想法，对父母的话开始半信半疑。随后见识又多了一些，就会开始质疑父母的话。等初步形成了世界观人生观价值观的三观之后，就不会再事事听父母的话了。

其实某种程度上，这也是形成青少年叛逆期的根源。

而往往在叛逆期之后，一个人才能真正地确立自己对这个世界的看法，真正地长大成人。

这也只是拿《青镇圭》其中的一个细节举一个例子而已，而这个细节，总共在这篇一共一万余字的文章中，出现的字句也不过是一百余字而已。

哑舍的每一个故事我都耗费了极大的精力，不管是查资料还是情节设计上。并不是我不想把其中的这些意义写得直白些，而是把这些写出来之后，文章整个的韵味就破坏了。有人只读故事，有人能学到其中的历史知识，有人被文中的人物所感动，也许真正读得懂我倾注在文章之中的心血的人，才是真正读懂哑舍的人。

不过也因为这个提问，我便决定在《哑舍·肆》的后记中，大概把这一部的每篇文章，都简单地写了个概要和我想要表达的部分意思。

是的，我只是写出了部分的文章主题，贴吧中的众多书评，往往都是从各个角度来分析，因为每个人看文的感受都不一样。一千个人眼中就有一千个哈姆雷特，我也希望大家心中也能有自己的判断。

这也是读书的最大乐趣。

同时也会有人通过微博或贴吧来向我问问题，例如觉得我文中的词语用得不当。有些确实是我的用词习惯不对，但更多的是同学们的知识量还不够。希望大家可以在质疑之前，先去查找相关资料。我更喜欢有人在微博上圈我，说自己本以为在《屈卢矛》之中的"老婆"一词是我用错了，结果她查了资料才发现，这个词最早在唐朝就开始用了；而不是一上来就说我"权当"这个词是错别字，应该是"全当"，等等。

欢迎大家多思考，人与万物的区别就是在于我们有一个可以思考的大脑。

在我上学的时候，书籍都是我汲取知识的渠道，从海量的书中学到了无数道理，我才能写出哑舍这样令我自己都为之骄傲的文章，并且能通过描写老板的故事，来给大家讲述历史，阐述道理。

我希望我的书能让读过的读者掩卷深思，即便只是花几小时来阅读，甚至只用几分钟来阅读一个故事，也是让我非常欣喜的。

毕竟现在已经有数以百万计的人看过哑舍了，在这么多人的脑海中，老板都曾经鲜活过那么一瞬间。

这个可能，我即使只是幻想一下，都会觉得浑身战栗，振奋不已。

能在你的心中留有那么一席之地，尽管那画面和故事情节会随着时间而褪色；

能让大家知道哑舍的老板，尽管可能也只是知道他是一个开古董店的老板；

我也非常荣幸了。

我永远都不想满足,希望更多的人能看到《哑舍》,能知道哑舍,希望老板活在更多人的脑海中。

这要比他在历史上活了两千多年还要让人激动,不是吗?

下面讲点比较轻松的话题吧。在 2011 年 9 月 23 日,欧洲核子研究中心宣布发现一些粒子以超光速速度飞行,这一发现将直接挑战声称没有物质超过光速的爱因斯坦狭义相对论。科学家称这一研究若被验证,将改变人类的物理观。一旦这些粒子确实被证实跑过了光速,将彻底改变人类对整个宇宙存在的看法,甚至改变人类存在的模式。有分析人士认为,可能宇宙中的确还存在其他未知维度,中微子抄了其他维度的"近路",才"跑"得比光快。

所以说,也许超越光速也不能穿越时空,但可以在星际间进行维度跳跃?宇宙大航海时代从此开启?

扯远了……其实《哑舍·肆》中还有一些隐藏的吐槽。

例如《天如意》之中,据说当年曾有把首都定在南京之议,但有传说南京被泄了龙气,定居在南京之上的朝代全部都短命,所以最终还是把北京定为了首都。当然这是否是真正发生也就无从考据了,只是据说而已。

在《无背钱》中关于压岁钱的解释,可以看得出我很怨念吧!所以,要花就要花上一年的压岁钱。

估计很多小孩子看到这里都会管父母要压岁钱……因为一般都是父母收缴啊喂!!!我怨念好久了!!!

好吧……我现在还在收压岁钱……咳……据说我们这边的习俗是没结婚的都可以收……也不知道我要再收多少年……

关于《哑舍·肆》的结局，可能又会收到一堆读者的怨念，不过失忆梗这么狗血！又怎么可能不来一发？大家也别觉得陆子冈的行事偏激，因为他前世在老板身边，也见过老板对别人用蘅芜香，老板这两千多年以来也没少用过，嘿嘿嘿嘿……

《哑舍·伍》具体是什么故事走向呢……现在还没定……原来计划着《哑舍》五部完结，但好像脑洞开得又有些大……例如收集国外的古董、修补破碎的古董、回收邪恶的古董……还有新引入的"宝库"设定。嘿嘿，没想到"哑舍"这个名字的含义如此高端大气上档次吧！！！崇拜我吧！哈哈~~~

引入了"宝库"的设定，不小心又把坑挖得更大了是怎么回事……远目……即使第五部完结了总觉得还会有外传的说……我去面壁……

玄色 于2014年2月23日

老板的时间轴：

公元前238年，二十二岁的嬴政按照惯例到秦国旧都雍举行冠礼，并用天下闻名的和氏璧制成了玉玺。（《和氏璧》）

公元前232年，姬青盯着两枚几乎一模一样的犀角印，最终砸碎了其中一枚。（《犀角印》）

公元前230年，胡亥出生，秦始皇开始统一六国大业。

公元前221年，秦始皇统一六国，称始皇帝。

公元前219年，赵高送给胡亥一柄司南杓。（《司南杓》）

公元前214年，胡亥耽于玩乐，修建和六博棋棋盘一样的庭院。（《六博棋》）

公元前213年，胡亥非常想要父皇赐给他兄长扶苏的青镇圭。（《青镇圭》）

公元前212年，道人在路过泗水彭城时，随手打捞了沉入泗水中的九鼎之一，重新炼制了一番，添加了乌金，最后便成了炼丹药的小药鼎。（《乌金鼎》）

公元前210年，始皇帝在出巡途中驾崩，赵高用白泽笔篡改遗诏，扶苏被杀。老板被骗到秦始皇陵，被杀。（《白泽笔》）

公元前209年，刘盈得到了一个看似永远盛满清水的漆盂。

(《震仰盂》)

公元前207年，秦朝毁灭，胡亥"身死"。(《铜权衡》)

公元前202年，秦末乱世，老板假扮的韩信与项羽在垓下决战，项羽自刎于乌江江畔。(《虞美人》)

公元前202年，刘邦登基建立大汉，剖符作誓，赐功臣们丹书铁契。(《免死牌》)

公元前130年，陈阿娇皇后被罢退居长门宫。

公元前124年，霍去病从姨母手中得到一枚青铜镜。(《鱼纹镜》)

公元前110年，老板在市集之上，买到一个桐木偶人。(《巫蛊偶》)

公元前105年，汉武帝偶然间梦见逝去的李夫人入梦，赠予他蘅芜香。汉武帝醒后遍寻不着，却闻到一阵香气，芳香经久不息。(《蘅芜香》)

公元3年，王嬿第一次从头到脚戴着金簪玉佩厚施脂粉，以此生最美的装扮坐在未央宫中，成为了大汉皇后。可是她的夫君却用敌视的目光看着她。(《獬豸冠》)

公元10年，刘秀在地摊上用金错刀换了一个算盘，上面一颗算盘珠却不能动。(《定盘珠》)

公元186年，汉末年间，老板在周家做夫子，教了两个学生，周瑜和周瑾。(《留青梳》)

公元 190 年，被幽禁的汉献帝刘协在快要饿死的时候，得到了几块馍馍和一枚玉带钩。(《玉带钩》)

公元 422 年，刘裕在咽下最后一口气时，终于松开了那枚一直庇佑他逢赌必赢的骰子。(《象牙骰》)

公元 448 年，北魏太武帝收到一尊破裂的佛像，灭佛运动太过，导致其后代子孙均英年早逝。(《独玉佛》)

公元 560 年，高长恭得到一面战无不胜的黄金鬼面具。(《黄金面》)

公元 600 年，当时还是皇子的杨广辗转得到了一枚龙纹铎。(《龙纹铎》)

公元 705 年，中国历史上第一位女皇帝闭上了她的眼睛，在她的陵寝中用寿山石刻制了一枚无字碑牌位。(《无字碑》)

公元 706 年，哑舍展出了一条价值连城的裙子，引起了长安上流社会的争相追捧。它的主人是安乐公主李裹儿。(《织成裙》)

公元 719 年，卢生郁郁不得志，进京赶考名落孙山。一天，他旅途中经过邯郸，在客店里倚枕而卧，梦到自己高中进士官至户部尚书，儿孙满堂，享尽荣华富贵，结果一觉醒来，发现店主家煮的米饭还没熟。(《黄粱枕》)

公元 951 年，十二岁的赵匡义在哑舍得到了一把据说只有天子才拿得起来的天钺斧，之后发现此斧他的兄长赵匡胤也拿得起来。(《天钺斧》)

公元1061年，王俊民中了辛丑科状元。不久，老板在开封府的某个巷子角落里，捡到了裂纹越发多起来的玉翁仲。(《玉翁仲》)

公元1066年，九月壬午，西夏大将仁多瀚率三万精兵进犯环州城，久攻不下。武襄公之子狄咏血战三日，三千人杀敌万余人，终因城墙崩塌而败。三千人无一人退降，尽殉国。(《无背钱》)

公元1100年，宋朝，哑舍在开封汴梁。老板遇到了宋徽宗赵佶。赤龙服绣上了龙纹，四季图认主。(《四季图》)

公元1135年，南宋，在杭州西湖的断桥边，白露借了一把伞给一名书生。(《白蛇伞》)

公元1348年，元末年间，老板在某一间小寺庙中找到一根很眼熟的蜡烛。

公元1370年，这座寺庙被改为皇觉寺，但是蜡烛却少了最重要的那一根。(《人鱼烛》)

公元1371年，皇觉寺外，朱元璋放弃追逐人鱼烛，由此获得了一把可以分辨他人言语真假的折扇。(《五明扇》)

公元1390年，韩国公李善长一族被满门抄斩，李定远抱着爷爷给的一个铜匣，默默地咬牙许了一个愿。(《天如意》)

公元1532年，明·嘉靖年间，哑舍在苏州，陆子冈与夏泽兰相遇。陆子冈留在哑舍，得锟刀。

公元1542年，哑舍搬到京都，陆子冈与夏泽兰再次相遇，锟铻刀重逢。壬寅宫变，夏泽兰因为受到牵连而死。长命锁刻成。(《长命锁》)

公元1552年，陆子冈因为得罪皇帝被判斩首。(《锟铻刀》)

公元1554年，山东都指挥佥事戚继光在兵营里请夫人阅兵。(《屈卢矛》)

公元1673年，清·康熙年间，哑舍在京城，老板为了躲避剃头令，成为戏子。约稿洪昇，阻止了他卖掉奠墨。(《廷圭墨》)

公元1759年，回部首长霍集占叛乱被清廷诛杀，将军兆惠将其王妃生擒送与乾隆。乾隆封其为香妃，为了讨其欢心，从异域各地搜集来七颗颜色迥异的宝石水晶，做成了一条回忆手链送给了她。(《香妃链》)

公元1925年，10月10日，北平故宫博物院成立。

公元1933年，2月6日，故宫第一批文物古董开始正式装车起运，上百万件古董因为战乱，开始了万里迁徙。

公元1945年，康熙墓景陵被盗，随葬的九龙杯不知所终。(《九龙杯》)

公元1947年，12月南京朝天宫，所有迁徙的文物古董终于又归于了一处。

公元1948年，开始陆续有文物分批转往台湾。(《菩提子》)

公元1965年，湖北省荆州市附近的望山楚墓群中，出土了一把锋利的战国宝剑。(《越王剑》)

公元2008年，哑舍迁至杭州一条古老的商业街，医生在某个晚上推开了哑舍的店门。

公元2008年，老板卖给了一个年轻律师一枚虎骨坡形扳指。(《虎骨鞢》)

公元2010年，有杭州市民据称在灵隐山麓的法云村附近，曾经目睹过一匹长颈短腿的神兽羊驼草泥马。(《山海经》)

公元2010年，大名鼎鼎的推理小说家萧寂身陷凶杀案，掀起了国内舆论对畅销小说内容导向性的争论。(《水苍玉》)

公元2010年，老板和医生为了找另一件金缕玉衣，去了趟秦陵地宫。(《赤龙服》)

公元2011年，胡亥发觉了自家皇兄转世的存在。

公元2011年，老板和医生去了趟埃及，找到可以召唤远古亡灵的亡灵书。(《亡灵书》)

公元2012年，扶苏占了医生的身体，老板开始收集十二种帝王古董镇压乾坤大阵。

公元2013年，陆子冈从堆满奇珍异宝的哑舍内间中，翻出了一个罗盘。(《涅罗盘》)

公元2014年,北京燕郊发现一座明朝古墓,出土了若干件珍品,其中有一对镂空连理枝玉手镯,其内侧有清晰可见的子冈款,被专家初步认定是嘉靖年间著名琢玉师陆子冈难得一见的玉镯雕品。(《双跳脱》)

哑舍的故事,还在继续……
老板两千年的时间轴~~~有待慢慢补充^_^

图书在版编目 (CIP) 数据

哑舍．四／玄色著．—北京：人民文学出版社，2017（2024.4重印）
ISBN 978-7-02-012482-4

Ⅰ.①哑… Ⅱ.①玄… Ⅲ.①长篇小说—中国—当代 Ⅳ.① I247.5

中国版本图书馆 CIP 数据核字（2017）第 040420 号

选题策划　胡玉萍
责任编辑　黄彦博
装帧设计　李思安
责任校对　杨益民
责任印制　王重艺

出版发行　人民文学出版社
社　　址　北京市朝内大街 166 号
邮政编码　100705

印　　刷　三河市中晟雅豪印务有限公司
经　　销　全国新华书店等

字　　数　211 千字
开　　本　890 毫米×1290 毫米　1/32
印　　张　7.625　插页 1
印　　数　88001—91000
版　　次　2017 年 10 月北京第 1 版
印　　次　2024 年 4 月第 11 次印刷

书　　号　978-7-02-012482-4
定　　价　43.00 元

如有印装质量问题，请与本社图书销售中心调换。电话：010-65233595

哑舍
The Antique Shop